回眸青绿两山河

吴玉萍 著

在时代的历程中思考，以时间的轴线来丈量，为深爱的山河深长地回眸。从秦巴山地到戈壁大漠，从河西走廊到陇东高原，从山野到田间，从城市到农村，笔触所及，青绿的色彩次第展开，愈来愈浓……

敦煌文艺出版社

图书在版编目（CIP）数据

回眸青绿满山河 / 吴玉萍著. -- 兰州：敦煌文艺出版社，2022.9
ISBN 978-7-5468-2229-7

Ⅰ. ①回… Ⅱ. ①吴… Ⅲ. ①报告文学－作品集－中国－当代 Ⅳ. ① I25

中国版本图书馆CIP数据核字（2022）第171555号

回眸青绿满山河
吴玉萍 著

责任编辑：王　倩
装帧设计：石　璞

敦煌文艺出版社出版、发行
地址：（730030）兰州市城关区曹家巷1号新闻出版大厦23楼
邮箱：dunhuangwenyi1958@163.com
0931-2131397（编辑部）　　0931-2131387（发行部）

兰州银声印务有限公司印刷
开本 710 毫米 ×1020 毫米　1/16　印张 20　插页 2　字数 290 千
2023 年 3 月第 1 版　2023 年 3 月第 1 次印刷

ISBN 978-7-5468-2229-7
定价：50.00 元

如发现印装质量问题，影响阅读，请与印刷厂联系调换。

本书所有内容经作者同意授权，并许可使用。
未经同意，不得以任何形式复制转载。

自 序

人生的种种际遇和巧合，其中关联，发生时似乎并不明晰，需要时间来贯穿、经历来验证。上中学时，流行给自己起笔名。我思来想去，取名"绿源"。之后，考大学填报志愿，听从老师建议，修改了第一批最后一个志愿。于是，我欣然攻读了修改后的"志愿"——环境科学专业，研究生期间又攻读人文地理专业。这两段求学经历，赋予我较为扎实的生态环境保护专业知识，由此具备了"究天人之际"的学理基础。步入社会后，我顺理成章成了一名生态环境保护工作者，特别之处在于，我成了一名新闻记者，一名生态环境保护的记录者、观察者。

经年之后，回忆至此，不免感慨冥冥之中真有一种无形的力量左右人的一生，让你不自觉间做自己该做的事。我很感谢这样的安排，使得我有机会沐浴在生态文明的和煦春风里，见证时代的历程、思考社会的变迁，以时间的轴线来丈量这片土地。

"博环保知识，厚理论功底，强业务素质，做称职报人，为建设美好家园倾心尽力。"这是从业之初，我对自己记者生涯的定位和要求，是我之"初心"。十九年来，我矢志不渝，在生态环境新闻领域深耕细采、知行践悟，胸中有跋山涉水行走陇上的豪情，脚下有亲身丈量切实体验的深情，眼里有守护绿水青山见证绿染大地的真情。用"情"于山水，这山水便在我心中镌刻丘壑，透过皮囊得一小乾坤，常获洞悉规律而放大胸怀的喜悦。

"心中有丘壑，眉间显山河"。这"山河"于我而言，志在成为一名能"把握时代脉搏之跳动、倡扬史典和谐之光亮、拓展思想深度之境界、倾注家园安危之思考、聆听环保畅快之回音"的时代记录者。

把握时代脉搏之跳动。在环境问题成为全球性问题引起广泛关注，水污染、大气污染、化学污染等各种环境污染事件频频发生，生态重建压力巨大的历史时期，新闻记者当勇立潮头之上，紧握时代脉搏，奏响时代强音，为生态环境保护工作鼓与呼。

倡扬史典和谐之光亮。统筹人与自然和谐发展，建设生态文明，成为时代主题。纵观我中华民族浩浩五千年的文明，"天人合一""师法自然"等，无不闪烁着先哲智慧和理性的光芒，倡扬史典精髓，复兴民族文化是"喉舌"之神圣义务。

拓展思想深度之境界。生态环境问题的形成有历史、现实等多方因素，有经济、社会等多重制约，其解决绝非一朝一夕，既要发展经济又要保护环境，既要百姓富足又要生态文明。新闻记者要经受住两难困局的考验，以严谨、求真的文风，把好舆论宣传的大旗，全面、客观地传递给受众有深度、有思想的声音。

倾注家园安危之思考。始终关注民生、关注家园，聚焦民众生产生活之根本，呈现给公众的新闻作品应大处着眼、小处挖掘，角度新颖、寓情于理，逐步呼吁人们改变管理环境与生命的方式。

聆听环保畅快之回音。牢记媒体人的使命、骨气，针对一个问题、一个事件，持续跟踪发声，努力促成问题的解决。生态环境保护工作的难度大，但党政的政策措施，公众的意识提升，无不令人欢欣鼓舞，"达"政令于公众，"逮"民情与政府，畅听环保回音。

为深爱的山河深长地回眸。这本书，时间跨度从2004年到2022年，19年，多客观记录了甘肃省生态环境保护事业发展的一个侧面。从秦巴山地到戈壁大漠，从河西走廊到陇东高原，从山野到田间，从城市到农村，笔触所及，青绿的色彩次第展开，愈来愈浓……

这本书是一件没有刻意包装，保留"原生态"的作品。因此，它也客观呈现了一个新闻记者成长的过程。作者希望敞开心扉与读者交流。从初出茅庐，喜欢陇原大地上的山山水水，到后来醉心于这片土地处处遗存的人与自然的绝美创意，再到后来读懂"人类命运共同体"，方才豁然开朗：文明必然基于特定的生态环境，人类文化不能自外于自然环境，也才真正懂得生态环境对于一个人、一个民族、一个国家甚至整个人类的重要性。

整理过程中，时时与前述"心志"对照，有欣慰也有不足。有不足方得人生，于是，勉励自己，在浮躁中冷静，在浮华中转身，为美好家园倾我所有。

2022年9月于金城黄河之滨

目录 CONETS

第一辑 生态与农村

为了生存的退却	002
还民勤绿色生态空间	010
地绿民富笑对昔日预言	013
青土湖"归来"	018
汩汩清流润城郭 盈盈碧波锁黄沙	023
甘南生态危机	032
循环经济热凉州	035
虚拟水战略拯救民勤	039
生态纸业嫁接治沙产业	043
人文节水机制亟待深化	045
生态治理须导入双重机制	048
移民垦荒重压瓜州能撑多久	052
平凉农村环保成全省亮点	056
绿色创建带给农村新气象	059
平凉专项整治石灰窑	062
多年顽疾如何应手而消	064
甘州富民靠什么立足	069

超采源于人口超载 074
废弃农膜回收需要政策支持 077
水权改革催生节水型经济 082
走生态路 吃生态饭 087
生态立市催生绿色经济——平凉绿色发展纪实 090
解决突出问题为祁连山减负 101
千年古城焕发绿色生机 105
奏好"黄河大合唱"甘肃乐章 109
以生态文明之力托举甘肃高质量发展 118
甘州绿水青山化作发展机遇 119
甘州厚植生态"底色"让百姓享受生态红利 123
甘肃流域上下游横向生态补偿试点取得初步成效 126

第二辑 环境与城市

白银市白银有色金属公司铜冶炼厂环境危机 130
兰州市新西部维尼纶有限公司环境危机 132
白银破解两大难题：经济转型和污染治理 134
资源枯竭型城市经济转型的路子怎么走 138
白银洗面 再现光华 141
白银土壤修复寻求良方 146
偷排让明星企业退下光环 151
甘肃举一反三核查造纸企业 155
金娃娃如何摘掉黑帽子 157
有一种蓝叫金昌蓝 165
苦水何日变甘泉 170
能源开发加剧水危机
——庆阳能源开发与水资源保护调查（上） 179

黄土地呼唤生态补偿
——庆阳能源开发与水资源保护调查（下） 184
昔忆兰州好 今唤蓝天回 188
兰州蓝出于精细间 190
兰州智慧数据助力冬防 195
兰州由"浅蓝"走向"深蓝" 200
管线修修补补 城市战战兢兢
——兰州自来苯超标事件背后的地下管网困局 202
自来水苯超标事件暴露兰州水源之困 207
甘肃现场督办中铝兰州分公司大修渣环境问题 210
生态环境部派员现场核查中铝公司大修渣整改情况
 213

第三辑 政策与管理

甘肃机制创新推进污染减排 218
正确处理显绩与潜绩的关系 221
甘肃五项新规推动合力治污 223
甘肃全面推进污染许可管理 227
权责明方能监管严 233
数据不准不真就得有人负责 237
一考双评给企业"贴标签" 240
甘肃扭转PM10不降反升局面 243
甘肃有序推进地表水监测事权上收 246
甘肃坚定走好绿色发展之路 251
甘肃生态环保迈入发力夯实新阶段 255
甘肃出实招助推民营企业绿色发展 259
甘肃生态环境厅支招为地方解困局 263
张掖环评改革确保管得好接得住 267

甘肃落实最严格水资源管理制度　　271
张掖环评改革获省委书记点赞　　273
把困难留给政府　把方便让给企业　　277
六方面发力补齐农村环保短板　　280
张掖一纸清单化解信访难题　　282
甘肃在优质服务中实现有效监管　　286
甘肃构建省级环境应急物资储备和救援队伍体系

289

放射源从此"走不丢"　　292
甘肃生态环境损害赔偿制度体系基本建立　　296
甘肃突发环境事件数量稳步下降　　299
甘肃机动车污染防治取得突破性进展　　302
甘肃实现市级辐射事故应急演练全覆盖　　305
普查结果显示甘肃生态环境十年发生巨变　　309

第一辑 生态与农村

SHENGTAI
YU
NONGCUN

2004.09.09

为了生存的退却

民勤曾经一度是生态恶化的代名词。

当我们要弄清楚人类活动与自然力此消彼长的规律，反思经济社会发展决策的得失，探讨资源的分配与管理机制、生态环境保护与经济发展的关系时，民勤又是一个绝好的样本。

在这块荒凉的土地上，也曾交织着人与自然的矛盾、人与人之间的利益冲突，演绎着人生的希望与失望、经济的繁荣与衰退。在生态恶化进程中，虽然有自然不可抗拒的力量在起作用，但是人绝对不是一个配角。

面对滚滚黄沙，假设有一部时间机器，让我们回到当初，我们还会不计成本地且毫无节制地开发与利用自然资源，只算经济产出，不计环境成本吗？

民勤人正在迁往他乡，从长远来说，退却是一个进步。

民勤的故事还没有结束。

甘肃民勤，巴丹吉林和腾格里两大沙漠三面包围下的一叶绿洲。这里，曾经是一片烟波浩渺的湖海，这里有过短暂的富庶。

步步进逼的风沙线

祁连山冰川将自己化作大大小小的200多条溪流，而后汇成滔滔石羊河，滋润着河西走廊面积最大的绿洲——武威、古浪、民勤绿洲。地处石羊河流域下游、河西走廊东北部的民勤县，是深居沙漠腹地的一块绿洲。它像楔在巴丹吉林、腾格里沙漠间的一颗钉子,顽强地阻挡着两大沙漠的合拢。由于其特殊的地理位置,民勤集中了整个石羊河流域生态恶化"症状"。

这种恶化突出地表现部分地区植被衰退,土地荒漠化日益严重。在民勤绿洲,已死亡沙枣 13.5 万亩,濒临死亡的白茨、红柳 35 万亩,已沙化的土地面积累计 300 万亩,荒漠化面积 1.5 万平方公里,占总面积的 94.5%。历来被视为农田保护屏障的柴湾植被萎缩。流沙以平均每年 3~4 米的速度前移,个别地段前移速度达每年 8~10 米。植被退化导致风沙灾害更加肆虐,年均风沙日数达 139 天。

由于地下水的采补失衡,民勤地下水位连年下降,水质日益恶化。20 世纪五六十年代,仅凭地上的石羊河水就能完全满足民勤的灌溉需求。20 世纪 70 年代后,随着石羊河上游武威耕地面积的扩大,武威市逐渐成为我国重要的商品粮调出基地,上游的引水也不断增加;与此同时,民勤的人口也在不断增加,原有的耕地满足不了发展的需求。人们开始向地下取水,灌溉土地。耕地越开越多,水越采越少。现在民勤盆地地下水水位较 20 世纪 70 年代下降 10~20 米,民勤的水咸,民勤人在招待客人时喜欢端上特产的茴香茶或给水里搁上几勺白糖。因为反复地灌溉、抽取地下水,当地的地下水的矿化度明显升高。

上下游的利益角逐

地处石羊河下游的民勤与中上游的武威因用水发生矛盾,自隋唐以来争讼不断。自康熙六十一年(1722 年)的洪水河案发生后,又有羊下坝案、白塔河案等。中华人民共和国成立后,两地矛盾并未缓解,反而进一步加剧,最终在 1962 年酿成震惊一时的"炸坝事件"。

1962 年天大旱,由于石羊河上游修库围坝忽视配套工程建设,而且一些农民在泉源地区开荒,破坏了水源涵养林,导致流域水量大幅减少。而此时拥有用水优先权的武威护着水渠不给民勤放水,流下来的水半路上又被武威截走引到田里。民勤人对于水的渴求终于转化成集体愤怒，时任民勤县县长李玉新带人在武威七条沟埋放黄色炸药……

幸好在当时武威分区行政督察专员公署的制止下事件未发生悲剧，但它也促成了"三县分水"方案的诞生。

1963年甘肃省政府、武威专署召集当时的武威县（今凉州区）、永昌、民勤三县人员协商，颁布了关于三县分配使用石羊河水的《用水问题规定》。"三县分水"规定：自武威县的石羊河、西营河，永昌县的东大河每年向民勤调水。"三县分水"基本上满足了当时民勤的用水需求，矛盾暂时得以缓解。

1981年一座新兴的地级市——金昌市诞生。因是镍生产基地，金昌被喻为"镍都"。同时，原本属武威管辖的永昌县也划给了金昌市，从永昌流下来的东大河水也自然先流到中游的金昌市，后流到武威境内。

矛盾也随之而来。

随着工业发展和人口增加，原来"三县分水"中自永昌县东大河调往民勤的水越来越少，"三县分水"已很难执行。到20世纪90年代初，甘肃省政府不得不在原来"三县"中加入金昌市，形成"三县一市"的分水方案，要求金昌市必须向下游放水。但这个方案很难执行。为了保证金川公司的生产，就是处于上游的永昌农民也不得不让地里的庄稼旱着，更何况处于下游的民勤。

最后的可供开发的栖息地

历史上石羊河水一路奔涌，北流到今民勤的中渠、西渠、东湖乡一带的湖区，汇成面积500多平方公里的内陆大湖——潴野泽。汉武帝时，边防驻军与移民在匈奴人的祁连牧地开始了最早的屯垦，湖面从那时起开始萎缩。至南北朝时期，潴野泽已被分为东西二海，东海潴野泽，西海休屠泽。直到20世纪50年代，石羊河依旧有水注入其终端湖——青土湖。自从1958年红崖山水库建成，红崖山水库就成了石羊河的终端湖，石羊河再也流不到"湖区"。

"邓马营湖是石羊河下游现存的唯一一片湿地,鄂博海子是这一片湿地中最后的水面。"陪同我们考察的石羊河流域管理局的方工说。

出民勤县城东不多时,我们就近能看见一座一座半固定沙丘,农田依靠着水渠在沙丘的边缘艰难地生存着。

邓马营湖所在的南湖乡以前是一个不足100户的纯牧业乡,距民勤县城65公里。现在这里有1042户来自中渠、西渠和东镇的"湖区"移民,这里也是整个民勤绿洲仅存的可供开发的栖息地。

在车上,民勤县水利局的同志告诉我们:"邓马营湖是一个典型的湖积盆地,大气降水和沙漠边缘的凝结水占整个盆地水源补给的53%,地下径流占47%。维持这里生产生活的用水主要是47%的地下径流,地下水采补平衡时年开采量可达4000万立方米,供8万亩耕地灌溉需要,而现在已开发出不到6万亩。"

"那就还有两万亩的开发潜力,也就还可以再移一部分群众来这里?"记者问道。

"可以这么讲,但一定要注意,不能再犯昌宁的错误。"水利局的同志严肃地说。

昌宁是20世纪60年代民勤开发出来的一个纯井灌区,经过30多年的发展,由于人口激增,水资源矛盾相当突出,已经出现村民"抢水"的现象。

65公里的路,我们走了4个多小时。

南湖乡乡长带我们去看鄂博海子。汽车在沙漠与荒漠间的路上迂回行驶,窗外重复的总是同样的景观——荒漠及依靠着水渠的农田。走了约半个小时,乡长指着车窗外的一排废弃的破房子说:"这是以前的乡政府。沙进人退,乡政府也搬了。"

荒漠里的路走到了头,汽车再也无力前行了,我们只好徒步走进腾格里沙漠。翻过沙丘,方工指着前面说:"你看,这就是鄂博海子。"那是一大片白花花的盐碱地,盐碱地中间有不大的一滩水,两边稀疏地生长着几片草,水面的对岸有几峰喝水的骆驼和一群羊,四周环绕的是高高的沙丘。

"今年是个枯水年,海子水面缩小了许多。去年水面在咱们的脚底下这个地方。"乡长说。

可即使在脚底下,水面也绝不超过500平方米。

指着喝水的骆驼和羊群,乡长说:"这几峰骆驼和羊是沙丘对面一户人家的,他们是民勤最南面的一户人家,再往里走就进入腾格里深处了,就是阿(拉善)左旗的地方了。"

爬上沙丘,果然看见有几棵树掩映着一户人家孤独地伫立在茫茫沙海中。站在沙丘上,左边是孤独的海子,右边是孤独的院落,前面是一座连着一座起伏到天边的沙丘。

只有两户人家的村庄

历史上,石羊河的汩汩清流汇集在民勤县北端的5个乡镇附近,形成了一个庞大的内陆淡水湖——青土湖。据当地的老人们回忆,那湖一眼看不到边,周围是芦苇荡和水草,湖里有鱼,湖面上有野鸭子和水鸟,沿湖的东湖镇、收成乡、中渠乡、西渠乡和红沙梁乡五地因此被称作"湖区"。这个名字一直沿用至今。到20世纪90年代,这里已被滚滚黄沙掩埋,成为中国第三大沙漠巴丹吉林沙漠的一部分。民勤历史上最富庶的5个乡镇,渐渐沦为贫困地区,群众也陆续迁往他乡。

我们走进了中渠乡煌辉村四社。这是一个只有兄弟两家的村庄,哥哥叫盛禹国,弟弟叫盛汤国。村里的其他人都已陆续迁到了别的地方,离开了这个即将被沙漠吞没的地方,留下了被揭光了屋瓦、拆完了椽檩的一座座残屋破房。在沙海中,残破的炕洞像一张呼救的大口。

20世纪90年代后期开始,由于生态环境不断恶化,民勤的"生态难民"越来越多。民勤县有计划移民始于1997年,湖区8.3万人口中最困难的2500人陆续被移到县城东南部65公里处的南湖乡。从2003年1月起,县政府又开始启动政府移民计划,有组织地把湖区人口向新疆迁移。但更多的移民是自发的,从1998年到2003年,湖区群众，去内蒙古的阿拉善左旗、右旗和新疆的有1.2万多人。

据盛禹国介绍，村子最多时有24户人家，从20世纪70年代就有人开始往外搬了。

我们问："那你为什么不搬？"

"搬不走嘛，能搬我也早搬了。我会点电焊的手艺，很早的时候就已经开始在外面打工了，所以以前家里算是全村比较富裕的。但后来没有水了，地也没法种了，政府就组织移民。先移比较困难的，我那时情况还不错，就没移成。现在想移也走不成了！"盛禹国点了根烟说。

"村子外的那一户人家是你的兄弟吗？"我们又问。

"是孩子四妈家。我们兄弟四人，分别取名尧、舜、禹、汤，他叫盛汤国。名字取得很好，家里人希望能像大禹一样治水，现在反倒被水所制。不过我们也快要搬了，到明年这里就不送电了，不搬也不行了！"盛禹国又笑了。

然而，对于民勤，移民又是一项何等艰难的工程。

"我们的群众和迁往地的人在文化和心理上的不认同感是我们移民工作中的一个大问题。部分移到外地的民勤人又都陆陆续续回到了民勤。"

"当地人歧视我们迁去的移民，在他们看来，我们就是实在过不下去了，实在没办法了，才去他们那里。我们的群众受不了那种眼光。"民勤县水利局的同志说。

"不是有吊庄移民的方式解决这个问题吗？"

"吊庄移民的确是解决这个问题的好办法，但吊庄移民一次性投入大，单靠我们民勤自己的力量很难完成。"水利局的同志解释说。

事实的确如此。中华人民共和国成立以来，民勤湖区作为国家重要的商品粮基地，为上游和其他地区作出了重要贡献。按平均每年为国家提供商品粮280万公斤计算，50多年累计就达1.5亿公斤，而粮食是高耗水作物，以每公斤小麦耗水1.41立方米计算，湖区就以"虚拟水"的方式向外输出水资源1.95亿立方米。与此同时，湖区从中华人民共和国成立到现在累计投入近亿元巨额资金用以防治荒漠化，这在严重削弱自身原始资本积累基础的同时，直接减轻了上游地区经济发展中的生态成本投入，等于湖区又以"虚拟资本"的方式无偿支援了上游其他地区的发展。长期的资源输出和资本透支，不仅加剧了湖区水资源危机，而且直接影响了湖区经济发展和人民群众的资本积累。目前湖区累计贷款 6000 多万元，人均负债 750 元以上。单靠湖区群众自己的力量解决生产生活问题，实际困难相当大。

反思，反思，再反思

大漠夕阳，一匹骆驼，八旬老翁。

老人眉心紧蹙，眸子中满是焦灼。

他是全国著名的石羊河流域问题专家——年近八旬的左凤章先生。左凤章 1946 年毕业于现在的西北农林科技大学，一直从事石羊河流域水资源和生态环境问题的研究，即使在退休后，他还一直关注石羊河的问题，没有经费支持，他就自己出钱跑野外，曾有过 70 多岁自己出钱雇骆驼进邓马营湖的传奇经历。

提起石羊河，左老的话就滔滔不绝，根本不像年近八旬的老人。

——"解决石羊河流域的问题，当务之急是落实流域管理机构，使流域管理机构能全流域协调，综合制定流域治理规划和相应的规章制度，合理解决上、中、下游的用水问题。把包括执行流域规划在内的生态环境保护治理作为考核政绩、任用干部的重要标准。优化配置水资源，增加生态用水的比例。"

——"必须实行农业产业结构调整和区域内整个产业结构战略的调整，以水定发展规模，以水定结构布局，努力提高生态建设的经济效益和社会效益。"

——"最近有消息报道说 2010 年南水北调西线工程就要上马了，我听了很兴奋，因为，在引硫（磺沟）济金（昌）和引大（通河）入秦（王川）工程已完成的情况下，增加新的、大的水源对石羊河来说已经很难,而南水北调西线工程和大柳树或小观音甘肃灌区工程对石羊河就更是至关重要了。"

老人对这项工程充满了期望。

也许,这也是民勤最热切的希望。

2007.11.14

还民勤绿色生态空间

位于石羊河下游的民勤县，近年来由于其严重的生态环境问题引起了党和国家的高度关注，社会各界也对此投入了极大的关注。2007年7月国务院发布《关于编制全国主体功能区规划的意见》，甘肃省因地制宜，把石羊河流域的凉州区列为重点发展区域，古浪和天祝列为限制开发区域，民勤列为禁止开发区域，逐步恢复当地的生态环境，还民勤一个绿色的生态空间。

处理好开发与发展关系，合理规划功能空间

位于石羊河中游的凉州区是全流域中最大的绿洲，水土光热等自然条件的配置也最好，截至2005年末，凉州区人口已达101.4万人，占整个武威市人口的52.2%，这里集中了整个武威市最主要的社会经济活动，是流域发展的重点开发区域。通过大力推进凉州区的工业化进程，以工业化促进城市化，进而发挥主要城市对资源的集聚作用，吸引其他地区的人口和经济活动向凉州区集中，促进凉州区的发展，减轻其他生态脆弱地区的压力。而生态环境相对脆弱、资源承载能力较弱、大规模集聚经济和人口条件不够好并直接影响全流域生态安全的古浪、天祝则被列入限制开发的区域，适时地将这里的人口和经济活动向特定地区、特定产业转移，逐步减少人口和经济活动对生态的压力。而生态问题更为严重、环境恶化已经相当突出的民勤县大部分地区则应争取建立各类自然保护区，在主体功能区划中列入禁止开发的区域，还民勤一个稳定的生态空间。

处理好行政区与功能区关系，改变政府绩效考评体系

专家指出，石羊河流域的治理要打破行政区界限，改变按行政区制定区域政策和绩效评价的方法。当前石羊河流域各级地方政府的政绩考核体系的核心是"GDP政绩观"，在这种体系下，地方政府最不缺乏的就是发展地方经济的动力，但也直接造成以牺牲环境换取经济发展的现象时有发生。因此，改变当前的政绩考核体系势在必行。

在主体功能区划中，将凉州区建设为全流域的经济中心，对凉州区的政绩考核也要以综合评价经济增长、质量效益、工业化和城镇化水平为主，其他指标为辅；而对古浪、天祝等限制开发的区域，要突出生态环境保护等的评价，弱化经济增长、工业化和城镇化水平的评价；对民勤等生态环境脆弱的禁止开发区域，则主要评价生态环境保护的工作。转变政绩考核体系的核心在于将地方政府作为一个独立的利益主体来对待，特殊的"行政区经济"使得流域内不同地区间产业结构"同构"现象明显。而主体功能区划按照不同主体功能区的定位要求，确定相应的绩效评价和政绩考核重点，综合考虑经济发展指标和生态环境保护指标，在进行空间结构调整的同时也进行了产业结构的调整。

处理好局部与全局关系，加强石羊河流域的综合治理

专家指出，主体功能区从全局利益出发，谋求全流域利益的最大化，这势必对地区利益、部门利益造成新的冲击。只有做好区域补偿工作，建立多层次的生态补偿机制，从基本公共服务均等化的原则出发，对列入禁止开发区和限制开发区的人民群众及当地政府予以适当的补偿，才能激励这些地区进一步加强生态环境资源的保护。首先，需要改革流域内现行财税体制，实现从生产型增值税向消费型增值税的转变。特别是对民勤、古浪、天祝等禁止开发和限制开发区域的地方政府而言，财力本来较弱，要让其放弃对经济增长的追求，必须建

立健全财权与事权相匹配的财政管理体制。其次，要针对水资源、土地、投资、产业和人口管理等建立分类政策体系，约束和引导各类市场主体自觉地按照地区主体功能定位从事开发建设。

后记

位于石羊河下游的民勤县由于水资源供需矛盾突出、沙漠化严重等问题而产生了严重的生态危机。这场迫在眉睫的危机告诉我们，资源环境的承载能力是有限的，一旦超载，将会对当地的生态环境造成难以逆转的破坏。此外，在一个缺水地区，对流域水资源的开发利用进行统筹规划是非常重要的，因为上游的过度开发必然会对下游的生态系统造成影响。为了促进人口与资源、环境的协调发展，根据国务院发布的《关于编制全国主体功能区规划的意见》，甘肃省分别将石羊河流域的凉州区、古浪、天祝、民勤县划分为重点发展区、限制开发区和禁止开发区，希望这个规划能够为民勤的生态环境恢复带来转机。

2011.12.21

民勤县作为全国四大沙尘暴策源地之一，它的生态环境关系着河西走廊安危。然而，伴随着石羊河流域不断开发，上游地区用水量逐年增大，致使石羊河输入下游民勤县的水量逐年减少。民勤有名的美景青土湖干涸了，柳林消失了。

2007年12月，《石羊河流域重点治理规划》出台。经过几年的努力，近期目标已基本实现，民勤的生态环境正在得到逐步改善。

地绿民富笑对昔日预言

季候更替，繁露成霜。在《石羊河流域重点治理规划》近期目标基本实现之际，笔者跟随"陇原环保世纪行"记者采访团赴甘肃省武威市民勤县进行采访，一组组数据验证着石羊河流域发生的可喜变化。

曾被预言即将从地图上消失的绿洲——民勤县正在绽放点点绿意。

实施关井压田 科学防沙治沙

采访车辆蜿蜒穿行在民勤县黄案滩生态系统自然恢复区，车窗外芦苇摇曳，野鸟翻飞，野果娇艳，枣香暗送，将10万亩核心区织就成一幅生态美景。"那边就是腾格里沙漠了"，顺着同行记者所指方向望去，漫漫黄沙堆积成连绵起伏的沙丘，与眼前的生机盎然形成鲜明对比。

民勤县夹河乡党委书记林艳军介绍说，2006年以来，黄案滩共关闭机井275眼，压减农田灌溉配水面积3.8万亩，年削减地下水开采量1447万立方米。通过关井压田和治理保护，地下水位开始回升，黄案滩2008年关闭的96眼机井中有7眼成了自流涌泉，周边出现局部湿地。

据当地水管所测算，自然恢复区内地下水位平均埋深由2008年的4.2米回升到了现在的3.3米，水位上升了0.9米。林艳军说："从去年开始，生态植被恢复很快，生长茂盛，植被覆盖率由2006年的28%上升到现在的36%。"

关井压田是石羊河流域重点治理工程中的一项重要举措。自2006年石羊河流域重点治理项目实施以来，石羊河下游的民勤县全面实施了关井压田。而黄案滩生态系统自然恢复区则是民勤县所辖乡镇中实施关井压田面积最大的区域。

据民勤县副县长介绍，石羊河综合治理中，民勤县将各类农林场、移民迁出区、风沙沿线和绿洲内部二轮延包土地以外的耕地确定为重点区域，全面落实关井压田任务。截至目前，累计关闭机井3018眼，压减农田灌溉配水面积44.18万亩，有效缓解了民勤绿洲水资源危机。

"森林覆盖率由2006年的10.86%提高到2010年的11.52%，沙尘暴日由'十五'时期的年均12.8日减少到'十一五'时期的年均9日。"民勤县政府秘书陈国亮说，"这是民勤县科学实施防沙治沙取得的显著成绩。"2006年以来，民勤县累计完成工程压沙17.02万亩，新增人工造林面积42.12万亩，封沙育林（草）11.5万亩，退牧还草330万亩，民勤县生态环境正在得到逐步改善。

落实调水方案　改革水权水价

"石羊河—民勤"曾因资源型缺水成为生态恶化典型区域。2010年10月23日，民勤蔡旗断面过水量达到2.505亿立方米，全年过境水量达到2.617亿立方米。发生在石羊河流域凉州区至民勤县河段的调水事件成为当时各大媒体聚焦的热点。"未达到蔡旗断面2.5亿立方米过境水量将引咎辞职。"武威市委主要领导公开承诺。武威市人大副主任邱亮告诉记者，截至2011年9月7日，蔡旗断面过境水量约两亿立方米。

据了解，为抢救性改善民勤和改善石羊河流域的生态与环境状况，加快石羊河流域综合治理步伐，2007年12月《石羊河流域重点治理规划》（以下简称《规划》）正式出台，蔡旗断面下泄水量、控制地下水超采目标被确定为《规划》的两项约束性指标，要求确保如期完成。

大幅减少地下水开采量，不断深化水权、水价改革是武威市确保完成两项约束性指标所采取的措施。

石羊河流域治理的根本出路是节水，而节水的关键是实施水权、水价改革，全力推进节水型社会建设。据石羊河流域管理局工作人员介绍，石羊河流域全面深化了水权制度改革，充分发挥价格在水资源配置中的杠杆作用，以超定额累进加价、节约水量减价征收为核心，制定出台了农业、城市、工业用水价格管理办法，将流域内水资源量按农业、工业、生态和城乡居民用水，全部定额逐级分配给各灌区、乡镇、村组和用水户。

目前，石羊河流域武威属区31万农户都有水权证，每个农民对自己有多少水了如指掌。水权改革使农民告别了粗放的大水漫灌方式，首次有了水权概念和节水意识。

渠灌、滴灌、管灌等节水改造工程的实施，垄膜沟灌、垄作沟灌和膜下滴灌等高效节水技术的大力推广，使石羊河流域的用水量大幅度减少，用水效益明显增加。据马述涛介绍，民勤县用水总量由2006年的7.44亿立方米下降到2010年的3.51亿立方米，民勤盆地地下水开采量由5.17亿立方米减少到1.05亿立方米。全县渠道输水效率大幅提高，灌区灌溉水利用系数由0.58提高到0.614，河水灌溉渠系水利用率由0.42提高到0.6。

据甘肃省环保厅副厅长介绍，"十一五"以来按照《石羊河流域防沙治沙及生态恢复规划》，石羊河流域累计完成干支渠改建824公里，配套田间节水灌溉面积151万亩，关闭机井3318眼，压减农田灌溉配水面积64万亩。石羊河流域通过综合治理已初见成效，特别是民勤人畜供水得到了部分缓解，地下水位急速下降的趋势得到一定遏制。2010年，武威市水资源配置总量16.12亿立方米，比治理前的2006年用水量减少了7.14亿立方米，减幅达30.7%。这组数字同样见证着石羊河流域重点治理取得的可喜成果。

调整农业结构　发展特色产业

治标更需治本。作为传统农业大市，武威市的农田灌溉用水占全市用水总量的90%以上。传统的农业结构如不调整，关井压田、调水节水也只会成为权宜之计。从长远看，水资源短缺的形势依然难以从根本上扭转。

此外，井关了，田压了，祖祖辈辈依靠土地和井水繁衍生息的人如何生产和生活？

面对两大难题，民勤县政府的抉择是：大力调整结构，发展温室大棚、养殖暖棚等设施农业，走现代农业道路，实施生态安全战略。武威市对全流域经济结构进行了战略性调整，着力发展低耗水、高附加值的工业和低耗水、高产出的农业，不断提高用水效率和效益。

陈国亮介绍说："《规划》实施后，民勤县不断优化种植业结构，鼓励发展亩用水400方以下、产值2000元以上的低耗水高效益种植业。"

民勤县特色林果业得到快速发展。截至2010年，民勤县累计发展种植酿造葡萄两万亩、红枣5万亩，酿酒葡萄和红枣丰产期亩收入分别达4500元和5000元，亩均用水量在300~350立方米之间。2011年，全县大力实施"2311"计划，推进农业结构大调整，共完成特色林果经济林基地建设4.05万亩。

2010年民勤县农民人均纯收入达到5215元，比2006年增加了1633元。这一数据表明民勤绿了，民勤也富了。石羊河流域综合治理真正走出了一条生态富民的路子。

然而，这仅仅是石羊河流域综合治理取得的阶段性成果，远期（2011—2020年）目标的实现依然任重道远。我们期待民勤有名的美景——碧波荡漾的青土湖早日归来。

2018.9.25.4

在巴丹吉林沙漠和腾格里沙漠交汇处,"青土湖""石羊河""民勤""红崖山水库"这四个名词紧紧地交织一起,讲述着这片绿洲的故事。

历史上,石羊河的汩汩清流汇集在甘肃省民勤县北端,形成了一个水草丰美的内陆淡水湖——青土湖。青土湖的顽强存在,使民勤免于被滚滚黄沙吞噬。

20世纪五六十年代,因石羊河上游用水量急剧增加,青土湖完全干涸。水干风起,流沙肆虐,形成了长达13公里的风沙线,成为民勤绿洲北部最大的风沙口。

2004年夏天,石羊河断流,红崖山水库彻底干涸,库底朝天。腾格里和巴丹吉林两大沙漠步步紧逼,形成合拢之势。

怎么办?民勤不能成为第二个罗布泊。14年来,民勤人防沙治沙,注水节水,确保生态保护与经济发展互促共赢。

如今,记者故地重访,青土湖再现水草丰美的景象,民勤人创造了生态系统恢复重建的奇迹。

青土湖"归来"

时隔14年,沿民武公路再寻青土湖,脑海里反复交替着当年深烙的画面:公路边一座座的半固定沙丘,农田依靠水渠在沙丘边缘艰难地生存着。

然而,车窗外,尼龙网、芨芨草、土工编织袋等大片网格式沙障将流沙牢牢地束缚住,红柳、毛条、白榆在网格里顽强地生长着。继续前行,眼前出现了成片的海子和芦苇荡,不时有水鸟掠过。青土湖归来了。

湖区随处可见"湖区水深禁止戏水"的警示牌。民勤县水务局局长刘光前告诉记者,青土湖的地下水位埋深由2007年的4.02米上升为2017年底的2.94米,上升了1.08米,湖区水域面积也扩大到26.6平方公里。

眼前这片水草丰美的景象,凝聚着民勤人民防沙治沙、注水节水、保护生态与发展经济互促共赢的智慧和汗水。

不做第二个罗布泊

民勤县东、西、北三面被腾格里和巴丹吉林两大沙漠包围,总面积1.59万平方公里,绿洲沿线有长达408公里的风沙线。如果不能及时进行生态修复,民勤有成为"第二个罗布泊"的风险。

2010年以来,按照生态建设长效机制,民勤把绿洲北线、西线的青土湖、老虎口、西大河、昌宁西沙窝等沙患严重区域作为防沙治沙的重点区域,大规模开展治沙造林活动。全县每年完成压沙、造林4万亩以上,有效阻隔了两大沙漠合拢,县域生态环境持续改善。

民勤县委书记黄霓介绍说,截至目前,全县人工造林保存面积达229.86万亩,压沙造林面积达55.3万亩,封育天然沙生植被325万亩,封育成林78万亩。全县荒漠化面积由2009年的2254万亩减少到2154万亩,荒漠化占比由2009年的94.5%降到90.34%,森林覆盖率由2009年的11.21%提高到17.91%。

为拓宽农民增收渠道,2010年以来,民勤完成治沙生态林承包治理经营40万亩,示范推广梭梭接种肉苁蓉6万亩。

秋季压沙、春季造林是民勤县干部职工必须承担的义务。为进一步遏制沙患,阻隔两大沙漠合拢,民勤县坚持造管并举、封造结合的原则,采取干部群众义务投工投劳和重点生态项目支撑相结合的方式,开展了大规模的生态治理行动。

近年来,在压设沙障固定流沙的基础上,通过与科研单位进行技术交流与合作，对治沙新技术、新材料进行试验示范，建成防沙治沙核心示范区1000亩。对植被生长较好的地段采取人工围栏封育，促进植被自然修复，增加植被盖度，目前已完成围栏封育12万亩。

国家第五次荒漠化和沙化监测结果显示，2014年民勤县荒漠化、沙化土地面积较2009年分别减少6.26万亩、6.76万亩，荒漠化和沙化面积呈逐年减少趋势，整体处于遏制、逆转趋势。

生态用水得以保障

石羊河由8条河流汇集而成，其中6条支流进入民勤后经蔡旗断面流入红崖山水库。民勤县所有的生产生活生态用水全部依赖蔡旗断面的地表水注入。

20世纪50年代进入民勤的径流年均为5.42亿立方米，占流域总径流的30%。90年代减少到1.31亿立方米，2005年为0.61亿立方米，不足总径流的7%。

为遏制民勤来水量不断减少的局面，尽快改善全流域尤其是民勤县的生态环境，《石羊河流域重点治理规划》确定了2010年蔡旗断面过水总量在2.5亿立方米以上的约束性指标。

2010年蔡旗断面总径流达到了2.61亿立方米，其中向青土湖下泄水量1290万立方米。2009年蔡旗断面总径流达到3.9242亿立方米，向青土湖下泄生态水量3830万立方米。

单靠外来注水，不精简节约，仍然无法保障生态用水。

民勤县按照"政府调控、市场引导、公众参与"的要求，大力推进节水型社会建设，采取了一系列政策措施解决水资源问题和缓解水环境压力，使得水资源配置体系不断完善，水资源保障能力不断加强，用水效率和效益逐年提高，各行业用水得到有效保障。

在青土湖地下水位自动监测井，刘光前向记者演示了自动监测数据的读取方法。在全县，共布设这样的自动监测井133眼，极大提高了水资源监控能力，为正确评价水资源动态和政府决策提供科学依据。

民勤推行智能化管理，建立起了自觉节水的社会行为规范体系。把用水总量控制、用水效率控制、水功能区限制纳污三条"红线"纳入全县经济社会发展综合评价体系，让"红线"变成刚性约束，压减农业用水，节约生活用水，增加生态用水，保证工业用水，努力破解结构性缺水命题。

尝到绿色发展的甜头

生产生活用水和生态用水的矛盾，促使民勤不断探索建立与水资源承载能力相协调的经济结构体系。

民勤县按照"以水定产业、以水定规模、以水布局经济社会发展"的要求，依据县域自然资源优势和特色产业优势，着力调整优化产业结构布局。

在苏武镇羊路村，节水高效喷灌系统"滋润"着2000亩现代农业示范园的叶菜，细密的水珠在落日余晖中折射出彩虹的颜色，地头筐里摆放整齐的芥蓝、菜心、上海青等有机绿色蔬菜，即将被销往香港、广东等地区。

羊路村书记张新红说，喷灌蔬菜每年可种植四五茬，亩用水380~410立方米，纯收入可达3600元，单方水效益是传统作物玉米小麦的3倍至5倍，年可实现利润500多万元。同时，种植陆地无公害蔬菜400亩，主要以西兰花和香菜为主，预期效益每亩可达4000元。

园区里还有120座占地680亩的三代全钢屋架日光温室。种植品种包括有机彩椒、西红柿、人参果等蔬菜和瓜果，远销省内外。日光温室全部采用膜下滴灌技术，推行水肥一体化，节水效果明显，每座日光温室年产值达8万~15万元，相对种植传统作物效益显著，目前已吸引100多农户参与到日光温室产业经营中。

据黄霓介绍，以日光温室和暖棚养殖为主的设施农业和以葡萄、红枣、枸杞为主的林果业，成为配水面积减少后促进农民增收的主要措施，并辅以高效节水灌溉工程配套支持，促进全县农业经济走上良性循环和持续快速发展轨道。

到2017年底,民勤县灌区灌溉水利用系数由0.58提高到0.637,农业结构不断优化,符合民勤水资源实际的高效节水农业结构逐步形成,全县现代农业雏形初步显现。

2017年,民勤农田灌溉定额用水由每亩663立方米降低到目前的410立方米,农业用水比重由83.74%下降到2017年的61.19%,农业单方水效益由2.86元提高到20.49元。

"保护生态环境就是保护生产力,改善生态环境就是发展生产力。"民勤人民切切实实尝到了绿色发展的甜头。青土湖要"归来"了,民勤人民的腰包也鼓起来了。

2022.04.19
（甘肃日报）

大自然造化河湖，河湖哺育生命，人类文明与河湖的相互作用，又孕育出一座座城市。所以，城市的兴起与繁荣都和河湖的繁衍有着鱼水相依的不解之缘。城市因为傍依河湖，所以气息旷远，生动灵秀。

《中华人民共和国国民经济和社会发展第十四个五年规划和2035年远景目标纲要》提出，要推进美丽河湖保护与建设。2021年3月，生态环境部印发《关于开展2021年美丽河湖、美丽海湾优秀案例征集活动的通知》，首次开展美丽河湖优秀案例征集活动。全国多地按照"山水林田湖草沙是一个生命共同体"理念，从水环境、水资源和水生态等角度阐释美丽河湖的内涵。

甘肃省地处内陆，全省河流分为长江、黄河、内陆河三大流域9个水系，承担着全国主要江河源头水源补给、水源涵养、防风固沙和生物多样性保护等重要生态功能，是国家西部重要的生态安全屏障。然而，甘肃省是一个水资源十分短缺的省份。人均水资源占有量低，水资源时空分布不均，水资源短缺、水污染和水生态环境恶化，成为经济社会可持续发展的重要制约因素。

石羊河武威流域更是集中了水生态环境恶化的全部"症状"。武威市、石羊河，一座城、一条河，一度矛盾激化，伤痕累累。

治理一条河关乎一座城的发展，关乎一城人民的福祉。城市发展与河流治理两者如何统一？河流应该如何治理才能真正有利于城市的长远发展？遵循习近平生态文明思想，武威市重新思考，认真破题，最终向人民交出了一份靓丽答卷。

"美丽河湖优秀案例征集活动"仅是一个抓手，带动的是一地一城从宏观战略上对当地经济社会发展的全面布局。绿色发展不仅仅是时代的强音，更是城市面向未来，必须要走的路。通过这打造美丽河湖，武威市地方管理治理能力得到历练、基础设施得以提升改造、人居环境得以改善、城市发展潜能得以厚植。

人是河湖最频繁的扰动因素。人心所向是河湖命运所向，又何尝不是城市发展所向和人民福祉所依。只有河湖保护观念深入人心，人与河湖真正相互依存、相互尊重，才能最终让城市与河湖和谐共处、共生共长。唯愿河湖愈加美丽，我们的城市绿意更浓。

汩汩清流润城郭　盈盈碧波锁黄沙

为深入践行习近平生态文明思想，落实"十四五"规划纲要关于"推进美丽河湖保护与建设"的任务部署，充分发挥基层创新的示范引领作用，2021年，生态环境部首次开展美丽河湖优秀案例征集活动，共筛选出18个美丽河湖案例，甘肃石羊河（武威段）成功入选。

甘肃省生态环境厅主要负责人表示，要讲好甘肃美丽河湖保护与建设的故事和感人事迹，并指导推动武威市依据自身的资源环境禀赋，具体化、科学化打造"有河有水、有鱼有草、人水和谐"的石羊河，用生动实践阐释在西部内陆河流域，什么样的河流是美丽河流、美丽河流怎样建、美丽河流怎样管等重要问题。

4月，大地回春，茫茫河西走廊河湖解冻，石羊河的汩汩清流和青土湖的盈盈碧波，在为人们述说武威市交出的"美丽河湖"时代答卷。

一条曾集中水生态环境恶化全部"症状"的河流

不同的地理位置，不同的历史禀赋，不同的执政理念，造就了一座座个性城市。这些城市都或多或少地遇到了水资源短缺、水环境污染的棘手问题。由于特殊的地理位置和气候条件，石羊河集中了水生态环境恶化的全部"症状"。

石羊河位于河西走廊东端，该水系自东向西由大靖河、古浪河、黄羊河、杂木河、金塔河、西营河、东大河、西大河8条河流及多条小沟小河组成。这些河流发源于祁连山，出山后呈倒立扇形向北逐渐汇集，经武威市凉州区，过红崖山流入下游民勤盆地，然后汇入尾闾青土湖，没于沙漠。流域覆盖武威、金昌、张掖和白银4市9县区，全长250公里，流域面积4.16万平方公里，多年平均径流量15.04亿立方米。

石羊河流域是我国干旱内陆河区人口密度最大、水资源供需矛盾最为突出、人类活动影响生态环境恶化最为严重的流域之一。武威属区多年平均水资源量11.27亿立方米，人均占有量约700立方米，仅为全省的二分之一、全国的三分之一；耕地亩均占有量不足220立方米，仅为全省的三分之一、全国的九分之一，是流域内218万人民的生命河。

然而，20世纪五六十年代，受人为活动和全球气候变暖影响，石羊河流域生态环境日趋恶化。流域水资源严重短缺、水质不能稳定达标，一系列水生态环境问题成为制约武威市经济社会全面发展的瓶颈。

武威市生态环境局有一本专门记录石羊河水质达标情况的台账。2017—2019年以来，石羊河扎子沟、红崖山水库国控断面，个别月份水质超标；尤其是2019年扎子沟断面全年水质为Ⅳ类，未达到Ⅲ类水质目标考核要求，其中，2019年2月、3月为主要超标月份，超标因子为氨氮。这一项项不能稳定达标的记录如一块块石头压在环保工作者的心头。

祁连山冰川萎缩、雪线上升，上游来水逐年减少，中游截流超用，下游地下水过度开采，用水秩序混乱，青土湖干涸，沙尘暴频发，家园和耕地被黄沙吞噬，昔日水草丰美的"民勤绿洲"有了"第二个罗布泊"的迹象，许多人不得不背井离乡，成为"生态难民"……这些极具镜头感的场景，则是石羊河流域生态环境日趋恶化的真实写照。

找准石羊河存在的四大"症结"

紧抓"症状"找"症结"。武威市分析研判石羊河的"问题在哪里""症结在哪里",梳理出石羊河水环境、水资源、水生态的症结主要有四个:

"夏秋一水连天,冬春荒滩无边",石羊河水资源流量在枯水期、丰水期呈现出明显的两极分化,季节性河流特征显著。有关负责同志说,因地表径流量小,无法保证河道在全年维持一定的水流;同时河道无足够的切割深度,得不到地下水的有效补给,加之区域内经济社会的不断发展,河流开发利用强度加大,水资源供需矛盾日益尖锐,使石羊河呈现出明显的间歇性、时令性特征。丰水季,水位暴涨,水量丰沛;枯水季,径流锐减、河床大面积裸露,处于频繁断流状态,水体污染容易加剧。石羊河干流扎子沟水质监测断面径流量之小、水体自净能力之差,就是一个鲜明的例子。

污水处理设施不完善是造成下游断面水质不能稳定达标的又一原因。据介绍,凉州城区污水处理厂执行排放标准与地表水环境质量标准存在较大差异,尾水未经深度处理,对下游断面冲击较大,特别是冬季枯水期,石羊河自净能力差,极易造成断面超标。古浪县、民勤县污水处理厂执行城镇污水处理厂排放一级 B 标准,执行标准偏低。

作为传统农业大市,武威市农业农村污染面大的问题不容忽视。石羊河流经乡镇分布了较广的耕地,目前农业灌溉多采用传统的农业生产方式,基本为地面灌溉,化肥、农药使用普遍,残留的农药化肥易随灌溉余水回流、降雨径流等进入水体形成面源污染。农村生活污水未有效处理,农村垃圾收集处理处置体系不完善。

此外,近年来祁连山冰川积雪融化增多且降水偏丰,促使蔡旗断面水量目标提前完成,掩盖了流域争水矛盾,但流域资源性缺水未发生根本性转变。"流域现状水资源量人均为全国的三分之一,亩均水资源量为全国的七分之一,绝对水量明显不足。"有关负责人说,扣除不合理用水,流域现缺水 17%,未来需求进一步增加,短期径流增加红利消失后,无论是维持蔡旗下泄水量,还是保障青土湖生态补水量,都将面临更加艰巨的挑战。

努力把石羊河建设成为武威人民的幸福河

石羊河流域生态环境问题备受党中央、国务院重视。

2013年2月,习近平总书记视察甘肃时强调,特别要实施好石羊河流域综合治理和防沙治沙及生态恢复项目,确保民勤不成为第二个罗布泊。

2019年8月21日,习近平总书记考察古浪县八步沙林场时指出,八步沙林场"六老汉"的英雄事迹早已家喻户晓,新时代需要更多像"六老汉"这样的当代愚公、时代楷模。要弘扬"六老汉"困难面前不低头、敢把沙漠变绿洲的奋斗精神,激励人们投身生态文明建设,持续用力,久久为功,为建设美丽中国而奋斗。

甘肃省委、省政府坚持把习近平总书记对甘肃重要讲话和指示精神作为全部工作的统揽和主线,勇担生态报国之责,筑牢生态安全屏障,坚定不移走生态优先、绿色发展之路,统筹推进山水林田湖草沙冰系统治理,狠抓各类生态环境问题整改,持续打好全域生态文明建设主动仗,全省上下勠力同心,祁连山保护区生态环境问题整改工作全面完成,祁连山生态保护"由乱到治,大见成效"。

武威市把石羊河流域生态环境保护建设作为重大政治任务、重要民生工程、重大发展问题,坚持"八步沙'六老汉'困难面前不低头、敢把沙漠变绿洲"的新时代武威精神。通过完善责任体系,市、县区党政主要领导带头抓、具体抓,武威市已形成党政齐抓共管、部门各负其责、全社会共同参与石羊河治理的工作格局。

组建生态环境保护委员会、河湖长制协调推进领导小组、石羊河全国示范河湖建设工作领导小组,这些机构的成立无不围绕着一个中心——石羊河治理。武威市明确提出,要努力把石羊河建设成为武威人民的幸福河。

靠实工作责任。建立完善四级河湖长体系，设置市、县区、乡镇、村四级河湖长1093名、河湖警长152名。建立"总河长率先抓、各级河长具体抓、水务部门牵头抓、责任乡镇一线抓、联系部门配合抓"的工作格局，统筹推进"八化"管护措施（常态化巡查、系统化治理、立体化监控、法治化管护、有序化利用、社会化监督、全民化参与、综合化考评），确保河湖治理责任全覆盖。

健全制度体系。建立了河长会议、河长巡河、考核问责与激励、水行政执法与刑事司法衔接、河湖管理"红黑榜"等16项制度，为河湖保护提供有力的制度保障。

随着工作深入，区域协作机制逐渐成熟。甘肃省生态环境厅在石羊河流域开展了横向生态补偿的试点，制定印发《石羊河流域上下游2020—2022年横向生态补偿试点实施方案》，将武威市三县一区全部纳入石羊河流域生态补偿范围，落实补偿资金908万元。凉州区与肃南县、天祝县、古浪县、永昌县等邻近县区签订了《县区跨界河流联防联控合作协议》，与民勤县签订了《石羊河流域上下游横向生态补偿协议》，建立健全了地表水断面生态补偿机制。

有了组织保障和制度保障，武威市着手抓石羊河全国示范河湖建设6大类39项具体任务，补短板、强弱项，夯实基础工作，石羊河流域生态环境保护建设成效日益凸显。

打造水清、河畅、岸绿、景美的石羊河风情线

9月，正值丰水期的石羊河国家湿地公园，芦苇、红柳随风摇荡、花开潋滟，往日的裸露滩涂大多已深埋于水下看不见踪影，水面显得非常宽阔，流连其间，仿佛置身水乡。蔡旗断面、红崖山水库、青土湖、黄案滩自流井，如一颗颗点缀在石羊河流域的明珠。时日更替至冬月，这里又成了鸟类迁徙和栖息的乐园，大天鹅在此越冬，大白鹭、斑头雁等水禽在此栖息。人鸟和谐，万物共生。

这是石羊河流域治理的显著成果。2020年8月，武威市组建成

立"八步沙干部学院",着力打造全国一流的践行习近平生态文明思想的示范基地和"绿水青山就是金山银山"实践创新基地,也是践行国家生态安全宗旨的示范地,勤劳的武威人民用自己的坚守和执着,没有让腾格里沙漠和巴丹吉林沙漠合拢,阻止了"第二个罗布泊"的出现。同时,扎实推进工程建设。实施总投资10.76亿元的石羊河国家湿地公园建设、生态连通输水工程等14项工程,以项目建设串联起沿河两岸自然资源和人文资源,形成水清、河畅、岸绿、景美的河湖风情线。

石羊河的生态功能逐步得到恢复。蔡旗断面过水量、民勤盆地地下水开采量两大约束性目标和北部湖区出现旱区湿地的生态治理目标分别提前8年、6年实现。民勤蔡旗断面过水量连续11年达到2.99亿立方米。青土湖水域面积从3平方公里扩大到26.7平方公里,形成旱区湿地106平方公里,阻隔了腾格里和巴丹吉林两大沙漠合拢。地下水位由2007年的4.02米上升到目前的2.91米,升高1.11米。石羊河湿地范围内鸟类种群数量不断增加、植物植被群落相对稳定,水域面积已由2016年的25.16平方公里增加到2020年的26.67平方公里;黄案滩裸露的土地日益减少,芦苇、白刺、梭梭、沙枣等10万亩植被群落逐步恢复,红崖山水库鸟类生物约增长到16目20科80种2万只。2020年4月,红崖山水库向干涸30年之久的外河(东大河)下泄生态流量339万立方米,使外河重获新生。

加大环保基础设施建设,强化水环境治理,石羊河由浊变清。针对污水处理设施不完善问题,武威市以解决突出问题为导向,加快基础设施建设,城市及县城生活污水处理厂全部完成提标改造,2021年争取到位中央、省级9个专项28个项目资金1.33亿元,有力推动了环保基础设施建设。在全省率先实现县以上城市生活污水处理厂一级A标准全覆盖,各县区污泥无害化处置工程全部建成投运,7个工业园区和6个重点镇全部建成污水处理设施。全市无黑臭水体。凉州区、民勤县、天祝县污水处理厂均建成再生水回用设施,城市再生水利用率达到46%。

一组数据直观见证水环境治理成效。2019年扎子沟断面全年水质为Ⅳ类，2020年至2021年，全市4个国控断面、5个省控断面、7个县级及以上集中式饮用水水源地水质全部达标，达标率100%，其中8个国控断面水质好于考核目标一个类别。2021年全年扎子沟断面水质稳定达到Ⅱ类。

"天上飞、地上巡、河上看、网上管"的河湖管护立体化监控监管模式，则是通过充分运用卫星遥感、无人机、视频监控等现代科技手段，做强做实河湖治理的"神经末梢"。

为武威市的发展蓄积生态能量

城市河流的治理并非一蹴而就，必须标本兼治，建立行之有效的长效机制，才能走出"污染—治理—再污染—再治理"的怪圈。

武威市强化综合施策，坚持治理与保护并重，统筹经济社会高质量发展和生态文明建设，不断加强水生态修复，提升治理成效。

针对流域干旱脆弱的生态特性，武威市创新河流生态功能区划分治理模式，将石羊河划分为城市亲水宜居—生物多样性保护区、生态环境控制区、尾闾生态恢复区3个水生态功能区，分段施策，达到"人水和谐"。

节水，也许是属于石羊河这条城市河流可以传承的个性。基于水资源严重短缺的环境现状，实施国家节水行动对于武威市显得尤为重要。围绕做深"节水"文章，武威市率先实施国家节水行动，先后召开实施国家节水行动动员大会、推进会、专题约谈会，颁布实施《武威市节约用水条例》，推进深度节水、极限节水，全市年用水总量由"十二五"末的15.81亿立方米减少到14.2亿立方米，城市节水已达到《城市节水评价标准》Ⅱ级。深度节水极限节水项目的实施对探索内陆河流域生态与经济融合的发展模式、破解旱区生态修复与经济社会协调发展难题、推进生态文明建设提供了珍贵样板。

一方好山水，满眼皆复绿。武威市大力实施国土绿化倍增行动，

2018—2020年全市完成人工造林118万亩，年均39.4万亩，是前5年年均造林面积的1.34倍。持续推进科学防沙治沙，累计投入16.6亿元，完成治沙164.4万亩、人工造林230万亩，均为前五年的2倍，森林覆盖率达到19.01%，草原综合植被覆盖度达到42.9%。武威被确定为全国防沙治沙综合示范区。古浪县八步沙林场被生态环境部命名为首个全国"绿水青山就是金山银山"实践创新基地，入选生态环境部发布的第一批18个"两山"实践模式与典型案例。

另外，统筹推进城乡人居环境整治。以"垃圾革命""厕所革命""风貌革命"为抓手，纵深推进全域无垃圾、农村拆违拆临、废旧宅基地复垦复绿、农村乱占耕地建房问题整治，城乡环境持续改善。农业面源污染得到有效控制，化肥有效利用率达40.5%，测土配方施肥技术覆盖率达95%，专业化统防统治面积覆盖率为44.2%，绿色防控覆盖率43.0%，废旧农膜回收率达82.3%，尾菜处理利用率达到47.3%。

此外，石羊河的景观旅游效益逐渐凸显。通过打造石羊河国家湿地公园等水文化旅游景观，提升区域生态环境治理水平，带动周边旅游产业发展。

经过重新治理和规划后的石羊河碧水东流，日益显现出独特的生态功能、经济功能、文化功能和休闲娱乐功能，温柔绿意在石羊河畔晕染开来，为武威市的发展蓄积着源源不断的生态能量。

石羊河治理模式成功入选全国首批"美丽河湖案例"，为我省乃至全国内陆河干旱缺水河湖管护及河湖水生态修复治理提供了珍贵样板，是践行"绿水青山就是金山银山"理念的生动案例，为筑牢西部生态安全屏障提供了宝贵经验。

2004.09.02

"按照近20年的退化速度，不用10年时间，甘南州草地乃至青藏高原东部将成为中国第四大沙生源。"这是兰州大学杜国祯教授的告诫，也正是甘南州人民的担忧。

甘南生态危机

甘南藏族自治州成立至今近半个世纪，在建设"草原新城"的过程中，他们为此付出了沉重的环境代价。目前甘南生态环境危机重重。

草场退化，沙漠化日趋严重

藏族牧民才让，在草原上度过了50多个年头，见证了甘南草原的变迁。老人告诉我们，记忆里他们的家园水草很丰美，有牛羊吃不完的草。

甘南全州共有森林面积1457.4万亩，占全州总面积的24.61%；共有天然草场面积4048万亩，占总土地面积的70.28%。

然而，由于生态失衡、黄河自然演变、森工企业重采伐轻管理、环保投入严重不足、环境执法力度薄弱等一系列原因，甘南生态环境严重退化。

目前，甘南草场重度退化的有1700万亩，轻度退化的有500万亩，鼠害487万亩，其中黄河首曲——玛曲90%以上的草场呈现退化趋势，荒漠化面积已达80万亩。全州的水土流失面积高达11563平方公里，河流含沙量在成倍地增长。水土流失的加剧，使土地面积锐减，土壤土层变薄。

在玛曲县记者看到，昔日水草肥美的青青黄河岸，如今已成大面积变成草滩，流经玛曲境内433公里长的黄河沿岸已有200多公里出现了严重沙漠化现象。著名的若尔盖湿地，生物多样性富集区的风采已不存在。

全州的森林资源也受到了前所未有的破坏。森林覆盖率比20世纪50年代下降了35%，年降水量以每10年6.13%的速度递减，森林涵养水源、保持水土的生态功能日益下降，各类自然灾害越来越频繁，生态的严重破坏和人口的增加，导致人地矛盾加剧。

政府为甘南发展重新定位

笔者在甘南州委、州政府及州环保部门采访了解到，甘南正在"举全州之力建设绿色生态旅游州"。

甘南州委、州政府的有关领导告诉笔者，政府的"十大目标"工作中与生态旅游直接相关的就有三项，包括加快实施农牧优势互补战略，建立新兴产业格局，调整优化农牧业经济结构、产业结构和产品结构；旅游业发展迈大步，形成新的支柱产业；牧民实现标准化定居，提高牧民生活质量和文明程度，积极促进生态环境的维护。

甘南州环保部门提出，要强化资源开发建设项目的环境管理；认真执行建设项目"环境影响评价"和"三同时"制度；建立和完善资源开发环境管理机制；认真做好矿产资源开发管理秩序整顿和规范工作；建立和完善与资源与生态环境相适应的产业体系；推进"绿色生态示范区"和1+1的抓点带面模式。目前正在切实加强和落实这些工作。

采用多种措施，遏制生态恶化

如何保护甘南的生态环境，一些有识之士还提出以下建议：

——积极出台政策，禁止乱采滥挖，保护生态环境，要求州内所有承包草场和未承包草场全面禁止采挖虫草等野生药材的非法活动，并成立专门的生态保护稽查队。

——建立适应市场经济体制的生态环境保护投入机制，实行国家、地方、企业、个人、集体共同参与，多形式、多渠道筹集生态环境保护资金的机制。要按照价值规律和"谁利用、谁补偿"的原则，完善有关经济政策，建立生态环境偿机制。

——坚持依法治理，把绿色生态旅游建设纳入法制轨道。

——实施投资、税收、定额放牧和圈地保护等方面的优惠政策，对黄河上游玛曲段这样的关系9省（区）社会经济发展和生态安全的湿地从政策上给予倾斜性、灵活性、多样性为一体的支持。

——实行信贷支持政策。国家金融机构向重点生态功能保护区的资金应实行低息或免息，加大无息贷款力度。

2004.12.30

资源量相对不足，环境污染严重，生态系统负荷超载。面临困境的凉州区正在探索新的发展道路

循环经济热凉州

凉州，就是现在的武威，过去曾因其是古代中原与西域经济、文化交流的枢纽而辉煌一时，今天，却因横贯其境的石羊河的严重污染、生态环境不断恶化而闻名全国。

2003年4月，武威市凉州区痛下决心，依法关停市内8家造纸企业，拆除18台蒸球，清理关闭17家作坊式造纸户。8月，责令荣华味精生产线停产治理。随之而来，凉州区2000多人待岗，财政收入减少了2000多万元，凉州的发展处在了前所未有的"冻结"状态。

出路在哪里？2003年10月凉州区委、区政府做出了发展循环经济的重大决策。

古老农业的新生

远在4000年前，武威就有了农业。但是今天，生态型缺水成了农业发展的巨大阻力。武威人又是如何守护农业大区的根基的呢？记者采访了农业管理办的孟主任。

为了实现农业的可持续发展，凉州区委、区政府把凉州区农业的根本出路和发展定位在提高资源利用率和废弃物的再循环，走生态农业之路上，已付诸实施的6项举措成效显著：一是大力推广间作套种复种，立体栽培模式，2003年，全区各类间作套种农田达到73.23万亩，

套种、复种率达52%；二是大力发展设施农牧业，探索和推广了良医、良药、良法、良种、良舍"五良"配套暖棚养殖技术，2003年"五良"配套饲养的牛、猪、羊、鸡良种程度分别达80%、99%、60%和100%，秸秆利用率达40%，配方饲养达到65%；三是大力发展生态林业，南护水源、北固风沙，"林草木并重，乔灌花并举"；四是大力发展节水农业，根据年降水情况采取压夏禾、扩秋禾等办法有效提高水的利用率；五是整理农田，提高土壤理化性能；六是积极改进"畜—沼—渣—菜"的新生态农业模式，推广沼气工程，当前在清源镇王庄村，该工程的受益农户已达2000多户。

以第一产业为基础，大力发展食品加工工业，进而构建覆盖三次产业整体的循环经济体系，即以绿色生态农业带动新兴生态工业，搭建环保型第三产业，是新时期凉州区为自己量身定做的循环经济目标。

如日中升的新兴生态工业

对于工业企业，武威市也在进行大"调理"。此次采访时，荣华集团味精生产线投入1.3亿元巨资进行的大规模废水排放综合治理项目俱已竣工，其中9600万元建成的高浓度有机废水专项治理项目——有机复合肥厂已开始运行，预计每年将削减COD5.3吨，氨氮1.07万吨，减少废水排放106万吨，新增销售收入1.17亿元。荣华集团的负责人发出这样的感叹，没想到废水里能捞出这么多钱。

凉州区完全关闭了原有小型化学制浆造纸企业。依托武威市纸业有限责任公司的技术力量，在腾格里沙漠边缘的双树乡进行3.5万吨/年集中制浆和5万吨/年造纸项目建设，项目配套先进的碱回收设施和污水处理系统，从根本上解决造纸工业的污染问题。利用处理达标的中段水灌溉苁蓉草2200公顷，既可为造纸工业提供优质原料，又可起到防风固沙的生态保护功用，预计项目的实施将使COD削减量为7019吨/年，BOD削减量为3599吨/年，增加就业岗位1000余名。由于现实的逼迫，循环经济已经成为企业的自觉行为。

凉州区从去年实施循环经济以来,经济效益初步显现出来,2004年预计可完成GDP69亿元,比2003年同期增长12.5%,农业增加值可达到17.5亿元,同比增长7.1%,工业增加值可达到15.66亿元,同比增长17.7%。仅荣华集团、武南水泥有限公司、普安制药公司等5家企业从处理废渣、废液、粉尘等方面新增工业增加值1.27亿元,企业从中获得利润3500多万元。

为官要为子孙谋

在凉州区规模上的企业有100多家,其中,荣华、武威氏业、皇台酒业、莫高酒业等6家占到全区GDP的82%。在实地采访中,这些企业的污水处理厂都已建成并投入使用。几家企业的负责人都提到要努力实现废水的回用,力争达到零排放。

凉州区区委副书记、区长毛胜武说:"我们要真正为这方水土的发展负历史的责任……做一件事情,就要扎扎实实地做到底。"这位的兰州大学经济学博士、武威循环经济的倡导者,对今后可能遇到的困难有着更远的考量。

为了使循环经济深入发展下去,政府正在争取年底前提请区人大审议通过、颁布实施《凉州区循环经济发展规划》,将凉州区发展循环经济的理念上升成相关部门的意志;在规划建设中的新兴生态工业园区,上马项目必须符合"3R"原则。鉴于此,由发展计划局经手的4个投资项目,被武威新生态工业园区拒绝了。

市、区两级政府成立了资金贷款担保中心,为中小企业担保贷款,帮助其进行循环改制;政府将1060亩土地的出让金全额返给企业,作为企业的改制金,特别是将周边20平方公里土地无偿划拨给纸业公司,作为芨芨草种植基地。

在整个采访中笔者了解到,循环经济的推广依然存在诸多问题,比如缺少对循环经济发展的宏观指导和引导,建议尽快制定循环经济指标体系、发展战略目标和推进计划。再比如政策不配套,政策归口不明确，上下衔接不够紧密，争取资金就比较困难。同时，发展循环经济需要的资金和人才资源匮乏，迫切需要各级政府给予大力支持；此外，循环经济技术信息交流不畅，尚未营造出良好的清洁生产技术市场，企业缺乏技术渠道的支撑。特别是亟待出台有利于循环经济发展和清洁能源生产的政策法规体系。

武威提出和实施循环经济战略开西部风气之先。正如市环保局副局长王德明所言："武威是省内第一个吃螃蟹的，没被戳破嘴，相反，小试点作出了大文章。"武威的探索希望是河西乃至西部地区发展循环经济的有益借鉴。

2005.11.16

西北地区严重的缺水和生态恶化问题一直为社会所关注，因为这个问题不仅关系到当地经济社会的发展和人民群众的生存，而且对整个国家的生态安全也有重大影响。解决好西北地区经济发展与生态保护的矛盾，不只是西北地区自己的事情，而且需要其他地区乃至国家的大力支持，更需要观念、制度的创新。笔者书写了系列报道，反映甘肃省民勤、武威等一些地方采取有效措施，提出新思路，努力转变经济增长方式和发展模式，保护水资源，保护生态环境。他们的努力是对建设资源节约型、环境友好型社会的积极探索。

西北生态新路径之一

虚拟水战略拯救民勤

自20世纪50年代以来，甘肃河西生产、生活和生态用水矛盾日益尖锐，水资源短缺问题已成为甘肃河西最主要的生态环境和社会经济问题之一。地处河西东段的民勤绿洲已出现严重的生态危机，也为整个河西走廊的可持续发展敲响警钟。

笔者在参加"陇原环保世纪行"采访活动时，了解到继节水、调水、生态移民等多项工程措施之后，有关学者将虚拟水战略引入民勤的拯救思路中。虚拟水战略是指缺水地区通过贸易的方式从富水区购进水资源密集型产品（如粮食）来获得本区水资源的补偿，从而减少本区的水资源消耗，保障自身水资源安全。根据虚拟水战略思路，解决区域性粮食和农副产品的供应问题，将有限的水资源投入生态恢复重建上去，对扭转民勤绿洲的恶化趋势不无裨益。

以虚拟形式进口水资源

基于高新节水技术昂贵成本的制约，民勤只能在很大程度上采用节水效率低（通常低于15%）的常规节水措施，所以传统的节水措施只能增加有限的生活用水和部分生产用水，而难以留出生态用水。

景电二期民勤调水工程，输水成本高，损失率也很高。如工程末端（五号泄水闸）至红崖山水库间的输水损失率高达21.1%。所以从长远看来，"民调工程"作为抢救民勤生态的应急性工程可以发挥一定作用，但远不能实现抢救整个绿洲的目的。

有学者认为拯救民勤绿洲最好的办法是移民，然而在人地关系（确切地说是"人—水"关系）相当紧张的甘肃省乃至整个西北地区，适宜安置30多万人口的地方很难找到，而且移民的安置成本高、耗时长。另外，从全局来看，位于石羊河中上游的绿洲也同样面临着严重缺水的困扰。假如将民勤绿洲划为生态无人区，石羊河的来水将会更多地被上中游地区截留，生态用水仍然得不到保证。

据兰州大学牛叔文教授介绍，外来水量的日益减少和区内地下水的严重超采，是导致民勤绿洲陷入绝境的关键因素。解决民勤绿洲的生态危机问题，仅仅从民勤县域和石羊河流域内着手显然不够。虚拟水战略在一定程度上克服了常规治理方案的诸多弊端，即通过实施虚拟水战略从区外适当进口高耗水的农副产品（尤指粮食），一方面，减少本地的生产用水和土地垦殖程度；另一方面，进口农产品实际上就是以虚拟的形式从区外进口水资源，从而解决了本地水资源极度缺乏的棘手问题。首先，避免了实体水资源在长途输送环节中造成的渠系损耗，这种损耗是导致远距离调水不经济的重要因素。其次，避免了在高新节水技术推广应用和调水工程建设中所必需的大量资金投入。第三，避免了大规模移民过程中和移民后产生的一系列社会问题。

虚拟水贸易可以促进民勤经济发展和生态恢复

兰州大学杨振博士根据2002年民勤田间实验结果,模拟计算出民勤进口粮食对等的虚拟水量及由此而产生的经济效益,模拟结果显示,调入粮食总产量的1/3,相当于调入了$0.51\times10^8m^3$水,GDP的增加值为61.84%;调入粮食总产量的1/2,相当于调入了$0.77\times10^8m^3$水,GDP的增加值为92.76%;粮食全部调运,相当于调入了$1.54\times10^8m^3$,GDP的增加值为185.52%。这些数据表明,虚拟水贸易对民勤经济发展的促进作用极为明显。

从生态建设的角度看,通过虚拟水贸易的方式从外地调入更多的农产品,以满足当地群众的生活需要,现有的水资源就可充分用于生态恢复和重建,有利于民勤绿洲的可持续发展。

生态成本要由整个社会来承担,应建立国家生态补偿机制

显然,虚拟水战略在民勤的实施会受到其经济支付能力的制约。但是,民勤人民因为生存、发展需要所造成的生态成本不应仅仅由该绿洲范围内的居民来承担,而是由整个社会来承担。反过来说,如果绿洲区人民缩小了农业生产规模,就相当于他们为国家作了贡献。牛叔文认为,这个问题可以借鉴国外经验,通过建立国家生态补偿机制来,对其保护生态、转变经济增长方式的做法进行适度补偿。他建议,由国家主导建立"西部生态建设和保护基金",部分用于该区的农产品购买补贴,可在相当大程度上解决他们在虚拟水贸易中的支付能力不足问题。

另外,民勤绿洲的水资源极度稀缺,水生产能力低,每吨粮食的耗水量大大高于东部平原地区和南方湿润地区。所以,单纯从水资源约束的意义上来说,该区根本就不适合大规模种植粮食作物,更不应用极度稀缺的水资源去生产耗水量大的粮食供出口。例如,国家斥巨资修建的"民调工程"若调入$0.6\times10^8m^3$黄河水,国家需补贴

1200万元。在粮价正常年份，这些钱几乎可以从其他富水产粮区购买 1.3×10^4 吨粮食，它与民勤 2002 年售出的粮食总量相差不多。杨振说，兜了个大弯又回到起点，对社会资源造成极大浪费。所以，转变区域经济发展思路也是虚拟战略实施的必要补充。

2005.11.16

西北生态新路径之二

生态纸业嫁接治沙产业

分处河西走廊东西两端的武威、酒泉两市都是因水而兴的古绿洲,同时也是水资源极度匮乏的新兴城市。武威北接巴丹吉林沙漠,东连腾格里沙漠,所辖东北端民勤县已开始实施量水而行的生态移民计划,武威成了全国离沙漠最近的城市。酒泉市西通塔克拉马干大沙漠,境内闻名的月牙泉几度濒临枯竭。

关闭小型造纸企业,提高水资源利用率

作为产粮大市,武威、酒泉有着丰富的造纸原料。在工业基础薄弱的情况下,传统造纸业繁荣一时,造纸业在武威甚至占据了加工业的半壁江山。

据凉州区环保局局长张振宏介绍,凉州区原有小造纸企业20余家,年耗水量在1200万立方米以上,大部分企业对污水不进行处理直接排放,而且白水不经回收直接排放,每年损失近千吨漂白纸浆。

在经济效益和生态效益的强劲撞击下,民勤水资源告急,武威近200万民众的饮水安全受到威胁……接踵而来的压力促使武威市深刻反思。武威市凉州区痛下决心,依法关停市内8家造纸企业,拆除18台蒸球,清理关闭17家作坊式造纸户。2004年起,依托武威市纸业有限责任公司的技术力量,在腾格里沙漠边缘的双树乡进行3.5万吨/年集中制浆和5万吨/年造纸项目建设,项目配套先进的碱回收

设施和污水处理系统，从根本上解决了造纸工业的污染问题。同时，利用处理达标的中段水灌溉茭茭草2200公顷，既可为造纸工业提供优质原料，又可起到防风固沙的生态保护功用。酒泉银星纸业公司已斥资600多万元，完成了黑液提取和中水回用项目，概算3600万元的废水资源化综合治理项目正在紧张规划和落实当中，并计划充分利用中段废水将边弯农场的6万亩荒滩变成沙柳和茭茭草种植基地。传统污染产业，在现代环保技术的支撑下，变成了治沙产业。

利用处理达标的废水建立沙漠湿地

武威生态纸业项目负责人、甘肃农业大学生态工程学教授陈垣详细介绍了工程的环境效益。整个工程分三个阶段：第一阶段（2004—2005年），黑液经处理后，碱回收率可达85%，白水经真空过滤回收系统，达到100%回用，中段废水采用生物曝气技术处理达标后部分回用至车间，剩余部分通过暗管排至10公里外大沙漠腹地，并改变部分沙丘形状，用喷灌方式浇种茭茭草进行沙漠生态园建设；第二阶段（2005—2006年）淘汰传统的蒸球制浆工艺，增上100吨/日碱回收和4万立方米/日中段水处理项目，实现污染过程控制，同时建立沙漠湿地，创建沙漠生态园区，建成保护武威市的绿色屏障；第三阶段（2006—2007年）实施以节水和环保综合治理为目的的清洁生产管理，达到零污染。

酒泉纸业负责人告诉记者，6万亩种植基地的计划正在进一步修订完善，一方面可综合利用废水资源，改善该区域的生态环境；另一方面可培育公司的原料基地，发展循环经济，为企业可持续发展奠定基础。

在武威造纸厂修建现场，记者看到占地1.8万亩的污水处理厂主体工程已完工，大片试种的茭茭草长势良好，直通腾格里沙漠的暗管全长10公里。在荒漠区形成绿色长廊，起到了防风固沙、改善环境的作用，两家造纸企业的转型代表着甘肃污染企业在水资源利用上正在发生着深刻变化。

2005.11.18

西北生态新路径之三

人文节水机制亟待深化

20世纪末期，随着人类活动强度的增加及气候的变化，石羊河、黑河、疏勒河、党河等河西走廊主要的河流水系逐渐从自然水系、半自然水系演化为人工水系，地表径流基本上为人类所控制，使水资源利用主要集中在中游和下游上段地区，下游河道出现不同程度的断流。

解决流域水资源紧缺和生态失衡的问题，如果靠外流域调水，短期内难以实现；如果靠简单的压缩经济社会发展用水，势必导致区域经济的萎缩。两难的抉择迫使河西五市先后提出了建立节水型社会的构想并付诸探索。

用水观念、方式、体质陈旧落后
用水结构不合理，用水效率低

笔者在对河西五市进行采访的过程中了解到，长期以来，河西五市在用水方面存在六个问题：一是用水观念陈旧，长期形成的"水从门前过，不浇也是错"的传统认识；二是用水方式落后，大水漫灌、跑冒滴漏、浪费水的现象比比皆是；三是管水体制滞后，重工程建设轻资源配置，重开源轻节流，重供水轻效益，资源配置手段单一，缺乏有效调控措施和激励机制；四是用水结构不合理，农业用水量过大，农业用水"一头沉"问题十分突出；五是单元耗水过高，农业亩均用水量达700立方米，比全国平均水平480立方米高出33.6%；六是单方水的GDP产出仅为2.81元，是全国平均水平的1/8。因此，解决水资源问题的出路在于转变陈旧的用水观念和落后的用水方式、调整经济结构、提高用水效率和效益。

要明确水权，运用市场机制让水资源配置发挥作用

明晰水权，建立宏观和微观两套指标体系，采取行政、经济、工程、科技四项措施，实行强制节水，建立节水型社会，实现节水与发展双赢。这一理论的提出为建设节水型社会指明了方向。

在河西，水是比土地更宝贵的稀缺资源，对水资源要像对土地、矿产等资源一样，明确其所有权、使用权、经营权、转让权，使群众对水资源有一种拥有感，并通过市场机制让水资源配置发挥作用，极大地释放有限水资源的内在潜力，激励群众珍惜水资源、节约用水，对促进传统用水观念、用水方式和管理模式的革新，调整经济结构，提高水的利用效率和效益，必将产生巨大的推动作用。

张掖作为全国节水型社会试点城市，提出了建设节水型社会的基本思路：以水权、水市场理论为指导，以制度建设为核心，采取行政、经济、工程、技术等综合措施，明晰水权，建立政府调控、市场引导、公众参与的水资源管理运行机制，改革用水方式和管理模式，提高水的利用效率和效益，实施工业强市、产业富民、推进城镇化进程三大战略，促进经济结构调整，加快张掖市经济发展。

节水观念未深入人心，亟待深化人文节水机制

在对河西部分企业、农灌区及群众的采访中，笔者感到节水观念并未深入人心，群众对水资源危机缺乏深刻认识，有限的节水行为是在节省水费的利益驱动下实现的。

武威市环保局局长告诉笔者，水资源紧缺的现状与耕地面积的扩

张和农灌模式密切相关，而这些问题由于各种因素的制约在短时期内难以打破，提高全民的节水意识显得很重要。金昌市政府副秘书长刘宏指出，受客观因素制约，部分企业用井水生产，势必造成管理空位，作为利润主体，企业的节水应注重提高企业主的水资源意识。酒泉市副市长认为，唤起市民的水资源保护意识是一项基础性工作，提高市民文明用水素质是构建节水型社会的重要内容和中心环节，深化人文节水机制成为当务之急。

兰州大学资环学院杨咏春教授指出，人类必须在流域生态系统崩溃的临界点之前建立起先进的生产模式和科学的用水行为观念，生态环境才有可能恢复或达到某种新平衡。河西各市人们的用水行为观念是绿洲系统变化的主导因素，有效提高民众节水意识是亟须深入探索和研究的问题。

2008.07.30

生态恶化与贫困是一对孪生姐妹，医治生态退化的关键是扶贫

生态治理须导入双重机制

目前，就生态退化与贫困关系，学术界有三种不同观点：生态恶化先导论，贫困先导论，互为因果论。但有一点是肯定的，生态退化与贫困有着密不可分的联系。单就生态问题进行生态治理，效果难以持久。

只有农民生计问题解决了，才能保住生态治理成果

香港乐施会中国环境项目官员丁文广提到宁夏"亿元工程"。20世纪80年代，在世界粮农组织的援助下，宁夏西吉县耗资近亿元，使当地156万亩水土流失严重的沟坡耕地重现草盛林茂的景象。然而，时隔15年，80%的林地草场又变回了原样。经过20年的统计分析，丁文广认为"亿元工程"的失败，在于医治生态退化"重疾"时忽略了贫困这个深层"病灶"，因生计所迫，农民不得不毁林毁草复耕，以至于陷入越垦越穷、越穷越垦的恶性循环之中。

环境与贫困问题是香港乐施会在甘肃实施项目的策略重点。自1999年在甘肃玛曲县实施草原改良项目以来，乐施会又相继在民勤县、平凉市康庄乡清水岭村和临夏回族自治州东乡县开展了生态恢复与社区扶贫项目。

汽车沿崎岖山路足足颠簸了一个小时之后，我们到了清水岭村。村民惠西彦正在用太阳灶烧水。

"这个好用吗？"

"好用，方便干净。"惠西彦喜上眉梢，"很少用柴火了，一天还能节省一两元呢。"

村民陈志学领我们参观了他家的大棚牛舍，"乐施会给的种牛已经下了两个崽。"他告诉记者，近两三年来，乐施会在清水岭村实施生态扶贫项目，每家一头种牛、一个太阳灶，今年又盖了牛舍，现在这个村由人均年收入不足千元增长到了人均年收入1500元，同周边几个村的经济状况相差无几。陈志学滔滔不绝地给记者讲起了生态环境保护："我们以养殖业带动种植业，这样既能富起来，又保护我们的生态环境。"原来，乐施会曾多次开该过培训班，村里100多人接受过培训，村民都成了生态扶贫理念的践行者。

这里的新气象发出同一个信号，清水岭村逐步脱贫并开始走上生态治理与人民富裕的良性发展路子。

在甘肃省由政府推动的生态治理工作，也逐步走上了生态治理与扶贫相结合的探索。如位于甘肃省平凉市北部的虎山沟，水土流失严重，流域内植被稀少，经济结构单一，部分家庭尚不能解决温饱。今年9月，当笔者驱车至虎山沟原上时不禁惊诧于虎山沟的葱翠，原面、山坡、沟谷布设的梯（条）田、经济林、刺槐等井然有序，退耕还林还草成效十分显著。

探索有农民参与的机制，是生态恢复的又一关键

"只有让当地群众切实参与种草种树，产生成就感，才能激励他们真正加入生态治理的行列。"这是丁文广生态治理的又一个观点。

生态恢复与保护是长期的，但是，由于粮食直补的短期性、扶贫的非广普性和不连续性等很难保证这一工程的长久保持。引导农民在发展经济的同时积极保护生态，重点在参与机制的建立上。

参与机制的探索，实践经验最多的是兰州大学社区发展中心，其在民勤和东进行了一些参与模式的探索，并取得了一定的成效。

民勤绿洲沙漠化防治与社区生态扶贫项目负责人胡小军告诉记者，必须依靠当地农民的努力，将沙漠化防治与社区发展相结合，鼓励公众参与沙漠化防治和生态环境建设，才能取得长期稳定的效果。

民勤是生态重灾区，当地群众对生态引发的灾难有刻骨铭心的认识，积极参与治沙很容易被当地群众认可接受。但是，在甘肃广大地区，生态恶化尚未直接触及生存底线，参与机制需从建立"属于感"入手。在东乡县，两年时间里新增退耕还林还草900亩，户均养殖寒羊4只，群众的观念是，要致富得养羊、要养羊得种草，自家种的草是属于自家的，就要精心管护。与此同时，一支地方志愿者队伍也在逐步壮大，参与到生态保护的宣传与技术推广中。

发展有机农业是扶贫和参与双重机制结合的新路径

甘肃省环保局副局长张政民认为，当前，甘肃省农村生产力落后，农业投入不足，影响了单位耕地化肥、农药的用量，这恰恰给许多地方留下了可供连片开发或转化的有机耕地，而目前有机耕地和有机环境已经成为一种市场需求旺盛的全球性稀缺资源。这使甘肃把影响全省发展的最大劣势转化为加快发展的强大优势提供了机遇和可能。

如何把仍处在环境自然状态较为清洁的传统农业直接转化或嫁接为现代有机农业，实现有机农业产业化商品化及所有产业生态化？张政民提出8个发展路径。一要战略性调整农业结构。按照种植业和畜牧业之间及其内部有机供求平衡、有机循环流畅的原则，攻畜牧，上有机，实现大农业内部的良性循环。二要实现有机农业的基地化企业化品牌化生产。规划和建设一批基地，认证和推出批品牌，建立企业基地名品一体化开发和营销的有机农业生产体系。三要实现生产环境的有机化、清洁化、无害化。四要进行标准化生产精深度加工人专业化营销，确保消费群体能方便购到货真价实的有机食品。五要把发展有机沙产业作为全省农业的一大特色，将沙区干净的环境资源价值纳入农产品价格之中，把沙产业发展与防治沙漠化结合起来，使有机沙产业成为一个独具优势的产业。六要加快实施再生能源开发战略，有效解决农村燃料，保障有机农业所需。七要加快建设资源节约型社会的步伐，力争用最少的环境资源代价，取得最大的经济环境效益。八要加快有机产业综合配套技术开发力度。

有机农业是将生态恢复与扶贫有机结合在一起的发展思路，而这一战略的实施使农民间接参与到了生态恢复治理的进程中。

2007.11.08

2007年7月26日，国务院发布《关于编制全国主体功能区规划的意见》，要求各地将国土空间统一划分为优化开发、重点开发、限制开发和禁止开发四大类主体功能区，2007年底前完成规划编制。

移民垦荒重压瓜州能撑多久

瓜州生态系统本来很脆弱，尤其是近几年，生态环境恶化呈加剧趋势，主要原因一是把大量移民安置到本该限制开发的地区，人口对资源环境的压力陡增；一是上游建设水利工程，没有考虑下游地区的生态需要，更使生态环境雪上加霜。这是一个对国土开发利用缺乏统筹规划造成人口与资源、环境不协调的典型例子。瓜州的教训值得深思。

甘肃省发改委和兰州大学资源环境学院最近共同编制成了《甘肃省主体功能区划分方案》。项目负责人兰州大学牛叔文教授介绍，项目做了三种划分方案，所不同的就是各个方案重点开发区和限制开发区的比例不一样。但是，三个方案中有一个共同点，就是位处甘肃河西走廊西端的安西县（今瓜州县），无一例外地被列入荒漠限制开发区。

2006年8月，甘肃省安西县正式恢复古称——"瓜州"，但在移民垦荒重压之下，瓜州已不复旧貌。

历史瓜州之生态

瓜州地处亚洲中部中温带荒漠与暖温带荒漠、典型荒漠与极旱荒漠的过渡带。我国目前唯一的以保护荒漠生态系统为目的的国家级自然保护区——甘肃安西极旱荒漠自然保护区就建在该县域内。在这里，戈壁与荒漠占到全县总面积的86.7%，年均降水仅为45.6毫米，年均蒸发量则高达3140.6毫米。

  但是，一些专家学者为我们勾勒了历史上另一个瓜州。甘肃学者郦桂芬、马鸿良通过对瓜州境内分布的十余座古城堡地理分布的考察研究，发现了12处古绿洲，"这些古绿洲都曾是水草丰美的地方"。甘肃省敦煌史研究专家李正宇、李并成在对白旗堡古绿洲的多次考察和潜心研究之后认为，"这块地处安西和敦煌之间200多平方公里的古绿洲，1600多年前城堡村落相望，鸡犬之声相闻，田畴连畔，阡陌交织，绿浪起伏，牛羊遍野，百余里长的白水河从疏勒河引来奔腾不息的流水，滋润着这片生机勃勃的绿洲"。

  瓜州所在地本来是生草沙地，地表下的沙质沉积物是转化为沙漠的内在原因。就是说，瓜州生态系统从根本上就很脆弱，任何不合理的、无序的开发都可能给瓜州生态带来不可逆转的破坏。西汉时掠夺式的开发和极其粗放的耕作方式又使这一带的地表自然植被严重破坏，再加上不合理的灌溉导致土壤次生盐渍化，开种地亩两三年后，土地肥力不足，遂被弃耕，撂荒地因为没有植被的保护失去了防止风沙前移和抑制地表沙化的作用。到元朝占领敦煌时这里已变成土丘累累、沟壑纵横、沟渠枯竭、寸草不生的雅丹荒漠。李并成教授在文章中写道："残酷的自然环境阻碍着植被的生长与恢复，加剧了风蚀破坏作用，原本就十分脆弱的生态系统遭受到致命的摧残和破坏。"他们认为瓜州繁荣的景象仅持续了300多年。原安西极旱荒漠国家级自然保护区副处长、安西县人大常委会副主任宁瑞栋说："历代不合理的垦荒屯种使近百万亩天然绿洲变成今天的雅丹裸土，而这类雅丹裸土由于严重沙化和次生盐渍化，土壤中几乎不含作物生长所必需的有机质，已经完全失去了复垦的价值和可能。"

今日瓜州之生态

有关资料显示，中华人民共和国成立时，瓜州全县人口2.64万人，耕地8.32万亩，有优质草甸和湿地92万亩。此后五六十年间，瓜州人口猛增到11.23万人，耕地剧增到50.3万亩。从事了42年历史地理、生态学调查研究的原安西县博物馆副馆长李春元研究认为，瓜州人口迅猛增长的主要原因就是移民。

本该限制开发的瓜州却担当着甘肃省重点移民安置县的责任。尤其是1986年以来，由"两西项目"和疏勒河流域开发暨移民安置项目的相继上马和实施，移民的速度和规模超过了历史上任何时期。截至2005年，瓜州共接收移民54088人，占到全县人口的45.4%，与20世纪80年代相比人口增长58.7%。人口的增长导致大规模开垦田地，自1985年至2000年，全县累计开垦草原达27.56万亩，耕地面积比80年代初增加86.9%，由于开垦、开发建设等原因，各类草原减少50.86万亩，其中草甸草场锐减7.32万亩。

2006年6月，原安西县人民政府在一份汇报中，系统梳理了疏勒河流域农业灌溉及移民安置项目移交瓜州县后，存在的困难和问题，其中明确列出一条"生态环境进一步恶化"。汇报材料中写道，"两西"及疏勒河移民项目实施以来，共打灌溉机井159眼，造成地下水位大幅度下降，境内许多野生植被日益枯萎，草场和湿地锐减，特别是安西县泉水灌区内的布隆吉乡、锁阳城镇桥子村地下水位的下降，已影响到群众生产生活和生态环境保护。西湖、瓜州、南岔、县城一带离地表12米以内已经很难见到地下水。部分移民群众生活困难，无力购买生活燃料，除用农作物秸秆解决燃眉之急外，大量采挖周围红柳、白刺、天然林等野生植物来解决冬季取暖问题。自"两西"与疏勒河移民项目实施以来，有序移民3.8万人，无序移民1.3万人，开发土地超过20万亩，严重地破坏了原有的生态环境。由于项目生态建设经费严重不足，生态治理恢复缓慢，使瓜州县荒漠化、沙漠化状况呈扩大趋势，生态环境进一步恶化。

对策建议

瓜州的生态安危引起了瓜州县人大常委会主任张积新等人的思考。2006年8月，瓜州县人大常委会调查组起草了《关于移民、垦荒对瓜州生态环境及经济社会发展影响的调查报告》，调查组在深入调查的基础上，为瓜州生态问题提出了几点对策和建议。

一是坚决停止继续移民、垦荒。调查组认为，受自然条件限制，历史上瓜州几次大规模移民均未成功。目前，从全省中部、东部和南部20多个县迁出的部分移民看，相对缓解迁出地区贫困人口压力虽有一定作用，但不能从根本上解决问题。把20多个县的移民集中到瓜州，这对一个水资源及经济实力十分有限的小县来说无疑是巨大的压力。大规模移民、垦荒已严重影响到瓜州人民的生存环境。

二是停止建设影响生态环境的新上项目。疏勒河上游昌马水库建成并截流蓄水后，使下游地下渗漏水的自然补给量迅速减少，致使瓜州东部、南部一带的地下水位急剧下降，草场退化、沙化十分严重。建议有关部门严把项目论证审批关，凡新上项目对中下游生态环境造成影响的，坚决不予审批，确保不再造成新的生态破坏。

三是争取输配生态用水。由于疏勒河的长期断流，地下水位下降，疏勒河两岸生态绿洲已大面积萎缩，植被枯死。建议疏勒河上游向瓜州无偿足量配放生态用水。同时，为移民区无偿配放土地改造冲洗盐碱地用水，加快瓜州的生态恢复和移民区的土地改良进程，有效遏制生态环境进一步恶化。

2007年7月26日国务院发布的《关于编制全国主体功能区规划的意见》以及甘肃发布的《甘肃省主体功能区划分方案》几个讨论方案都将瓜州列为限制开发区，这对瓜州来说无疑是个福音。瓜州承担的移民安置重负，能在这个大政策下真正得以解决，是瓜州人民的期盼。

2008.7.18

平凉农村环保成全省亮点

甘肃省平凉市素有"陇东粮仓"之誉,农业在全市经济结构中的重要地位,可见一斑。农村环保必然也是全市环保的"重头戏"。

2006年,平凉市被列为全国农村小康环保行动试点市。以此为契机,平凉市全面拉开了农村环保工作的帷幕。经过近两年的实践探索,平凉市农村环保工作不仅干出了成绩,还干出了特色。

甘肃省环保局局长视察平凉环保工作时,对此予以的评价是"已成为全省农村环保工作的特色和亮点"。

在乡镇设立环保所,健全市、县、乡三级环保网络

平凉市属黄土丘陵沟壑区,山大沟深,农村人口居住分散,这给环境管理带来相当大的难度。针对这一问题,平凉市延伸环保机构,为乡镇设立环保所,派驻环境监察员;健全市、县、乡三级不保网络,把城镇和农村的生态环保工作有机结合,对环境治理从末端、源头、过程进行全方位管理,真正把环保工作深入农村。

早在2003年,平凉市就开始为重点乡镇派驻环境监察员。到去年5月,平凉市政府办公室批转了《市财政局、市环保局关于进一步抓好重点乡镇环保所建设的意见的通知》,对乡镇环保所的建设从组织实施、抓好落实、按时完成建设任务以及人员编制,落实办公场地、资等方面做了详细安排。随后,145万元乡镇环保所建设扶持资金到位。

乡镇环保所的建立壮大了市、县(区)环保机构的力量,使以前一些边远偏僻、环境执法检查人员不能随时到达的地方也成了有效的监管区,解决了因力量薄弱等因素造成的监管空白。截至去年底,平

凉市已建成党原、新窑等7个重点乡镇环保所。按照规范化、标准化的要求，成立了机构，配套了执法装备，做到了有地点、有人员、有设备、有职能、有业绩。静宁县在25个乡镇和工业小区选配了专职环保员，促进了农村环境保护工作的进一步延伸。

四十里铺环保所管辖8个乡镇，辖区内有61个企业。自环保所成立以来，坚持常规检查与随时抽查相结合，查处污染案件和纠纷200余起，搬迁不符合规定的煤场3家，督促集中排放的3家耐火材料厂各投资10多万元进行了限期治理。经过检查、督促和宣传，现在农村建厂企业偷排现象少了，环保设施运行基本正常了。

以畜禽养殖污染治理为重点，新农村环境面貌有所改观

为有效控制农村畜禽养殖带来的原污染，平凉市政府安排专项资金扶持畜禽养殖污染治理项目，大力推广沼气利用技术。

截至2007年底，仅崇信县黄寨乡1个乡，就累计投资达2520万元，建成沼气池750眼，实现年节电13.5万度、节煤9000吨。综合利用畜禽粪便和农作物秸秆，降低了化肥农药的使用量，秸秆利用率、家禽粪便利用率均达到100%，初步形成了"养殖业—沼气—种植业"生态模式，建成了以畜促沼、以沼促果（种植业）粮果畜配套发展的良性循环体系。

平凉市环保局局长陈爱民说，在农村推广使用沼气，有效地改善了农村"脏、乱、差"现象，是对农民生活方式的一次重大变革。截至去年底，全市落实扶持资金304万元，实施畜禽养殖污染治理项目22个。

据了解，泾川县党原乡丁寨村养猪场自建场以来一直采用明坑沉淀挥发方式处理养殖污水，对周边群众生产生活环境造成严重污染。经多方努力，去年底，这里建成全市规模最大的畜禽粪便与资源化综合利用项目，投资110万元，设计容积100立方米，日处理养殖污水60吨，产生沼气100立方米，年产优质肥1000吨。不仅有效解决了养殖场废水污染问题，实现了废物资源化利用，提高了畜牧业清洁化程度，同时将为周边120户群众提供沼气能源，真正实现了家居环境清洁化污染排放无害化。

列入环境保护目标责任书，年终考核，兑现奖惩

2007年9月，平凉市政府发布实施《平凉市农村环境保护规划》。2008年，平凉市小康环保行动试点被列入年度市政府10件实事之列。

平凉市农村环境保护已不是环保局一家的事，而是被提升到全市工作的高度。

今年，平凉市已计划投入环保治理专项资金260万元，完成三方面的建设任务。一是完成20个村新农村环境综合治理试点，每县（区）可在已建成的新农村小康村中各选择3个村进行治理，每个村投入市级专项补助资金6万元。主要建设生活垃圾收集箱、简易填埋场、生活废水简易净化池等，突出解决农村脏、乱、差问题，创造良好的环境。由市环保局制定市级生态村验收标准，达到标准的由市政府命名。

二是建成7个废旧地膜塑料收集处理站。平凉市所辖7个县（区）各建成一个收集处理站，采取分散收集，集中处理方式，对农村废旧地膜、废旧塑料进行收集处理，解决白色污染问题。由市级专项资金各补助5万元。

三是完成7个规模化畜禽养殖污染治理项目。各县（区）各选择一个规模化养殖场，由市级污染治理专项资金各补助15万元，对畜禽粪污进行综合治理，资源化利用，达到国家规定的排放标准。

为确保实施内容和目标的落实，平凉市实行目标责任管理，明确实施内容由市政府组织，逐级落实，列入本年市、县（区）政府环境保护目标责任书，作为农村污染治理重点项目，年终考核，兑现奖惩。

2008.07.30

绿色创建带给农村新气象

张掖市地处甘肃省河西走廊灌溉农业区中段,是传统的农业大市。近年来,张掖在经济社会发展中突出生态和农业优势,保护和改善农村环境,优化农村经济增长,全面实施农村环境综合整治,大力推进社会主义新农村建设。

选准载体——把创建环境优美乡镇和生态示范村作为农村环保的基础工程

张掖市将环境优美乡镇、生态村创建活动作为农村环保工作的基础工程,在全省率先开展,并将其列入县区环保目标责任书,明确创建任务,制定考核验收标准和计划。

按照"结合实际、以点带面、分类指导、整体推进"的原则,张掖市精心打造生态文明示范点。走进甘州区党寨镇的高效节能日光温室、无公害精细蔬菜示范点和高标准畜牧示范园,让人无不体会到现代化农业的气息。甘州区科技特派员王生文告诉记者,他先后指导推广高效日光温室5800亩,培训科技示范户、种植能人、村社干部等8.6万人次。临泽县平川镇农户则利用生态有机质无土栽培技术发展荒漠区日光温室产业。目前,全县动工建设荒漠区示范点11个403座。在这些地方,提高农作物秸秆综合利用率、降低化肥农药使用量等,已成为群众的自觉意识。

今年,张掖市甘州区党寨镇、临泽县平川镇芦湾村分别获得环境保护部命名的"第七批全国环境优美乡镇"和"第一批国家级生态示范村",这是目前甘肃省唯一获得这两个称号的乡镇和村社。

据介绍，目前全市已建成市级环境优美乡镇22个。今年，张掖市进一步加强对创建工作的组织和领导，明确提出每个县区确保每年创建1个市级环境优美乡镇或生态村。

此外，今年初，甘州区长安乡在全市成立了首个乡村环保站，配备了专职干部，为全市农村环保工作延伸出新思路。

抓牢项目——甘州区国家农村环保试点等一批重点项目带动农村环保升级

抓牢抓好一批重点项目，是带动农村环保工作大步迈进的重要途径。

今年，张掖市甘州区国家农村环境保护试点项目全面启动。项目预算投资37200万元，将分期分批于2020年建成。截至目前已投资500多万元，重点推广清洁能源、畜禽养殖污染治理和生态村建设，在两个试点村分别建成了垃圾中转站、填埋场、污水净化沉淀池，建设生态养殖示范项目1个，在10个村开展生态示范创建，大力改善农村环境基础设施。

同时，张掖市把湿地保护作为大项目紧抓不放，启动实施了黑河流域湿地保护工程、开工建设城郊湿地资源及环境保护工程、"引水入城"工程及黑河流域综合治理工程，使城郊1万多亩湿地得到有效保护与恢复。

张掖市还积极推动亚洲银行可再生清洁能源支援项目——山丹秸秆气化发电示范项目建设。这是国家颁布实施《可再生能源法》以来，全国第一个在农村建成的可再生能源示范项目。

临泽县依托资源、环境以及在农村小康建设方面的优势，在全市率先进行生态县建设试点，编制了生态县建设规划，以山林田水路、村容村貌综合整治为重点，实施试点项目。总投资5.38亿元的民乐县国家基本农田保护示范区项目也已启动实施。

立足重点——大力推进清洁能源建设

走进甘州区党寨镇田家闸村,一排排干净明亮的农家小院掩映在绿荫中。村民王大爷告诉笔者,现在家里做饭、照明、洗澡都用沼气,干净、方便,每年还能节约几百元的买煤钱和电费钱。同时,沼液、沼渣还可用来喂猪,也是很好的有机肥。

张掖市环保局副局长告诉笔者,这一切都得益于农村清洁工程的实施。截至2007年底,张掖市建成"一池三改"生态能源模式户1万多户,在产粮区、蔬菜果品产区形成了"畜—沼—粮""畜—沼—菜(果)"的农户生态循环模式。据不完全统计,目前,全市已有2560户建成了"五位一体"(小康住宅建设、暖棚畜禽圈舍、沼气池、卫生厕所、无公害果蔬栽培)生态家园户,建成生态节能型小康住宅1.5万户,农村沼气用户发展到1.776万户。

2008.08.04

平凉专项整治石灰窑

国家环境保护部要求对甘肃市平凉市百余家石灰窑污染10年难关停事件进行调查，甘肃省环保局高度重视，成立了督察组，于2008年4月16日至17日，赴平凉市进行了现场调查和督办。

笔者随环境保护部环保后督察检查组，对崆峒区峡门沟石灰土立窑污染情况进行了现场检查。

石灰烧制生产过程污染严重，当地政府积极整改

平凉市崆峒区石灰土立窑主要集中在峡门回族乡，地处平凉至华亭公路（峡门沟段）沿线，该区域内共有80多户石灰土立窑业主，共有各类石灰土立窑120孔。这些石灰土立窑依山而建，距离周围村庄较近，石灰土立窑没有任何污染治理设施，属于国家《产业结构调整指导目录（2005年）》要求淘汰的石灰烧制产业。笔者看到，在石灰烧制生产过程中，每个窑口冒着滚滚浓烟，导致峡门沟上空弥漫着烟气，大气环境污染十分严重。

接到甘肃省政府领导批示和省环保局督办通知后，平凉市相关领导即对查处石灰土立窑环境污染工作进行了安排部署，要求所有石灰土立窑立即停止生产，并于2008年5月20日前完成关闭取缔工作。

崆峒区委、区政府也多次召开会议，综合运用法律、经济、行政等手段，对不符合产业政策的小石灰窑进行关闭、取缔，并派出工作组全面开展关停工作。

在石灰土立窑关闭工作中，市、区政府成立了专项整治领导小组，由市、区政府主要领导担任组长，分管领导任副组长，环保、公安等

有关部门领导为成员，充分发挥各部门联动优势，并提出"停止污染，关小上大，整合提高"的原则，加快 2×30 万吨新型节能环保石灰烧制项目建设进度。市、区两级政府对关闭的小石灰窑给予适当补助，市财政列支 100 万元，用于关停补助，其余资金由崆峒区政府负责筹集，补助资金主要用于入股建设新型石灰项目。区政府鼓励关停后的石灰土立窑业主通过参股等形式，参与 2×30 万吨新型节能环保石灰生产线项目建设，全面整合境内石灰烧制业。

环境保护部环保后督察检查组要求按期完成关停工作

目前，平凉市已关闭崆峒区四十里铺和上扬乡石灰土立窑 8 孔，6 孔石灰土立窑已停止生产。峡门乡 83 户窑主中已有 52 户签订了关停协议。

环境保护部环保后督察检查组要求平凉市各有关部门做深做细相关工作，确保 5 月 20 日前全部完成关停取缔。甘肃省环保局督察组要求平凉市各级政府做好以下几方面工作。

一是进步统一思想，加强领导，采取积极有效措施，将本次整治工作开展好。二是要求市、区各有关职能部门依法行政，严格整治程序，确保关闭取缔政策的统一。三是加快 2×30 万吨新型节能环保石灰烧制项目建设进度，全面整合境内石灰烧制业，做到"关窑不关产业"。四是平凉市政府要以这次专项整治工作为突破口，对全市存在的环境问题集中进行整治，促进全市经济又好又快发展。

2008.12.05

　　甘肃省平凉市把解决突出环境问题作为学习实践活动的切入点，不断提升环保部门服务经济社会发展的能力。平凉市依法关停取缔了峡门乡138座土立石灰窑，每年削减二氧化硫1100吨；实施了22个规模化畜禽养殖污染治理项目。用良好的环境优化经济社会发展，平凉市实现了环保工作特别是农村环保工作的新突破。

曾经的"狼眼沟"露出湛蓝的天空，"臭家庄"变成美丽新农村

多年顽疾如何应手而消

　　曾经的"狼烟沟"露出了湛蓝的天空；
　　曾经的"臭家庄"变成了美丽的新农村。
　　这些都是学习实践科学发展观活动开展以来，甘肃省平凉市环境保护领域发生的重大变化。
　　2008年年初，平凉市被确定为全国学习实践活动试点单位，平凉市环保局又被平凉市确定为学习实践活动的重点示范单位。
　　"从一开始，我们就把解决突出问题作为学习实践活动的切入点。"平凉市环保局局长说，在学习实践活动过程中，全局上下注重破解影响科学发展的环保难题，谋求自身科学发展，通过学习实践活动，逐步理清了寓环境保护于经济建设之中，在发展中保护环境的工作思路，"解决了平时不能解决的突出环境问题，极大地提升了环保部门服务经济社会发展的能力，实现了环保工作特别是农村环保工作的新突破。"

关小扶大，关窑不关产业

两山对望，一水中流，星星点点的村落分布在山脚河边。平凉市崆峒区峡门乡是陇东地区黄土塬上再普通不过的乡镇，如果不是因为石灰窑，它大约会一直默默无闻。

峡门乡，境内蕴藏着丰富的石灰石资源。当地炼制石灰的历史可追溯到清末，发展到现在，10多公里长的峡门沟里聚集了120座石灰土立窑，占全市石灰土立窑总数的80%多。

"这些窑是百姓的钱袋子，却是政府的难缠事。"

如今是崆峒区环保局局长的张金亮，从小就知道峡门沟的石灰窑。峡门人靠山吃山，不用出远门，在家门口就能挖矿开窑烧石灰，拉料运煤贩石灰，当地居民人均收入的一半以上都来源于石灰窑。有不少人从烧石灰起家，成了致富能人，成了大企业家。

石灰产业让峡门乡成了远近闻名的富裕乡，同时也让峡门沟成了"黑灰沟""狼烟沟"——峡门沟里经常滚滚烟尘遮天蔽日，冬季最严重的时候，能见度不足10米。

"虽然污染严重，已经影响到群众的身体健康，影响了地里的庄稼。但因为关系着切身利益，群众不愿意关窑，政府也难下决心。"

张金亮曾经在峡门乡当过两年乡党委书记，十分清楚当地群众面对石灰窑的复杂心情。为了治理污染，多年来各级政府都做过很大努力，将公路沿线的石灰窑搬到沟底，将人烟稠密的地方的石灰窑搬到人烟较少的地方，"但都不能从根本上解决问题"。

学习实践科学发展观以来，峡门沟的污染治理问题作为制约科学发展的难题被平凉市委、市政府提到了重要议事日程。

平凉市委、市政府果断决策：依法关停取缔土立石灰窑。

4月15日，平凉市政府下发了《关于关停取缔全市石灰土立窑的通知》，副市长赵成城多次亲临现场督促检查关停取缔工作。5月20日，该市境内138座石灰土立窑全部关闭取缔。经测算，每年可节煤18.75万吨，削减二氧化硫1100吨。

多年悬而难决的顽症为什么会迎刃而解？

陈爱民局长道出了其中原委：在关停取缔过程中，平凉市坚持实行了"关小扶大，整合提高，关窑不关产业"的原则，"在关停污染重的小石灰窑的同时，整合提高，上节能环保的大石灰项目，保证产业不断，群众利益不受损失"。

11月26日至27日，笔者两次走访峡门乡。峡门沟内天清景明，往日烟尘滚滚的景象已一去不复返。

在已经关停的唐庄村小灰窑旧址上，唐庄石灰制造有限责任公司30万吨新型节能环保石灰生产线正在加紧建设。

公司董事长马平广说，新生产线由全村群众参股修建，总投资3000万元，其中环保设施投入500万元，"20年内都淘汰不了"，投产后，年产值将达到9000多万元，"全村群众今后照样可以在窑上干活，照样有收入，而且工作条件要比以前好得多"。

土立石灰窑关停以后，平凉市新世纪石灰制造有限责任公司年产60万吨节能环保石灰生产线，以及群众参股建设的唐庄石灰制造公司等两条30万吨节能环保石灰生产线都已开工建设。同时，还新上了年产300万吨的水泥项目。

陈爱民说，通过依法取缔和整合提高，既解决了长期困扰当地发展的环境"老大难"问题，又确保了当地社会稳定，还保障了当地农民增收，实现保护环境、维护稳定、科学发展三者协调统一。

按照这一成功实践，淘汰小淀粉又被平凉市提上重要议事日程。平凉市委、市政府下发通知，限期关停取缔和治理全市所有年产1万吨以下的小淀粉加工企业。

依靠科技，延伸产业链，发展循环经济

两层小楼，红瓦白墙；宽阔的马路，整齐的行道树，冬日的泾川县党原乡李家村干净整洁，漂亮洋气。

也想不到，仅仅两年前，这里还是远名闻名的"臭家庄"。

李家村是泾川县规模最大的笼养鸡专业村。村党支部书记李培杰说，养鸡让李家村致富奔了小康，但随之而来的环境问题让李家村人的小康生活大打折扣。

由于是一家一户分散养殖，禽畜粪便乱堆乱放，臭气熏人，"特别是夏天，苍蝇成群，端着碗不敢在院里吃饭"。要到李家村，不用打听，隔着二三里路闻着味就能找见。"村里人兜里有钱了，生活质量却下降了，小伙子找个对象，姑娘一进村就摇头"。

畜禽养殖是平凉市四大支柱产业之一，也是平凉农村增收致富的主渠道，但随着养殖规模的扩大，环境问题也日益严重。陈爱民说，在学习实践活动中，平凉市以规模化畜禽养殖污染治理为重点，结合新农村建设，在保护环境中建设新农村，在新农村建设中保护环境，通过积极探索引导，全市各地在畜禽养殖污染治理方面走出了许多新路。

2006年，借助整村推进工程和新农村建设，李家村规划出住宅区、养殖区，并在住宅区和养殖区之间规划了绿化带和农田，实行人畜分离，同时鼓励规模化养殖。为了从根本上治理污染，村上引进了一个生物有机肥料厂，利用鸡粪生产有机肥料，可年产5000吨有机肥。"臭家庄"因此很快成了历史。

村民赵苗娥家里以前养了1500多只鸡，收入增加了，"但夏天臭得受不了"。现在住进了二层小洋楼，赵苗娥家不再养鸡了，而是投资4万元买了辆客货，从村上的养殖园里往庆阳等地贩鸡蛋，一年也能收入一两万元。现在家里窗明几净，屋里屋外干净整洁，"生活就像城里人一样"。

泾川县党原乡丁寨村是个养猪专业村，为了防治污染，村上对150户分散养殖户，实行人畜分离，每户配套一座百口猪舍，建一个10立方米的沼气池，一人水冲式厕所。对规模化养殖户实行集中进养殖园区，村里规模最大的养殖企业陇新牧业公司投资110万元，建成日处理60立方米的粪污工程，将猪粪进行发酵处理，年产优质肥9200吨，生产沼气除供应猪舍生产用外，还可供应周边120多户农户。

崆峒区草峰镇丁寨村生物养猪场则是采用新技术治污。猪场是全省首家采用发酵床生态养猪新技术的规模化养殖场。以锯末、秸秆等为原料，加入特殊菌种搅拌成垫料，铺在猪舍中形成发酵床，猪粪尿被发酵床吸收发酵分解转化，完全除去了猪粪尿的臭味，实现了生猪养殖无蝇虫、无臭气、无污染、零排放。

　　与传统养猪技术相比，发酵床养猪可节省饲料20%~30%，节约用水80%~90%，缩短育肥周期15~20天，每头育肥猪可节省费用100~150元。

　　据了解，截至目前，平凉市已累计落实环保专项资金304万元，先后扶持实施了22个规模化畜禽养殖污染治理项目。建成沼气池生态示范户3万多户，初步形成了畜—沼—果的良性循环。用良好的环境优化经济社会发展，才能走上生产发展、生活富裕、生态良好的文明发展道路。

2008.08.21

甘州富民靠什么立足

2007年，甘肃省张掖市甘州区被列入国家农村小康环保行动试点区。

去年12月，张掖市政府批准实施《张掖市甘州区农村环境保护规划》，正式把农村环境保护项目纳入全区经济社会发展年度规划中。

今年，生态示范村建设、农村沼气国债项目和人畜饮水安全项目，被甘州区政府列入年度向全区人民公开承诺的10件实事之中。有力促进了甘州区农村环保工作的开展。经过一年多实践，甘州区农村环保工作取得了显著成绩。甘州区真正走出了一条立足"五位一体"生态家园建设、特色兴村、经济富民之路。

葡萄式沼气池带来新气象

一家一户一个沼气池，被当地人形象地比喻成"葡萄式沼气池"，这是甘州区农村环保工作走出适合当地需要的清洁能源改造模式。

甘州区发展以沼气为纽带的庭院能源生态经济，走上了绿色环保生态化的新农村道路。明永乡中南村就是一个典型的示范。

中南村的产业结构以制种养殖模式为主，全村玉米制种2000多亩，户均养牛5头。如今，走进中南村，呈现在人们眼前的是街道整洁、花树相依、温室成片、院落清爽的农家新景象。村民董正军高兴地说："现在家家户户做饭用的是沼气，田里施的是有机肥，牛在冬天还能吃上新鲜玉米秆。"这是清洁能源改造和秸秆青贮氨化技术带给中南村的可喜变化。

中南村以小康示范点为主阵地，大力推广清洁能源改造。村文书柴兴军告诉笔者，全村已建成沼气池 100 余座，配套建设了沼气灶、沼气灯，暖棚牛舍 150 座，全村 172 户农家全部完成了"五改"工程，修建玉米秸秆氨化窖 33 座。村民妥爱香家建了秸秆青贮氨化窖，秸秆不再浪费，"原来只够喂 3 头牛的玉米秆，现在够喂 5 头牛了"。柴兴军算了一笔账，清洁能源改造每户每年可节煤两吨计 1200 元，秸秆综合利用每户大约可节省饲养成本 1500 元。两个项目的推广就可使每家农户一年增加近 3000 元收益。

明永乡乡长冯卿介绍，去年起，明永乡以中南村为试点，进行清洁能源改造，今后全乡将以每年一个村的速度推进这项工作，今年已有 250 户农家列入改造计划。

在产业结构以蔬菜种植为主的长安乡前进村，形成了户均 1 座温室、1 座拱棚、人均 1 亩菜的种植格局。甘州区环保局在前进村大力推广太阳能热水器和农村户用沼气池，完成"五改"工程 150 户，修建垃圾中转站 1 个，垃圾填埋场 1 个，沼气池 100 座，配备垃圾清运车 1 辆。形成了"畜—沼—农"的生态产业模式。

甘州区环保局长张瑛介绍，截至目前，甘州区共建成连片 20 户的青贮氨化示范点 32 个，累计建窖 1.1 万多座，能青贮玉米秸秆 41.7 吨，占全区玉米秸秆产量的 21%，占牲畜食用量的 44%。提高农作物秸秆综合利用率、有机肥入地率，降低化肥农药使用量等，已成为甘州区群众的自觉意识。

"懒汉"养出环保猪

"一个劳动力可以饲养 800 头环保猪"，党寨镇十号村村支书宋发林引以为豪地将这种生物发酵舍养猪技术称为"懒汉养猪"。

十号村人均不足一亩三分地，以养猪业闻名甘州。近年来，村党支部和村委会组建了十号村养猪专业经济合作社，初步形成了"村上有小区，社里有大户，家家有养殖"的畜牧业发展格局。畜禽养殖污染治理也就成了十号村环保工作的重点。

正如甘州区环保局副局长钟福所言，喊破嗓子，不如干出样子。2008年年初，钟福带领基层干部到江苏、山东两省8个市、县考察学习，了解到环保型饲养技术即生物发酵饲养猪技术非常适合在气候干燥的北方推广，环保效益显著。这一技术得到了甘州区环保局的重视，决定在当地畜禽养殖比较集中、养殖总量较大的党寨镇和龙渠乡，各建成具有示范作用、配备有治污设施的规模化畜禽养殖场1处，以探索解决畜禽养殖污染问题。"懒汉养猪"模式就这样被引进了十号村。

笔者在采访中看到，十号村正在建设一个8400平方米的连片无公害环保生猪育肥、沼气发电、有机肥加工为一体的规模化生猪环保育肥养殖园区。

宋发林介绍，项目一期预计本月底就可完工。与传统养猪相比，十号村建造的22栋生态环保型猪舍不仅清洁无臭、无蝇虫，还可降低养猪死亡率，提高肉品品质，缩短出栏时间；无须冲刷粪便及猪舍，可节约用水90%；部分垫料经发酵后可转换成饲料，可节约饲料12%左右；猪舍无须清理，大大节省了人工，仅需一个普通劳力就可饲养800头猪。最重要是从源头上解决了畜禽养殖污染问题。由于垫料中加入酵母素，粪便及猪舍内无臭味、无污染，剩余的垫料一年半后可成为优质、无公害的有机肥料，每立方米大约可卖70元，真正实现了高效节能、生态环保。

甘州区以奖励促治理，实行环保专项资金补助措施，加快全区畜禽养殖污染治理进程，促进实现污染物达标排放和生态型"零排放"目标。

甘州区从甘肃省环保局争取到畜禽养殖专项资金100万元，为使这笔钱带动更多资金投入畜禽养殖污染治理，发挥最大效益，甘州区制定和实施了《规模化畜禽养殖场污染治理验收和环保专项资金补助方案》，在"谁污染谁治理，业主投资为主政府适当补助为辅"的原则下，由区环保、畜牧、农业、财政等部门有关人员和专家组成验收组，对申请资金补助的养殖场进行现场验收和考评，对符合条件的养殖场予以环保专项资金补助，极大地调动了畜禽养殖场的治污积极性。据介绍，仅十号村期工程就预计、投资540万元，其中群众自筹240万元，十号村养猪专业经济合作社筹措项目资金300万元。

农村环保遍地开花

在明永乡笔者看到，农村安全饮水工程正在有序建设中。张瑛介绍，今年甘州区明永、大满等5个乡镇的农村安全饮水工程被列入《甘州区国家农村环保规划试点项目2008年度实施计划》中，工程实施目标是关闭村里的自备水井，在每个乡建立统一供水厂，改变以往村村有水塔、水质不达标的状况，保证群众喝上干净水。

此外，在乌江镇、靖安乡等11个乡镇的11个新农村示范点全部配套安装农村生活垃圾收集箱；在三闸镇、党寨镇各建成垃圾分拣中转站1处、小型垃圾填埋场1处；在党寨镇采取沼气净化污水池技术建成污水处理厂1处；建成具有示范带动作用的乡村工业污染防治工程两处；建成土壤污染综合治理示范工程4处；建设农村饮用水源地保护示范工程3处；建设绿色食品基地1处；创建生态家园示范户200户，文明生态村10个；建成农业生态园区（村）两个，工业生态园区1个；在全区18个乡镇设立环境保护工作站等10项工作同时列入《计划》，并且都在紧张有序地实施中。

据估算，全市农村清洁生产能源的利用年可替代50152吨标准煤，每年可减少烟尘排放约5015.20吨，二氧化硫约2006.08吨。丁荣善告诉笔者，甘州区具备独特的资源、人力、地域、经济等优势，成为张掖市农村环保试点，必将给其他5县农村环保工作的开展带好头。

后记

甘肃省张掖市甘州区在发展农村经济的同时，将保护环境放在突出位置，坚持生态立区。围绕建设"清洁水源、清洁家园、清洁田园"的新农村发展目标，甘州区编制了《张掖市甘州区农村环境保护规划》，在大力发展生态经济、建设生态家园方面收到了显著成效。环保工作的加强带来了巨大的生态效益。环境改善了，土地里产出的是无污染优质、高效、安全、环保的农产品，部分农产品还成了绿色无公害品牌，受到市场欢迎，带来了巨大的经济效益。环境改善也使村民们的精神面貌发生了重大变化。

农村环保工作的强力推进，正在使甘州区越来越多的乡村受益，同时也为甘州区农产品输入地的餐桌提供了更多安全保证。

农村地区特别是西部欠发达地区农村环保工作任重而道远，如何推进农村环保工作，张掖市甘州区的实践具有重要的借鉴意义和现实意义。

2012.03.01

超采源于人口超载

兴陇之要,其枢在水。"水"对甘肃的发展起着至关重要的作用。由于降水量稀少,河水补给不足,甘肃省素以干旱著称,全省多年平均降水量277毫米要,境内许多区域是"以引、据河水灌溉为主、机井补充为辅"的沙漠绿洲。地下水开采量大成为甘肃省用水的一大特点。

地下水开采量有多大

在甘肃省河西走廊境内的疏勒河、黑河和石羊河三大内陆水系,水资源已不同程度出现紧缺。由于水资源短缺,地下水成为主要水源。张掖市甘州区地下水开采量从20世纪90年代的0.8亿立方米增加到现在的1.97亿立方米,占地下水允许开采量2.23亿立方米的88%。

张掖市水文水资源局提供的观测资料显示,大部分地区地下水的水位呈逐年下降趋势,出现了生态湿地面积萎缩、河流湿地面积锐减、生态林草大量枯死、荒漠化加剧等问题。

张掖市甘州区水务局胡小平告诉笔者:"近年来,迫于流域调水农田受旱的压力和经济社会发展的需要,地下水开采总体呈明显上升的趋势,全区共有机井2651眼,其中农业灌溉机井2416眼,年提水量1.4亿立方米;工业用水井65眼,年提水量0.25亿立方米。目前,甘州区25%的农业、95%以上的工业及城乡居民生活用水主要靠开采地下水解决。"

地下水压力不仅出现在张掖市。据甘肃省水利水电勘测设计研究院王志强介绍,甘肃全省水资源开发利用程度为41.7%,内陆河石羊河、黑河流域水资源开发利用程度超过100%。农业灌溉用水占总用水量的80%。从目前全省水资源供需分析，全省缺水程度14.31%。"十二五"期间工业、农业、生态缺水程度分别为11.0%、17.2%和17.4%。

如何打破缺水瓶颈

要减少地下水开采，就需要打破缺水瓶颈。而如何打破制约甘肃发展的缺水瓶颈？兰州大学城市规划设计研究院陈怀录教授认为，减轻对生态环境的压力是有效途径之一。

"生态环境问题的根源是人口超载对脆弱的生态系统造成的压力。"陈怀录介绍说。同样面积的土地人口承载量大不相同。联合国有关数据显示，半干旱和干旱地区的人口承载量不超过20人/平方公里和7人/平方公里。而甘肃省的统计数据显示，甘肃省现在的实际人口承载量是58人/平方公里，若减去沙漠所占面积，则人口超载更严重。

陈怀录提出，有效的生态环境治理措施，应首先对人类自身的活动方式进行调整，减轻人类活动对区域资源和环境的压力，使之不但不再加重或引发生态环境问题，而且更有助于提高资源与环境的承载力，增强区域生态环境系统的稳定性。

如何减轻环境压力

对于水环境先天脆弱和水资源严重匮乏的西部地区，有学者将其称之为"不发展的环境问题"。东部很多城市的地下水超采问题是快速城镇化造成的，而对西部，可能恰恰相反。

许多学者认为，城镇化是一把"双刃剑"：一方面，城镇化水平的提高，既有利于提高土地资源使用率，又有利于控制生态环境保护区的农牧人口分布和密度，减轻水土流失区和耕地的压力，达到还田于林的目的;另一方面,城镇化进程的加快也会对生态环境造成破坏。

"加速城镇化发展并不必然地导致城镇生态环境的恶化。"陈怀录认为,"以甘肃省为代表的生态环境异常脆弱的西北地区,城镇化对生态环境建设具有积极的促进作用。发展非农产业并加速城镇化是减轻生态环境压力的核心。可以通过加速城镇化,鼓励一部分人离开农村进入城镇从事非农业生产,来保护脆弱的生态。"

"在确定城市发展规模和选择城市主导产业时,必须以水为主线展开经济资源环境协调发展研究,为城市发展提供依据。"西北师范大学地理与环境科学学院白永平教授认为,甘肃经济社会可持续发展的关键是要实现由传统型经济向节约型经济的转变。

2012.09.10

废弃农膜回收需要政策支持

车出兰州南行，出新七道梁隧道，高速公路两旁阡陌纵横，农田丰饶，"农村环境连片整治示范工程"的醒目宣传牌不时跃入眼前。

经常往来于甘肃省临夏——兰州两地的司机张作平告诉我们，每年四五月春播结束时，途经此道，一片片整齐划一的塑料农膜铺设在田间，形成了一道蔚为壮观的风景。然而，这道景致令甘肃省环保厅农村处处长张文荣忧心忡忡："废旧地膜带来的白色污染，已是甘肃省最突出的农村环保问题。"

地膜使用增加
土地不能承受之重

在甘肃这片以干旱著称的土地上，塑料农膜的优势发挥得淋漓尽致。近几年来，甘肃省委、省政府为确保粮食稳定增产，在中部旱作农业区大面积推广全膜双垄沟播栽培技术。笔者在采访中了解到，这项技术在2006年、2007年经历了60年不遇大旱的考验，均显示出显著的抗旱增产效果。在近几年的推广过程中，玉米较半膜平铺每亩增产151公斤，增产率达37.1%，在旱作农田降水资源高效利用方面取得了重大突破。

优势凸显，劣势不容忽视。"由于全膜覆盖比传统覆盖地膜用量每亩增加1~2公斤，随着全膜覆盖面积的迅速扩大，甘肃省地膜使用量也呈加速增长态势。"甘肃省农业生态环境保护管理站站长张玉辉说："目前，甘肃省农作物地膜覆盖面积约增加到2000万亩，占农作物面积的30%多。同时，近年以日光温室和塑料大棚为主的设施农业也呈加快发展之势，全省面积已超过100万亩。棚膜的使用量也在快速增长。据初步统计，全省目前每年各种农用塑料薄膜使用量已超过12万吨。其中地膜约8万吨，棚膜约4万吨。"

随着地膜使用量的逐年增加，大量废弃农膜散落在田野道路、街头巷尾、河滩沟渠，一旦刮风则悬挂在树枝，以各种形态或附着或飞扬，对农村生活环境、村容村貌造成不良影响，给人们的视觉、心理上带来不良感受。农田"白色污染"问题越来越成为农村环保的焦点。

废弃农膜长期得不到治理，最终反而会导致粮食减产。甘肃省农业生态环境保护管理站副调研员李崇宵介绍说："一方面农膜残留于耕作层，这不仅破坏了土壤理化性状，而且影响作物对水分和养分的吸收；另一方面不受微生物侵蚀、不易降解的农膜还会在降解过程中溶出有毒物质，最终导致土壤盐渍化，造成作物大幅减产。"

此外，农膜与秸秆、牧草混在一起被牲畜误食，会引起病害，甚至导致牲畜死亡；个别农民对回收的废膜采取焚烧处理方式，浓浓黑烟污染了空气环境，严重影响了人们的身体健康。

废弃农膜带来的危害不一而足，废弃农膜带来的"白色污染"已着实成为这片干旱区土地不能承受之重。

建立回收网点
问题得以初步遏制

张玉辉回忆，他调任甘肃省农业生态环境保护管理站站长后的首次调研，在民勤、景泰等地道路两旁树枝上到处悬挂着红黄白绿黑各色废旧农膜，这种场面至今让他记忆犹新。"当时，我感到很震惊，废弃农膜的问题太严重了，已经到非治不可的地步了。"

那么，究竟该如何治理呢？

近年来，甘肃省在部分地区试点，尝试建立起了农田残膜回收与资源化利用体系，逐步形成农户捡拾—网点回收—企业加工三个环节相互支撑、相互约束的废旧农膜回收利用网络。

在试点的基础上确立了甘肃省废旧农膜回收利用工作的基本思路：从农田残膜回收与资源化利用市场化的重要前提环节入手，通过设立省级财政专项资金，扶持建设一批采用先进加工工艺设备、具备一定规模和抵御市场风险能力的废旧地膜回收加工企业及回收网点，配套完善相关的税收调节政策和监管措施，以逐步建立涵盖地膜捡拾、回收、资源化利用等环节分工明确、相互支撑、相互约束的废旧农膜回收利用的市场化运行机制。

2010年，甘肃省设立了"省级废旧农膜回收利用专项资金"明确省级专项资金，重点扶持废旧农膜回收初级加工企业建设、废旧农膜回收深加工企业建设、废旧农膜回收利用技术研发和技术推广三个环节。2011年甘肃省下达了1000万元省级废旧农膜回收利用专项资金，首次对全省24家深加工龙头企业和65家初级加工企业给予了资金扶持，极大地调动了相关企业态与的积极性。同时，部分市、州也推出了一些扶持性政策。

张玉辉说，全省已建和正在建设的从事废旧农膜回收加工利用的相关企业已超过150家。这些企业自行或通过协议收购大户、收购经济人、流动废品收购商户（商贩）多形式在覆盖范围内的多镇、村社设立废旧农膜回收网点超过1000个。经估算，2011年全省回收利用废旧地膜45700吨（折纯量），回收利用率达57.1%；膜基本做到了100%回收。农田"白色污染"问题得到初步遏制。

地膜破碎难于回收
急需寻求新办法

废弃地膜57.1%的回收率意味着还有近一半的废弃地膜未得到回收利用。据甘肃省典型地块地膜残留监测结果显示，所有监测地块都有不同程度的残膜。每亩残留量最多达14.67公斤，残留最少的每亩也达5.23公斤，另据农业污染源普查结果显示，甘肃省种植业地膜残留量在0.63万吨。

在地处河西走廊玉米制种基地的古城子村，村民赵小红用耙子将大片的农膜耙到地埂旁，用铁锹将地膜压在地下。之后，耕地机轰隆隆开过，将大量残余的小块农膜连同泥土翻入土壤中。当笔者问为什么不把地膜收起来卖钱时，赵小红说："卖不了几个钱，一家十来亩地，也捡不出多少。回收地膜没有固定的点，偶尔会有上门收购的，但是不一定能碰上。再说，塑料和土块都粘连在一起了，不好收拾。"

这样的情况在甘肃不在少数，李崇霄在调研中发现，目前的地膜回收存在几个特别突出的问题。第一，回收网点分布不均，加工企业区域间发展不平衡。一些地方地处偏远，周边没有回收点和加工企业，仍处于回收区。同时，一些地方建立的规模较大的龙头企业，又存在吃不饱的情况。第二，超薄地膜难以有效杜绝，回收难度很大。

"超薄地膜老化快，易破碎，人工捡拾清理或机械捡拾均十分困难，勉强清理出的残膜贱片面积小，与根茬、泥土混杂在一起，几乎没有了回收再生利用的价值。"李崇霄说。

应修订地膜厚度标准
对农民予以财产补助

如何构建起没有盲区的废弃地膜回收网点？

"一座村庄，一幢房子，一个能干人，一杆秤。"张文荣在调研检查农村环境连片整治工作的过程中，结合农民心理和农村特点，总结了这样一种简单易行的解决方式。"为每个铺设农膜的村子建一个农膜收集屋，选一个村里的能干人，配一杆秤，负责回收村里的废弃农膜。甘肃省的农村环保工作已经有良好的组织基础。全省在基层已建立了299个重点乡镇环保所，有3431个行政村设立了专职或兼职环保员，已有的环保员就可以担当起农膜回收人的角色。"张文荣说。

据了解，2011年，甘肃省被环境保护部列为第二批全国农村环境连片整治示范省之一。项目实施两年来，已覆盖1117个行政村，未来几年将在全省铺开。但是，废弃农膜回收网点并没有像张文荣设想的那样配套起来。

"甘肃省的农村工业化进程缓慢,大部分处于传统自然村状态。因而受工业污染的影响很小,目前的污染主要表现在畜禽养殖、生活垃圾、农药施用和废弃农膜方面。然而,农村环境连片整治项目中并没有将废弃农膜收集处理列入资金支持范围,导致这一突出问题仍旧处于搁置状态。"张文荣认为,废弃农膜回收应列入农村环境连片整治项目扶持范畴,使之得到政策和资金上的保障。

针对超薄地膜回收难的问题。张玉辉认为,国家应参考国外地膜标准,尽快研究论证修订国家地膜厚度标准的可行性。同时,为避免增加农民负担,应研究制定财政补助政策,对农民使用厚度大于0.008毫米地膜所增加的投入成本进行补贴,从源头上保证农田残膜的可回收性。

另外,李崇宵建议加大科技支撑力度。将地膜污染防治列入科技重点支持项目,建立农田残膜污染防治技术体系同时,加强农田残膜回收与资源化利用成果的转化应用。

2013.04.30

水资源短缺和水环境污染力加剧怎么办？缺水地区如何管好水、用好水？张掖市通过自身实践，提供了有益的化验。

水权改革催生节水型经济

得益于祁连山冰雪融水的滋养，张掖市自古以来就是河西走廊水资源最为丰富的绿洲，也是我国重要的商品粮基地。然而，随着产品、粮食短缺时代结束和工业化、城镇化推进，往日"半城芦苇半城塔"的景致没有换来工业化的高度发展。张掖市以农业为主的经济结构显得越来越不合理，"工业短腿"的问题越来越突出。在发展过程中，水成为张掖市经济社会发展的制约因素之一，有效节水、治水成为张掖的重要课题之一。

13年试点收获了什么

屈指算来，距离水利部正式将张掖市确定为我国第一个节水型社会试点地区至今，已有13个年头。

作为资源型缺水地区，为解决水资源短缺的问题，张掖市不得不采取技术、经济等手段，提高水资源利用效率，加大水资源管理力度，促进农业高效发展。13年间，张掖市积极发展高效节水农业，构筑与水资源承载力相适应的经济结构体系，在城市生产、生活中全面开展节水行动。

近年来，张掖市通过调整种植结构、推广节水技术和深化水权制度改革，使农业综合生产能力显著提高，为改善黑河流域生态环境、促进戈壁绿洲农业可持续发展奠定了基础。

日前，高台县投资 3500 万元对骆驼城乡和新坝乡的 3 万亩耕地实施国家级高效节水示范项目，每亩耕地年可节水 300~400 立方米。

2012 年以来，甘州区进一步创新节水模式，推广节水技术，积极构建以农业节水为主体、工业节水为保障、生活节水为补充的节水型社会建设新格局，强力推进节水型社会建设。截至目前，全区完成高新节水技术推广 24.5 万亩，农田节水技术推广 73.5 万亩。

据了解，张掖市压缩高耗水、低效益作物，大面积推广高效益、低耗水的经济作物和抗旱品种，努力提高水资源利用效率。农业粮食作物和经济作物的结构以及作物品种结构进一步优化，制种玉米占全市耕作面积的 1/4，蔬菜大棚、马铃薯等设施农业和抗旱作物全面被推广。

在调整种植结构的同时，张掖市还大力推广全膜垄作沟灌，大田作物间、套、复种等节水增收技术，示范推广喷灌、滴灌、管灌等高新节水技术。党寨镇十号村村支书宋发林给笔者看了这样一本账：以前小麦套种玉米，一年要浇 600 多方水，现在植种玉米用膜下滴灌技术，一年只用 200 多方水。

在张掖，"水交易"已经相当成熟，"卖水"是农户间的寻常事。在这里，水票就相当于人民币，自家用不完的水票可以通过水市场交易换钱。

这都得益于张掖市推进的水权改革。通过明晰水权，建立总量控制与定额管理相结合的节水运行机制，组建和规范农民用水者协会，实现了"水管单位+用水者协会+农户"的参与式灌溉管理模式，使用水效益显著提高，单方水产粮由 2001 年的 0.83 公斤提高到目前的 1.4 公斤。

2004 年开始，张掖市城市、工业节水试点从落实两套指标体系抓起，确定在 20 个企业先行开展工业节水试点。对企业用水总量和单位产品用水定额，实行指标管理；城市生活用水推行分户计量，定额管理。另外，按照建设节水型社会的要求，城市新开工建设的居民住宅楼全部要安装节水器具；宾馆饭店、公共厕所大部分改造安装了感应式节水产品。

缺水下如何保护水质

甘州区工业园区各色污水肆意排入渠道，导致污水流经村庄恶臭熏天；湿地公园的芦苇荡中层层蛆虫腐尸浮于水面，湿地一度成为废水、废物的倾销地，植被、鱼儿几乎绝迹……在2007年陇原环保世纪行的采访活动中，记者曾目睹这样的场景。

治理工业企业污染、保护赖以生存的湿地和生活环境，已经到了非下功夫不可的时候。

"治理污染需要用科学发展的理念来重新审视张掖的过去、现在和将来，更需要有壮士断腕的勇气和力量。"这一观点得到全市上下一致认同。

2008年8月，张掖市打响了治污战役。"该停的停，该关的关，该并的并，该转的转"，确保每一项环保责任落到实处，确保整治效果看得见、摸得着。

经过几年努力，2012年张掖市污水处理厂运行率、主要污染物排放达标率均达到100%。张掖在甘肃省政府环保目标责任书考核中连续多年名列前茅。

仅2012年，张掖市就完成重点废水减排项目20项，下属5个县的污水处理厂主体工程均已完工。中粮屯河张掖西红柿制品公司、张掖市华瑞麦芽有限责任公司、临泽圣洁纸品厂等10家企业污水处理工程完工并通过环保验收；瑞源啤酒原料、高台富源农产品开发公司等4家企业污水治理设施稳定达标运行；张掖市金鹰食品工业有限公司停产限期治理。此外，全市25个规模化畜禽养殖场和养殖小区的污染减排项目全面完成。

经核算，2012年，张掖市化学需氧量排放量超过3.5万吨，比

2011年下降5.88%;氨氮排放量为1711吨,比2011年增加6.52%;二氧化硫排放量约4.8万吨,比2011年增加3.65%,均全面完成污染减排任务指标。

"如今的湿地美景,有一半成绩来自于对湿地生态系统的保护,还有一半要归功于大力度的污染治理。"行内人士如是说。

水资源匮乏怎么办

张掖市地处黑河流域上中游,境内有湿地约21万公顷,占土地总面积的5.02%。由于地处内陆干旱地区,张掖生态环境非常脆弱,加之近年黑河流域的省际调水没有充分考虑中游生态用水,导致湿地面积萎缩、功能退化、涵养水源能力降低,对黑河流域可持续发展构成严重威胁。

为此,2011年4月16日,国务院正式批准建立张掖黑河湿地国家级自然保护区,地跨张掖市高台县、临泽县和甘州区。

"自从实施黑河流域湿地生态恢复保护建设以来,这里的生态环境得到了优化改善。"张掖市高台县环保局局长告诉笔者,流域内一些水草丰美、环境幽静的地方出现了很多珍稀鸟类。近两三年来,每年3月,大湖湾湖区时常有白天鹅出现。

高台县黑河湿地占张掖黑河湿地自然保护区总面的71.57%,是河西走廊绿洲与北部沙漠的连接地带,对防止地表植被退化、阻断沙尘暴向东南扩张具有重要意义。

高台县抢抓张掖黑河湿地自然保护区上升为国家级保护区的机遇,把黑河湿地保护工程作为生态文明建设的重点之一,实施了黑河湿地生态保护恢复示范区建设,使这里的生态原貌得以修复。在野生水禽保护区加固水库,建成87亩鸟岛,退耕还湿地212亩,保护区吸引了大量国家一级保护动物黑鹳、金雕及国家二级保护动物疣鼻天鹅、大天鹅、灰鹤等光临。

通过多方面共同努力,张掖的生态环境明显改善。有关部门先后组织实施了近50次黑河水量统一调度，累计向下游泄水100多亿立方米。黑河水量统一调度，使流域生态持续恶化的趋势得到初步遏制，东居延海连续多年碧波荡漾，水域面积超过了20世纪50年代水平；额济纳旗地下水位明显回升，植被逐步恢复，初步实现了生态恢复的治理目标。

  笔者采访中发现，无论是节水型社会建设还是生态城市建设，张掖市都在从不同角度保护有限的水资源，挖掘水资源潜力，为经济社会全面发展扩充环境容量。

2015.7.29

走生态路 吃生态饭

甘肃省东南部,秦岭翠影叠嶂深处,潜隐着一座秀美小城——两当县。

在生态文明建设的有力助推下,这个偏远的欠发达县,充分挖掘区域生态优势,走生态路,吃生态饭,走上了独具特色的可持续发展之路。

依托生态优势做生态文章

从兰州出发,一路穿州过县,直达陕甘川交界的陇南市两当县。城区空气清新,环境整洁。

"两当县最大的特点和优势就是生态。"县长郭省军说,依托这一优势,两当县全面开展生态脆弱区的恢复治理工作,大力实施天然林保护等九大林业工程。

2013年,两当县启动国家级生态文明建设示范区创建工作。按照国家级生态县,省级生态乡镇、生态村的考核标准要求,开展"三级"联创工作。

经过两年的创建,两当县的植被覆盖率已达到83%,城市垃圾无害化处理率达到91%,城镇集中污水处理率达80%,地表水水质合格率达100%,空气环境质量优于国家二级标准,农村安全饮水合格率达100%,城镇各功能区噪声达标率达100%,农村清洁能源使用率达到20%。

建设生态文明乡村,基础设施是筋骨,也是缩小城乡差距的关键。郭省军介绍,近年来,两当县不断加强城乡环保基础设施建设。

在2013年9月建成两当县污水处理厂的基础上，今年又投资1000万元建设污水处理厂配套管网。全县已建成农村户用沼气项目6965口，建设节柴灶4382个、太阳能灶7150座，推广太阳能热水器4392台。有的乡村还安装上了太阳能路灯，建起了垃圾处理场。

据两当县环保局局长介绍，2011年以来，两当县共争取并实施了22个村级环境综合整治项目，总投资1193万元；12个畜禽养殖污染减排治理项目，总投资140万元；5个集中式饮用水水源地保护项目，投资110万元。项目的实施使村容村貌和人居环境发生了明显变化。

此外，两当县环保局环境监察干部马文娟告诉笔者，县里"十五小"企业关停取缔率达100%。还坚决取缔一级保护区内的矿山企业排污口，关闭了二级保护区内的直接排污口。

杨店乡灵官村，绿树掩映处农舍点点，青瓦白墙排列错落有致。村里家家户户都通上了自来水、沼气，安装了太阳灶。

村民刘翠芳说："原来村里的房子东一间西一处，出门是坑坑洼洼的土路，沼气池、文化广场这些设施想都不敢想。现在规划得好，整齐漂亮，还符合大家的生活习惯。"

对照国家级生态文明建设示范区创建建设任务，两当县生态建设5项基本条件和22项考核指标已有17项指标达到国家级生态县标准。

保护生态最终落脚于惠民富民

"生态保护好了，口袋还是瘪的，老百姓不答应。"郭省军说，"保护生态的最终落脚点在于利用好生态，实现惠民富民的目标。"

两当县旅游资源丰富，气候湿润，光热资源充足，发展旅游业和特色产业有着得天独厚的条件。

站在豆坪村红崖河左岸的高地上，杨店乡书记吴兆栋介绍，以前这块地主要种植玉米、小麦等作物，每年每亩地收入不到600元。现在一亩地种完架豆还能种一茬秋豆或西葫芦，亩产值在8000元左右。

如今，全村蔬菜种植面积已达 1675 亩。为解决销售问题，村里成立了无公害蔬菜种植专业合作社。蔬菜大户王建民现在每日的出货量都在 70~80 吨。

2013 年，鱼池乡乔河村 28 户村民把 300 亩土地流转给了沁香怡玫瑰生物科技有限公司，经过三年的发展，种植了 30 万株品质优良的大马士革玫瑰，成为甘肃省最大的大马士革玫瑰种植基地。

和豆坪村、乔河村一样，如今，两当县有 70 多个村通过调整产业结构，发展核桃、食用菌、中药材、蔬菜、旅游等特色产业，走上了致富之路。

此外，在当前陇南交通不便、土地金贵的情况下，两当县坚持市场运作、政府引导、全民动员、社会参与，大力发展电子商务。

在两当电子商务孵化园，笔者见到了一位回乡创业青年——张璇。

今年 3 月，张璇与好友王增辉在淘宝网注册了一家新店铺，专卖两当特产。经过不到 5 个月的运作，小店已经快升为"两钻"店铺了，主打的狼牙蜜在同类产品中销量稳居第一。

王增辉说，现在的客户更多关心的是商品的来源和健康度。两当县良好的生态环境成为特色农产品销售的金字招牌。

2013 年 12 月，两当县电子商务中心开始运作。中心主任程奎介绍，2013 年上半年，线上交易额度已达到 422.6 万元，线下销售额度达 2250.5 万元，超出了 2012 年全年的总和。

2018.01.03

生态立市催生绿色经济
——平凉市绿色发展纪实

近年来,甘肃省平凉市将"绿水青山就是金山银山"的理念融入经济社会发展中,确立生态立市战略,绘就水绿山青的发展底色,布局"生态+"发展格局。形成了环保与发展、生态与经济"琴瑟和鸣"的新气象。发展生态经济聚集绿色财富已成为平凉市崛起于甘肃省东部的最大优势。

上篇·生态立市,描绘绿色发展

崆峒山上,满目苍翠。泾水河边,白鹭起舞。

城市的环境一天一个样;"生态乡镇""生态村""四绿"单位一个一个冒出来。

这一幅幅生态画卷见证着"生态立市"战略确立5年来平凉市取得的显著成效。

然而,在战略提出之初,不乏"生态立市会给平凉经济发展戴上了'紧箍咒'"诸如此类的质疑。平凉市委、市政府领导多次在大小会上深入阐述"生态立市是平凉经济社会基础条件和长远发展实际相结合的最优选择"。

平凉市委副书记、市长说,作为西部欠发达地区,发展是平凉的第一要务;作为陇东黄土高原丘陵沟壑水土保持生态功能区,保护是第一责任。平凉市是国务院确定的传统能源化工基地和甘肃省陇东煤电化能源基地,因此平凉市经济发展对能源消耗依赖程度较高。只有立足高起点、高标准，以生态文明建设为统领，统筹农业、工业、服务业和文化各层面要素，大力推进绿色发展，建设生态平凉，才能为平凉市的长足发展打下基础。

思路决定出路。2011年12月，平凉市迈出了建设国家级生态市步伐。6年来，平凉市委、市政府始终把生态文明建设与经济建设、政治建设、社会建设、文化建设放在同等重要位置，同安排、同落实、同考核、同奖罚，确立生态文明建设长效机制。出台了《平凉市生态文明建设示范市建设工作方案》《平凉国家生态文明建设示范市建设规划》《平凉市生态环境保护工作责任规定》及大气、水、土壤污染防治工作方案、考核办法等文件，形成了党委领导、政府负责、环保牵头、部门联动、全社会广泛参与的生态文明建设工作新格局。全市各级各部门大力开展了生态空间、生态经济、生态环境、生态生活、生态城市、生态制度、生态文化七大创建活动，生态文明建设示范创建工作实现了效应最大化。

呵护蓝天群众收获幸福感

这两年，"平凉蓝"这一新词汇成为平凉市民游客微信、微博里的高频词汇，反映出人们的获得感和幸福感。

"标注着平凉空气质量的曲线，拉动的实际上是所有平凉人的幸福指数。"平凉市环保局局长说，为了守住这片蓝天白云，全市上下携手向大气污染开战。平凉市政府严格落实"管行业必须管环保"的工作要求，成立了由市委副书记、市长任组长的综合督查组和由9名副市长任组长的专项督查组，一级抓一级，层层抓落实，市长抓全面、副市长抓分管行业和系统的污染治理工作成为新常态。全市形成了政府主导、部门主抓、企业主体、社会组织和公众全员参与的污染治理体系。环保部门认真履行综合协调和统一监管职能，将大气污染防治的37项重点工作任务全部细化到市县人民政府和13个职能部门，将各级政府环境保护工作责任落到了实处。

从建筑工地扬尘、道路扬尘、餐饮油烟、机动车尾气、燃煤锅炉和涉气工业企业烟粉尘污染治理五个方面落实《平凉市"十二五"大气污染防治实施方案》《平凉市大气污染防治行动计划工作方案》。

中心城区投资9.3亿元，全面实施了热电联产集中供热和分散燃煤小锅炉清洁化改造工程，拆除燃煤锅炉302台，对供热管网覆盖不到的113台燃煤小锅炉全部进行了清洁化改造，平凉市中心城区达到了燃煤锅炉基本"清零"的要求。

对6个县城建成区10蒸吨以下136台燃煤锅炉进行了清洁化改造，改造率达到86.1%；对全市55台20蒸吨以上燃煤锅炉全部进行了脱硫脱硝除尘升级改造。仅此每年可减少因燃煤锅炉排放烟尘2.5万吨、二氧化硫排放量8500吨、二氧化碳排放量63万吨，环境空气质量明显改善。

2016年，剔除沙尘天气影响，平凉市中心城区PM10平均浓度降到80微克/立方米，比2015年95微克/立方米下降15.8%，扭转了2014年、2015年不降反升的被动局面，PM2.5降到40微克/立方米；2017年前11个月，中心城区PM10平均浓度为71微克/立方米，PM2.5平均浓度降到29微克/立方米，达到省政府下达的标限值77微克/立方米和41微克/立方米的要求，完成国家"大气十条"考核要求。

还泾渭碧水清波责无旁贷

"下功夫治理水污染顽疾，坚决消除辖区劣Ⅴ类水体，整治城市黑臭水体，确保饮用水安全，真正还民众一河清水，让群众喝上洁净的饮用水，这是最基本的民生需求，环保人责无旁贷。"张双鹤如是说。

为还泾渭碧水清波，平凉市政府出台了《平凉市水污染防治工作实施方案》和《年度工作方案》，将污水管网全覆盖、污水全收集全处理列入为民要办的实事，持之以恒抓落实。"十二五"以来，建成了7县（区）城市污水处理厂，污水收集能力由"十一五"末的1.4万吨/日，提升到目前的6.68万吨/日，污水处理率由42.34%提高到82%。制定了泾河、汭河、达溪河、葫芦河、水洛河控源减污达标整治工作方案，依法依规排查治理入河排污口180个，依法取缔或关闭河道非法砂场及疏浚点155处，建成生态拦水溢流堰8座，形成河道水域面积200亩、河道湿地1380亩。完成了平凉宝马纸业公司废水碱回收等52个工业废水处理工程和152个规模化畜禽养殖污染治理项目，实现了污染物稳定达标排放。

对平凉市中心城区"八沟一河"进行治理，彻底消除了城市黑臭水体。狠抓城市集中式饮用水水源地规范化建设，全面落实保护措施，彻底消除饮水安全隐患。2013年泾河地表水除长庆桥断面外，首次从劣Ⅴ类达到国家Ⅲ类水质标准，平镇桥国控断面2014—2016年水质监测均达到国家Ⅲ类标准，达标率分别为88.3%、90.9%和91.7%，达溪河、汭河稳定保持Ⅲ类水质，水洛河和葫芦河水环境质量有了一定程度的改善，平凉城区和各县（区）集中式饮用水水源地水质达标率均为100%。

生态村镇开出遍地花

平凉市现有农业用地101万公顷，占辖区总面积的90.21%，农业人口133.71万人，占全市常住人口的63.73%，农业在全市国民经济中的占比达到28%。农村环境保护事关全面建成小康社会的成败，事关群众的"菜篮子"。

近年来，平凉市以农村环境综合整治为抓手，全面实施了以"一线四片十四个点"为重点的农村环境综合整治项目，解决了175个项目村生活垃圾和污水收集处理、畜禽养殖污染治理等突出环境问题。

同时，加大农村面源污染和垃圾污水治理力度，努力改善村庄人居环境，重点推进6个县城和小城镇建设，实施城乡一体化试点乡镇建设 21 个，建成美丽乡村 51 个、新农村示范村 506 个、环境整洁村 851 个，城镇化率提高到 38.97%，农村群众人人关心、支持、参与环保的良好氛围逐渐形成。

红线管控绿了荒山荒坡

平凉市地处黄河中上游泾渭河流域核心区，水土流失严重，生态环境脆弱，在甘肃省东部乃至黄河上中游生态安全屏障建设中具有十分重要的地位。面对严酷的自然环境，历届市委、市政府领导以加快造林绿化，治理水土流失，改善民生为己任，咬定青山不放松，一届接着一届干，一张蓝图绘到底。

"保护好这一方绿水青山，给子孙后代留下一笔宝贵遗产。"这是平凉环保人不变的信念，也是全市 230 万人民的心愿。为此，平凉市率先启动了县域生态红线划定工作，实施红线管控策略。按照"性质不转换、功能不降低、面积不减少、责任不改变"的原则进行严格限制和保护。全市初步划定生态红线管控面积约 2578.11 平方公里，占全市国土面积的 22.92%。同时，加强国土生态环境管控，全市受保护地区占国土面积比例达 27.3%。通过全面开展工业、能源、交通、城建、旅游、农业、矿产、水务等涉及生态环境保护的专项规划环评，规划环评执行率达到 80%，项目环评执行率达到 100%。

同时，在推进国家生态安全屏障综合试验区建设中，根据全市宜林荒山荒坡荒沟多，有发展生态林和经济林的传统这一特点，平凉市大力实施城乡"双六"绿化工程，集中连片规划，整山整沟整流域推进，整合土地复垦整理、巩固退耕还林口粮田、扶贫开发、坡耕地试点、农综开发等项目，统筹实施梯田建设工程。5 年新修梯田 103 万亩，综合治理重点小流域 87 条，水土流失治理面积达到了 1140 平方公里。

截至 2016 年底，全市森林面积达到了 516 万亩，比 5 年前增长了 18.9%。森林覆盖率由 1998 年的 17.98% 提高到 30.9%，林草覆盖率达到 51%。城市人均公共绿地面积达到 7.9 平方米，中心城市的绿化覆盖率提高到了36.98%。

污染治理和生态保护为平凉经济社会发展绘就了生机勃勃的"绿"底色。为了这张发展底色，平凉市可谓铁腕治污，毫不手软。2012年以来，市、县（区）因环保工作职责履行不到位约谈128人，问责56人，市县（区）环保部门共查处环境违法问题507起，其中依法查封违法企业21家，责令停产整治"散乱污"企业106家，限产治理9家，按日连续处罚3家，移送公安机关行政拘留13起18人；向县（区）政府下发环境监察建议书46件，依法约谈地方政府及有关部门和企业负责人20人（次），实施市级挂牌督办59家，责令停止违法建设项目30个，有力地打击和遏制了破坏生态环境、非法排放污染环境的行为。

下篇·发展生态经济，聚集绿色财富

民以食为天，守着青山绿水喝"西北风"的事情，人民群众不会答应。

王奋彦说，有了良好的生态环境，还要让群众的钱袋子鼓起来，这是"生态立市"战略的立足点和最终目标。

为此，平凉市在"绿"底色上做"生态+"的大文章，把生态与工业、农业、服务业和文化产业多层次融合集群，通过发展生态经济，打通"绿水青山就是金山银山"的转换通道，聚集绿色财富。王奋彦说，这是一条实实在在的、绿色的、可持续发展之路。

平凉市立足自身资源优势，扬长避短，在生态系统承载能力和环境容量范围内，实现资源高效利用。围绕建设国家重要的能源化工基地和西部循环经济示范区、西部旱作农业示范区，平凉市大力发展煤电、草畜、果菜、旅游产业，形成了以华亭、平凉工业园区和崇信工业集中区为重点的能源化工产业布局；构建了以泾河、汭河、达溪河、葫芦河、水洛河流域为重点的旱作现代农业布局，形成了果、牛、菜、粮"五个百万"现代农业产业集群。

"生态+工业"能源市再起航

华亭县是享誉西北的"煤都"。这个县以煤为工业主导,生态保护工作面临污染防治和生态修复的双重压力。"早转型早主动,资源型城市只有走绿色发展的路子,才能走出一条可持续发展之路",这已成为华亭县干部群众的共识。

将煤炭产品、工业原料和工业"三废"吃干榨净,实现资源最大化利用,是企业实施循环化发展的必由之路。华煤集团60万吨煤制甲醇项目的建成投产和20万吨聚丙烯项目的开工建设,是发展煤电化循环经济的典范,也是平凉市发展生态经济与生态立市战略相辅相成的一个代表。

在平凉市建成的平凉、静宁、华亭3个省级工业园区和泾川、灵台、崇信、庄浪4个市级工业集中区,不断加快现有企业入园循环化改造,建成了煤矸石、粉煤灰、脱硫石膏、采矿废石、城市建筑垃圾等工业固体废弃物综合利用项目,实施了平凉海创公司利用水泥窑协同处理城市生活垃圾二期项目,完善了煤灰烧结多孔砖、煤矸石烧结砖等产品种类;培育壮大信息技术、生物制药、节能环保产业。

结合资源型城市煤电化产业发展的实际,平凉市提出所有新建的煤电化冶工程项目,要切实做到"三个必须",达到"一个目标",即必须严格遵守环保相关法律法规,必须采用同行业先进的环保设备,必须确保污染物达标排放,真正达到绿色、循环、安全发展的目标。

与此同时,为了给全市发展腾出环境容量,平凉市加快了落后产能淘汰。"十二五"以来,全市共计淘汰水泥、铁合金、淀粉等落后产能73.2万吨,羊皮100万标张,黏土实心砖2.87亿块。大力推行企业清洁生产,累计投入资金1.03亿元,实施了一批清洁生产技改项目,全市39户企业通过了清洁生产审核,每年可削减化学需氧量265吨、二氧化硫480吨、固体废物2612吨,节约标准煤65万吨,节水308万吨,节电2480万度,为企业带来经济效益1.48亿元。

在做好煤化工、制革、造纸等污染物排放强度高的行业清洁生产审核和监管的基础上,将有色金属、石化、化工、印染、农副产品加工、制药、电镀等重点行业纳入审核范围,支持绿色清洁生产,推进传统制造业绿色改造,鼓励企业工艺技术装备更新改造,从源头减少污染物产生,完成了52家企业的清洁生产审核工作。全市生态经济初具规模,经济和社会效益开始显现。

产业结构不断得到优化。5年来,平凉市组织实施产业和结构调整、技术升级和改造等重点工业项目446项,累计完成投资489亿元。煤电化产业链条持续延伸,特别是中煦60万吨煤制甲醇和20万吨聚丙烯项目的建设,使煤炭就地转化率达44.41%。传统产业提升改造步伐加快,新型建材、农产品加工、装备制造等传统产业发展层次和集群化水平不断提升,非煤产业在全市工业中的比重5年提高了10.7个百分点。战略新兴产业迈出新步伐,以光伏发电、半导体碳纤维复合材料、胶原蛋白肽等项目为代表的战略新兴产业实现了高点起步,新兴产业完成工业增加值1.4亿元,占全市工业增加值的比重达3%,提高2.8个百分点。全市三次产业结构由"十一五"末的21.8∶46.9∶31.3调整为现在的28∶24.8∶47.2,较好地实现了经济发展与环境保护的双赢。

"生态+农业"农民富了

平凉市是个农业大市,发展生态农业既具有良好的基础,同时也是区域经济发展的必经之路。在现代农业带来丰富物质产品的同时,也带来了农村的生态危机,比如,土壤污染、水源污染、化肥和农药的超量使用、畜禽排泄物及农业废弃物处理等难题。

平凉市拥有地理标志产品保护、绿色食品、良好农业规范和出口创汇4个国家认证及"中华名果""中国苹果之乡"等13个大奖。2016年,静宁县果园总面积已达102万亩,占耕地面积的62.3%,农民人均果品产业收益5320元,占农民人均纯收入的80%多。不仅有效保护了林业资源,改善了生态环境,而且已开始实现了由生态脆弱县向生态大县、由国家贫困县向富裕县的转变。"静宁苹果"名扬天下的背后，是多年来平凉市坚持不懈发展生态农业的一个缩影。

静宁县是全省第一、全国闻名的苹果生产基地，当地果农们依托农民专业合作社、果业技术协会建设了一批"果—沼—畜"生态示范园和有机苹果加工基地项目，人们用沼渣追肥，用沼液喷施叶面、杀虫，用沼气灯诱杀害虫，停止了对化肥的依赖，提高了土壤的有机质含量。循环农业有力地推动了循环经济的发展，不仅带动了水果产业，而且带动了畜牧业、养殖业的规模化发展，有效保护了林业资源，改善了生态环境。

在崆峒区花所乡，天源农牧公司利用牛粪办起了有机肥加工厂，并且依托自己千头肉牛养殖小区，实现了循环农业基地，形成了牛养殖基地、青贮玉米秸秆利用、万吨生物有机肥加工生产线和生态农业园等产业链。变废为宝，"天源宝"生物有机肥销往市内各县区。

目前，像天源牧业、静宁苹果这样的循环经济农业在平凉市还有很多。

去年，平凉市果品总产量达到182万吨，产值76亿元，农民人均果品纯收入2817元，果品出口创汇3290万美元。林果产业的发展，带来了大地增绿和农民增收。庄浪、静宁两个果业大县，初步实现了生态脆弱县向生态大县、梯田大县向产业大县、国家贫困县向富裕县的转变。

当国家吹响生态文明建设的号角，平凉市县（区）各级充分发挥区位优势，着力建设生态农业工程，走农业发展与生态环境改善相互促进的良性循环之路，逐步用现代农业技术改造传统的农业耕种模式，大力发展生态农业品牌，实施绿色生态保护工程。目前，全市认证有机食品两个、绿色食品24个、无公害农产品134个，完成无公害农产品产地认证243.52万亩。"生态城镇""生态乡村""生态农业""生态工业"已成为推进经济社会又好又快发展的新引擎。

如今，平凉金果、平凉红牛、平凉牛骨髓油茶等，这些特色农产品正逐渐成为绿色无公害农产品中的新宠跻身市场，"生态产业化"

的理念流淌在农村广阔的田野中。

"生态+服务业"旅游业火了

生态优势促旅游惠民生,既能保住绿水青山,也能获得金山银山。平凉市构建了以崆峒山—大云寺为核心,古灵台、龙泉寺、莲花台、云崖寺、成纪古城为辐射的旅游产业发展体系。

2017年国庆中秋双节假期,平凉市共接待游客117.8万人(次),旅游收入达到了6.56亿元,分别比2017年同期增长了30.7%和40.2%。2016年,到平凉市观光度假的游客达到1600万人(次),实现旅游综合收入86.9亿元。旅游接待人数、综合收入分别是2011年的3倍和3.4倍。旅游、文化、商贸、餐饮服务等第三产业快速发展,增加值年均增长12%。

此外,生态农业注入了农耕文化元素后成为新的旅游增长点。农村里旅游、观光项目一个接一个,民俗体验、休闲娱乐功能,为发展观光农业、乡村旅游奠定了基础,也为多元化经济注入活力,带动了当地群众脱贫致富。

"生态+文化"环保理念深入人心了

"地膜不能再乱烧了。"这是庄浪县潘河村农民潘小林在村里环保夜校获得的知识,"在地头烧地膜污染环境,对人体有害,对土地也不好。现在我们都把地膜收起来,交给专门的回收站处理。"

深秋时节,平凉市城乡花红果硕,绿色生态园一片青翠,生态科技企业遍地开花,小区垃圾分类箱整洁如新,各种各样的生态环保元素随处可见。平凉市将绿色发展的理念融入社会经济发展中,平凉人将环境保护理念融入日常生活的细节中。

纵然"天生丽质",也需后天养护,从"GDP挂帅"到"环保问政",再到"绿色政绩",平凉市将生态文明理念贯穿于公众宣传教育中,引导市民生活方式和消费模式向勤俭节约、绿色低碳、文明健康的方向转变，着力培养绿色学校、绿色乡村、绿色社区、环境教育基地典型，将生态文明理念渗透于经济社会生活和管理的各领域、全过程。

着眼于完善环境教育的全民性、全面性、系统性和持续性机制建设，平凉市利用水日、地球日、环境日等纪念日，组织开展"环保开放日""环保随手拍"等系列宣传活动，鼓励、引导民间环保组织积极、理性、有序地参与环境保护。

荣获第三届斯巴鲁生态保护奖的华亭县退休教师赵向阳，义务辅导万名小学生长期开展"未成年人生态道德教育"活动，成立全国首家"红领巾爱护动物协会"等组织，开展报告会、讨论会、知识竞赛、保护签名、制定公约、作文绘画竞赛等系列主题鲜明、内容丰富、形式多样的生态道德教育活动，使小学生从小树立了热爱自然、爱护环境、保护生态、节约资源的意识。

近年来，为推动环保志愿活动规范化常态化，平凉市成立了环境志愿者队伍和青少年绿色联盟，设立环保志愿服务大队和环保社团，组织环保志愿者分别走进绿色学校、绿色社区、绿色企业、绿色乡村、环境教育基地，将环保知识送进社区、学校、企业、农村、景区、商场。

回顾5年创建路，生态理念已遍布平凉市山川街巷，全市上下积极践行"节约优先、保护优先"基本国策，牢固树立"生态立市、绿色发展"新理念，努力探索建立系统完整的生态文明制度体系和建设体系，走出了一条机制活、产业优、百姓富、生态美的绿色发展之路。

平凉市经济发展的理念，经历了"用绿水青山换金山银山"到"既要绿水青山也要金山银山"，再到如今"绿水青山就是金山银山"三个阶段。生态立市催生出了绿色经济，也用实践诠释了生态文明建设的时代最强音。

2017.5.3

解决突出问题为祁连山减负

2017年初,随着中央环保督察组披露问题和央视的曝光,甘肃省张掖、武威、金昌3市及肃南、甘州、永昌、天祝4县(区)内祁连山生态破坏问题呈现在公众面前。社会期盼给祁连山减负,恢复昔日容颜。

张掖市6个县(区)和53个部门立下"军令状",所有问题逐一建立台账,由市、县两级干部包抓整改一项,验收一项,销号一项;市组织三轮直赴所有现场的明察和不定时的暗访,发现工作不力立即追责。截至4月21日,祁连山国家级自然保护区张掖段179项问题(其中属于农业部中农发山丹马场8项),由张掖市负责整改的171项已完成整改140项,整改率81.9%,其中环境保护部约谈的45个项目完成整改39项,整改工作取得显著成效。矿山探采全部关停,水电设施规范运行,核心区、缓冲区已无任何经营性项目,张掖市主要领导称,祁连山迎来历史上最为平静的时期。

水电站
下泄生态水不再随心所欲

沿黑水河大峡谷蜿蜒而上,甘肃电投河西水电开发有限责任公司龙首二级水电站映入眼帘,两道白色飞练顺着泄水大坝飞流直下,跌入大峡谷。阵阵涛声为黑水河大峡谷带来勃勃生机。

黑水河龙首二级水电站和小孤山水电站下泄生态用水量不足、发电高峰期甚至存在完全断流的问题是中央环保督察和媒体曝光的突出问题。

"关闭闸门就是断了黑水河的血脉,以前不懂啊!"甘肃电投河西水电开发有限责任公司副总经理雷江遂对以往生态泄水问题上的认识不足深表自责。雷江遂说，如今（水电站）从技术上把生态泄水的问题彻底解决掉了。其公司旗下黑水河大峡谷里的4家水电站统一标准，设置了三道技术门槛，确保按要求足量下泄生态基流。一是安装红外线视频监控设施，二是在泄水闸门底部安装垫块杜绝闸门完全关闭，三是安装流量计。

甘州区石庙二级水电站生活垃圾、生活污水处理处置设施一应俱全，危险废物管理井然有序。提起总经理因祁连山生态问题被拘留的事情，负责人高文军悔不当初。"深刻反思、吸取教训、迅速行动、立行立改"的条幅总结了这家企业来在环保问题上的深刻变化。

据了解，张掖对保护区内31个水利水电项目进行了全面治理、环境修复，垃圾清运、污水处理等设施配套到位。18座水电站全部安装生态流量下泄视频监控设备，24小时不间断记录监控，并建立了环保、水务部门定期巡查制度。

至此，祁连山保护区里，水电站下泄生态水不能再随心所欲，生活垃圾、生活污水和危险废物也都有严格的标准和管控措施了。

矿山
关闭退出是治本之策

到达甘肃锦世化工有限责任公司海潮坝石灰石矿关闭拆除现场，要经过一段近1小时车程的颠簸路段，这个矿点位于民乐县海潮坝林区海拔2820米处。工地上数辆挖土机、翻斗车正在紧张施工中，上千株松树苗等候着被栽植在即将平整好的矿点上。

锦世化工工程部部长姚文茂介绍，这一矿点的修复面积是11400平方米，修复需要2000多方土，这些土是从距此70公里外运来的，土壤搅拌了牛粪，提高土壤肥力，保证高海拔处栽种植被的成活率。修复所需资金约900万元。

矿山探采是祁连山生态的硬伤。经过多年的持续整治，张掖境内祁连山区的矿山探采已从最高峰时的770多家下降到117家。2015

年环境保护部约谈后，张掖将经过三轮拉网式排查清理出矿山探采项目117项（探矿59项；采矿58项，其中无主矿7项）进行集中整治，2015年年底前，117项中有114项处于停工停产状态，中央环保督察后仅有的3个采矿项目也全面停产。今年以来，张掖重点开展关闭退出和矿山环境恢复治理，到4月21日，已全面完成整治任务的达93项，其中矿证到期的40个项目已关闭退出并拆除了所有生活设施，27个矿山完成了环境恢复治理，16项矿证未到期的矿权全部冻结。目前，祁连山保护区张掖境内已无矿山探采活动。

"没有矿山的关闭退出，祁连山是保护不好的，开矿挖山体对祁连山是硬伤。开矿是一个点，但围绕开矿会形成系统性破坏。"张掖市市长说，"矿山关闭退出是治本之策，对地方是伤筋动骨之举。"

张掖市从严执法，合理补偿，做好耐心细致的教育引导和矛盾化解，在三个操作层面上生成解决矛盾问题的组合拳，确保矿山关闭退出不留后患。

农牧业
核心区内农牧民全搬迁

矿山关闭退出是保护区内工业的治本之策，核心区农牧民搬迁就是农牧业的治本之策。

肃南县马蹄乡小寺儿村，44岁的金德富于2011年告别了逐水草而居的游牧生活，住上了游牧民集中定居点100多平方米的房子。从"草哪里放、羊哪里喂、马哪里拴、粮哪里存"到如今拥有20座棚圈养着600只羊，金德富经历了生产生活方式上的大改变。

市长算了一笔账，一个羊单位需要0.4吨草料，目前张掖市的超载量是20万个羊单位，需要8万吨饲草料。而张掖农区有350万吨秸秆，现在仅转化了150万吨，再转化50万吨就可解决所有的草料需求。

和金德福一家一样，肃南县18个牧民定居点的数千户农牧民通过生活方式转变带动生产方式转型，继而又带动着生活方式的转变。

为了从根本上解决祁连山核心区、缓冲区内人为活动对生态的破坏，张掖市启动了农牧民异地搬迁工作，目前入户摸底调查工作已完成，搬迁方案已制定，包括生态补偿、牧民安置、舍饲建设在内的各项工作已全面展开。今年年内核心区范围内149户、484名农牧民将率先全部迁出。据了解，祁连山自然保护区划设后，经过生态搬迁、牧民定居工程，张掖市境内核心区、缓冲区范围内的牧民已从1.8万多人下降到2213人。

市长说，要让群众守着良好的生态过富裕的日子。除了转变生产生活方式，还要大力转变资源开发利用的模式，主要从降低对自然资源的依赖，大力发展旅游文化产业，走循环经济的路子，提高资源使用的效率，减轻对自然资源的依赖。

旅游景区
核心区缓冲区项目实现了全关闭

核心区、缓冲区是祁连山生态保护的重中之重，但由于保护区规划屡次调整，致使一些旅游、水电及生活设施进入保护区。为了更好地保护祁连山生态，张掖对保护区内所有旅游设施均进行停业整顿。位于核心区、缓冲区内的海潮坝旅游景区彻底关闭退出，七一冰川接待站已拆除了所有临时建筑，并对景区周边进行了恢复。位于缓冲区的寺大隆二级电站全面停工停产，肃南县已作出关闭退出决定，待解决债务等法律纠纷后彻底退出。经过整治，实现了祁连山自然保护区核心区、缓冲区范围内无任何生产经营活动的历史性目标。

与此同时，一项总投资52.6亿元的祁连山（黑河流域）山水林田湖生态保护修复工程试点项目已经全面启动，2017年计划实施的矿山环境恢复治理、水生态环境恢复治理、草原生态恢复等9大类57项、17.5亿元投资的项目正在进行方案论证等前期工作，森林植被恢复等项目已经启动实施。市长表示，这项有史以来投资规模最大的生态保护项目将使祁连山焕发新的容颜。

2019.09.12

千年古城焕发绿色生机

每年秋夏时节,张掖黑河湿地国家级自然保护区滨河新区2.6万亩湿地公园,湖水映蓝天一色,远山悠悠,林带脉脉,鸟鸣声声,吸引着来自四面八方的游客驻足流连。

甘肃省张掖市傍依黑河,是一座被戈壁湿地托起的城市,以水为脉的生态文化是张掖最具特色的文脉。

近年来,张掖在经济社会发展中,始终把生态建设放在首要地位,扬长避短,保护祁连山生态环境,统筹推进"国家生态文明建设示范市"创建,以生态建设弥补工业不足,人居环境不断提升。"金张掖"这座千年古城,也焕发出新的生机。

推进生态文明示范市创建
构筑起生态环境管护体系和安全体系

"张掖市坚持把良好生态作为城市最大优势和品牌来打造。"张掖市生态环境局领导介绍,近年来,张掖市树立以生态文明建设促进经济社会高质量发展的理念,深入推进生态文明示范市创建工作,最大限度保护重要生态空间。

为此,张掖市推行重点生态功能区产业负面清单,建立健全国土空间用途管制制度,将祁连山和黑河湿地保护区、水源地一级保护区等国家级、省级禁止开发区域及其他各类保护地划入生态保护红线范围。从国土空间布局层面构筑起生态体系的"骨架"和"底盘"。

同时,先后出台《祁连山国家公园体制试点建设实施方案》《张掖市国家生态文明建设示范市研究报告》《张掖市国家生态文明建设示范市规划》等全局性方案规划。制定印发《张掖市健全生态保护补偿机制的实施意见》，修订完善《张掖市生态文明建设目标评价考核办法》，实行生态文明绩效评价考核"一票否决"制度。

先后成立祁连山林区法院、林区检察院，建立公安、生态环境、林业、水务、国土等多部门联动执法机制，健全完善联席会议、会商处置和案件移送制度。

推动生态环境治理体系和治理能力现代化建设，建起了集卫星遥感、地面监测、数据集成、比对分析、异常预警、常态监管为内容的"一库八网三平台"生态环境监测网络，形成了天上看、地上查、网上管的立体化生态环境监管格局

"累计创建国家级生态乡镇 21 个、国家级生态村 3 个、省级生态乡镇 53 个、省级生态村 21 个，位居全省第一"。在张掖市生态创建图上，遍地开花的生态村镇仿佛城市的绿色细胞，充满活力。

"骨架""底盘""网络""细胞"共同构筑起了张掖市全面的生态环境管护体系和安全体系。

化祁连山生态问题之危为全域生态治理之机

2017 年，祁连山生态环境问题一石激起千层浪。

张掖市化被动为主动，全面推进祁连山生态环境问题整改整治。截至目前，张掖市负责整改的 171 项问题已完成现场整治任务，核心区 149 户农牧民搬迁工作全面完成，黑河湿地自然保护区 222 项问题全部整改到位，生态治理与修复取得阶段性成效。

"祁连山生态环境事件对张掖生态环境保护具有里程碑式的意义。"张掖市委宣传部副部长赵开智说，张掖市在坚决推动祁连山生态环境问题现场整治的同时，同步展开了一场针对全域生态环境的系统修复治理。

张掖市全面启动祁连山、黑河湿地两个国家级自然保护区"两转四退四增强"行动，成功申报获批总投资 52.6 亿元的山水林田湖草

生态保护修复项目，实施矿山环境治理恢复、黑河沿岸防护林、黑臭水体治理等56项工程。投资4.7亿元，实施了湿地湖泊生态环境保护、湿地保护与治理、转移转产等项目。

依托项目，张掖市将祁连山国家公园生态修复和黑河生态带、交通大林带、城市绿化带"一园三带"作为加强生态建设、开展国土绿化的示范性工程，拟通过三年时间，在祁连山国家公园内实施120万亩"三化"草地生态治理修复和30万亩的营造林工程；完成黑河生态带、交通大林带、城市绿化带共计50万亩的造林绿化任务。

让生态经济成为发展的新增长点

由良好生态环境作支撑，张掖市深入推进绿色生态产业，着力构建节能生态产业体系，让生态经济成为发展的新增长点。

大力发展绿色生态产业。目前，全市绿色有机生产基地、标准化农产品基地、无公害农产品基地分别达到21万亩、317万亩，"三品一标"产品达到209个，加快建设总面积12.7万亩的戈壁农业产业带。

大力推广"三元双向"农业循环模式。促进种植业、养殖业、菌业产生的废料在三个产业间双向转化，已形成100万亩玉米制种、80万亩蔬菜、100万头奶肉牛、6万吨食用菌产业规模。

重点实施一批生态工业项目。以两个省级高新技术产业开发区、4个省级工业园区的"2+4"园区为基本载体，加快发展以水电、风电、光电等为重点的新能源产业，以钨钼合金、复合建筑材料等为重点的新材料产业。

值得一提的是，张掖强势推进旅游业，实现规模和速度双增长、质量和效益双提升，进入由旅游过境地向旅游目的地转变、由高速度增长向高质量发展转变的新阶段。张掖也被确定为国家全域旅游、全国旅游标准化试点和全省旅游文化体育医养融合发展示范区。2018年，全市游客接待量达到3178万人（次），实现旅游综合收入210.7

亿元,分别增长 22.2% 和 34%,带动第三产业实现增加值 227.77 亿元,占 GDP 比重达 55.87%,以旅游为引领的第三产业已经成为推动转型发展最活跃、最有力的因素。

2020.01.21

奏好"黄河大合唱"甘肃乐章

从玛曲县进入甘肃境内,黄河便像一条巨龙,在陇原大地的重峦叠嶂和烟岚霞蔚中奔腾近千里之遥。黄河在玛曲境内蜿蜒433公里,形成"九曲黄河第一弯",在玛曲段注水增流量占黄河源区径流量的58.7%,占黄河流域总径流量的1/6。黄河流域甘肃段因此成为《全国主体功能区规划》确定的全国生态安全战略"两屏三带"格局中的重要组成部分,承担着保障下泄流量、水土保持、维系流域生态安全的重要功能。

甘肃省两会上,进一步推动黄河流域生态保护和高质量发展,成为代表、委员高度关注的热点。甘肃省省长唐仁健强调,各级各方面要共同担好黄河流域生态保护和高质量发展的"上游责任",树立上游意识、红线意识、定力意识,按照"生态优先、绿色发展,量水而行、节水为重,因地制宜、分类施策,统筹谋划、协同推进"的原则,从生态保护、流域发展、推进机制等方面把握好规划导向,研究解决好甘南黄河上游水源涵养区、陇中陇东黄土高原水土治理等突出重大问题,努力在新时代"黄河大合唱"中奏好甘肃乐章。

黄河水源涵养区一度"伤病"累累

20世纪六七十年代,由于生态失衡、黄河自然演变等多种因素,导致黄河甘肃段重点水源涵养区甘南草场退化。流经玛曲境内433公里的黄河沿岸已有200多公里出现了严重沙漠化现象。

据统计,甘南草场重度退化的有1700万亩,轻度退化的有500万亩,鼠害487万亩,其中黄河首曲——玛曲90%以上的草场呈现退化趋势，荒漠化面积已达 80 万亩。全州的水土流失面积高达 11563 平方公里，河流含沙量在成倍地增长。水土流失的加剧，使土地面积锐减，土壤土层变薄，肥力大减。

森林覆盖率比 20 世纪 50 年代下降了 35%，年降水量以每 10 年 6.13% 的速度递减，森林涵养水源、保持水土的生态功能日益下降。

此外，沿黄各市、州不同程度存在水污染问题，防治形势依然严峻，水资源严重短缺，水土流失和洪涝灾害损失严重，生态环境脆弱等问题。据甘肃省生态环境厅有关负责人介绍，甘肃境内的渭河、葫芦河、马莲河等黄河支流自产水量极小、季节流量变化大，在枯水期时个别考核断面水质无法实现稳定达标。环保基础设施建设滞后，建设标准不高、处理能力不足等问题普遍存在。受水资源分布限制，人民群众依水而居、工业企业围水而建，以至于饮用水水源保护区内的环境问题整改困难较大。

黄河流域生态恢复治理成效明显

"黄河沿岸曾经出现沙化带，如今治理成效显著，近年来夏日的草原满眼都是绿。"甘肃省人大代表、玛曲县格萨尔黄金公司采矿场机电相关负责人见证了玛曲生态环境的改善。

2008 年，国家启动"甘肃甘南黄河重要水源补给生态功能区生态保护与建设项目"，截至 2019 年 6 月底累计完成投资 31.4 亿元，治理草原鼠害 1573.5 万亩，流动沙丘 3.55 万亩，重度沙化草地 10.69 万亩，退化草原（黑土滩）116 万亩；治理小流域 125 平方公里。2010 年国务院颁布《全国主体功能区规划》，将甘南州的七县一市列为限制开发区和禁止开发区范围。

近年来，甘南州提出"生态立州"的发展战略和建设"生态甘南"发展目标。甘南州政府举全州之力建设绿色生态旅游州，采取多种措施，遏制生态恶化。2015 年以来，甘南立足生态功能定位，大打环境"翻身仗"，着力解决突出环境问题，打造出全域无垃圾的"甘南样本"

2018年甘肃省委、省政府作出推动绿色发展崛起的决定，把高质量发展作为新时代坚持发展第一要务的总方向和主基调，将构建生态产业体系作为甘肃省发展的主攻方向，力促发展模式向绿色低碳、清洁安全转变。

近年来玛曲草原沙化、荒漠化现象得到了有效遏制。昔日，曾因植被覆盖率下降、地表裸露、气候变化等原因出现过三次干涸的尕海，重现一波万顷、水天一色的美景。

与此同时，甘肃境内黄河干流水质由"十二五"的Ⅲ类改善至Ⅱ类，渭河上游水质由"十二五"的Ⅳ类改善至Ⅱ类，泾河水质由"十二五"的Ⅳ类改善至Ⅲ类，洮河水质稳定达到Ⅱ类，大夏河水质由"十二五"的Ⅲ类改善至Ⅱ类，湟水河水质由"十二五"的Ⅳ类改善至Ⅲ类，马莲河水质由"十二五"的劣Ⅴ类改善至Ⅳ–Ⅴ类，葫芦河水质由"十二五"的劣Ⅴ类改善至Ⅳ类。

"黄河流域水污染防治任务任重道远。"甘肃省生态环境厅负责人表示，要准确把握国家协同推进大治理、推动黄河流域高质量发展的契机，强力推进黄河流域生态保护和高质量发展。组织开展黄河流域生态环境状况调查评估，提升水源涵养能力和流域水生态功能，稳步推进重点工程建设，统筹推进黄河系统性治理，逐步解决影响黄河流域生态安全的风险隐患，真正让黄河成为造福人民的幸福河。

2020.06.03

以生态文明之力托举甘肃高质量发展

大西北辽阔的蓝天之下,沐浴着生态文明的和煦春风,曾贯通中西文明的丝绸之路,绵延在九曲黄河之滨,掩映在葱翠祁连山之下。

牢牢把握住"危"与"机"的辩证关系,甘肃省化祁连山生态之"危"为发展转型之"机",于变局中开新局,进行着一场绿色嬗变。今天的甘肃省不仅天更蓝、水更清、地更绿,更为重要的是,找到了经济发展和生态保护双赢的道路,正在牢牢扭住十大生态产业发力,围绕黄河流域高质量发展作为,把"绿水青山"转化为"金山银山",为新时代甘肃省融入"一带一路"建设蓄积着源源不断的生态力量。

"危""机"之变护祁连山新生

横跨中国西部青藏高原和西北部沙漠的巨大山脉——祁连山绵延起伏、雪岭横空、冰峰俊俏。春夏时节,千峰消融、溪涧争流、草木葱翠。视线延展开来,冰雪融水浇灌下,广阔的冲积平原良田纵横,绿洲欣荣。

此时,行进在千里河西走廊,远山泼墨近水如蓝,公路两侧,金叶榆、云杉、圆柏等人工绿植排排矗立,时而,会看到三五成群仍在忙碌栽种着新苗木。经历刮骨疗伤之痛后,祁连山生机再现。

2017年,在经历了祁连山国家级自然保护区生态环境问题"问责风暴"后,甘肃全省上下痛定思痛,在国家"五位一体"总体布局与"四个全面"战略布局中重新定位,探索符合各地实际的转型发展之路。

张掖市寺大隆自然保护站站长孙京海见证了这一巨大转变。20

世纪 80 年代的林场伐木，孙京海看到一车车上好的木材被运往山外。禁伐后，采矿"轰隆隆"的声音又开始在山脉之间回响，"河都挖得不是河了"。而现在，"山里安静得能听到风吹过每一片树叶，再也看不到冰冷的采矿机械和过往的大卡车"。

2018 年，孙京海多了一支特殊的管护队伍，16 名队员都是从核心区康乐镇杨哥村搬迁出来的牧民。核心区牧民搬迁是祁连山问题整改中最为棘手的问题之一。在多方努力下，张掖市核心区 149 户 484 人全部搬出，95.5 万亩草原得以休养生息。

同时，得益于此，一批长期悬而未决的生态问题迎来彻底解决良机。用时三年，祁连山自然保护区内 144 宗矿业权全部分类关停退出并完成补偿工作，111 个历史遗留无主矿山完成恢复治理；保护区内 42 座水电站完成分类处置；25 处旅游设施已按差别化整治措施完成分类整改；保护区所有草原纳入草原补奖政策范围，草原减畜 21.97 万羊单位；林权证与草原证"一地两证"问题妥善解决。祁连山国家公园体制试点工作启动，祁连山生态保护与建设综合治理规划已完成投资 31.29 亿元，占规划调整后总投资的 86.22%。

猛药去沉疴。祁连山保护区内，白泉门砂石料场、九个泉选矿厂、皇城马营矿区、千马龙煤矿等大大小小的矿山区一度因为无节制开发，土石裸露，山体斑驳。经大规模矿山关闭、人员撤离、设施拆除、矿井封堵、现场清理、平整覆土、种草造林、围栏封育、加固护坡和生态恢复治理后，祁连山的"疤痕"逐个修复，矿山变草原，与原始草场融为一体。

彻底祛除沉疴仍需时日，但祁连山生态环境质量开始向健康、良性方向发展，生物种群数量不断恢复。雪豹、岩羊、马麝、白唇鹿、鹅喉羚等国家一、二级重点保护野生动物常与人类"邂逅"。

祁连山生态环境问题整治被称为自然保护区生态环境问题整改的"博物馆""教科书"。甘肃省祁连山生态环境破坏问题整治入选中组部《贯彻落实习近平新时代中国特色社会主义思想 在改革发展稳定中攻坚克难案例》。

祁连山生态环境的变化，折射出习近平生态文明思想在甘肃省的深入贯彻落实情况。甘肃省将中央生态环保督察、祁连山生态环境问题和"绿盾"专项行动自查发现问题"三大整改"作为推动生态环境工作的重要抓手，坚持巩固成果、消化存量、控制增量的思路和人到现场、眼见为实、手触为真的原则，以群众是否满意为衡量标准，以壮士断腕的决心推进各项整改任务落实。

截至目前，第一轮中央环保督察62项具体整改问题，已完成47项。祁连山生态环境专项督察反馈的31项问题中，17项已按时限要求完成整改，其余正在加快整改；"绿盾"专项行动全省自查发现的1845个问题，已整改完成1820个，完成比率为98.64%。

与此同时，甘肃省积极构建"天眼"监测平台，打造"天上看、空中探、地面查"的立体化生态环境监管模式，探索建立健全自然保护地现代监管制度体系，开展祁连山地区生态保护治理与经济社会长期发展研究，切实维护各类自然保护地生态安全稳定。

如今，甘肃省境内多处自然保护地不仅恢复了往日的生机，而且也教育了干部群众，"绿水青山就是金山银山"的理念更加深入人心。

绿色嬗变开陇原新局

祁连山的"危""机"之变是生态文明建设中的典型范例。恢复祁连山保护和滋养河西走廊的功能，不仅需要刮骨疗伤祛沉疴，还需要从生态文明的更高视角进行战略和总体规划。

生态文明既是理想的境界，也是现实的目标。但是，作为一种新的文明形态，生态文明建设尚无范例可循，从理论到实践都需要进行艰苦的探索。那么，甘肃省如何认识和建设生态文明，走出一条充满生机和活力的绿色发展之路呢？

在全省生态环境保护大会上省委书记强调，要践行"绿水青山就是金山银山"理念，坚持生态优先、绿色发展，优化国土空间开发格局，构建绿色生态产业体系，调整能源生产和消费结构，改变过多依赖物质资源消耗、过多依赖规模粗放扩张的传统发展格局，加快绿色发展崛起步伐。

甘肃省省长在甘肃·祁连山高峰论坛上指出，甘肃省深刻吸取祁连山生态破坏问题的教训，像保护眼睛一样保护生态环境，坚持把转方式调结构、发展实体经济、培育新动能改造旧动能、建设现代化经济体系、推动高质量发展这"五篇文章"一起做，全面吹响绿色发展的号角。

绿色发展在甘肃省的落地方案是大力发展清洁生产、节能环保、清洁能源、先进制造、文化旅游、通道物流、循环农业、中医中药、数据信息、军民融合等十大生态产业，推动甘肃省在绿色发展中崛起。

"生态环境保护的成败，归根结底取决于经济结构和经济发展方式。"甘肃省生态环境厅领导表示，要充分发挥生态环境保护倒逼、引导、优化、服务功能，加快形成节约资源和保护环境的空间格局、产业结构、生产方式、生活方式，在高质量发展中实现高水平保护，在高水平保护中促进高质量发展，让生态经济成为发展的新增长点，实现经济社会发展与生态环境保护的"双赢"。

在位于甘肃省兰州市红古区的国家级"城市矿产"示范基地，一辆报废车辆在程序化拆解后，变成了铁、铜、铝、橡胶、塑料等可回收利用资源。报废汽车拆解加工中心项目负责人介绍，这个中心已建有700多处回收网点，遍布陕、甘、青三省。

"城市矿产"示范基地项目，是甘肃省十大生态产业中节能环保产业的带动性工程，目前初步形成了以"废弃—回收—拆解—初加工—深加工"模式为核心的循环型产业链条，力争新增城市矿产资源综合利用73万吨，形成年拆解废旧汽车1.18万辆、废旧电子产品100万台、废电线电缆5万吨、加工处理废旧塑料10万吨、废金属35万吨、年处理加工废纸20万吨、废旧橡胶6.5万吨的生产能力，努力打造一流的国家级"城市矿产"基地。

此外，年产5万吨高档电解铜箔项目在兰州新区投产运营，截至去年底，全省弃风弃光率由2016年最高的43%和30%下降到7.6%

和4.3%，新能源消纳持续改善，一批新兴绿色产业正在持续释放动能。

不少传统工业企业也正在通过绿色化、循环化改造加快转型。酒钢集团超低排放改造工程已完成多台机组改造，二氧化硫、氮氧化物和烟尘都实现了超低排放；金川集团股份有限公司实施了企业绿色化改造工程，二选扩能降耗技术改造提升了对贫矿资源的加工处理水平。

近年来，甘肃省生态环境厅不断提高服务和监管水平，为助推全省经济社会绿色发展保驾护航。全面实施环评审批和监督执法"两个正面清单"，持续深化"放管服"改革，帮助企业查找和解决环评等工作中的卡点，提高行政审批效率，让"办事不求人"成为全省生态环境系统的一张名片；实行"双随机，一公开"监管模式和行政执法"三项制度"，采取差异化生态环境监管措施并实行动态调整，推行非现场监管方式，落实生态环境综合治理"红黑榜"制度，严格禁止"一刀切"，营造公平竞争的市场环境。

同时，全省生态环境系统正在加快推进"三线一单"划定和成果发布实施，搭建"三线一单"成果应用系统框架，并与国土空间规划相衔接，确保生态环境管控要求在空间上落地，充分发挥在推动经济高质量发展中的积极作用。积极推动环保产业发展，培育一批龙头骨干企业。持续强化清洁生产审核，以严格环保标准倒逼传统行业转型升级，推动重点企业绿色化改造。

一组数据印证甘肃省经济社会高质量发展和生态环境高水平保护相得益彰的态势已初步形成。2019年全省十大生态产业增加值达2061.9亿元，比上年增长7.8%；占全省地区生产总值的23.7%，十大生态产业成为甘肃省推动绿色崛起的新引擎。与此同时，节能降耗形势良好，全年规模以上工业清洁能源发电量比上年增长7.4%，全省规模以上工业能源消费量下降2.7%。全省环境质量也显著好转，空气综合质量指数较2018年下降3.5%，14个市州政府所在地空气质量优良天数平均比率较2018年提高4.5个百分点，全省38个地表水国考断面终优良比例为94.7%，优于全国平均水平23个百分点。

黄河流域高质量发展绘丝路新篇

马莲河是甘肃省庆阳市的母亲河，也是黄河二级支流泾河的最大支流，流域面积占泾河流域面积的42%。然而，马莲河宁县桥头跨界出境考核断面，多年不达标。

庆阳市委、市政府把攻坚马莲河流域水污染防治作为保障推动庆阳市经济高质量发展的重大任务。根据国家采测分离第三方机构监测反馈结果，2019年，马莲河宁县桥头断面水质综合评价结果达到年度考核目标要求，与2018年相比，这个断面水质从Ⅴ类提升至Ⅳ类，今年1月至4月，马莲河宁县桥头平均水质改善到了Ⅲ类，河流水质呈现稳定改善趋势。

这是甘肃省突出甘南黄河上游水源涵养区和陇中陇东黄土高原区水土流失保护治理两大重点，统筹推进黄河流域山水林田湖草综合治理、系统治理、源头治理，取得的局部性成果。与此同时，甘南州围绕玛曲沙化退化草原巩固治理工程，河西地区强化祁连山水源涵养保护生态保护修复和建设工程都在同步推进。各市州以水环境质量的巩固和改善为核心，紧盯工业、城镇生活、农业面源和尾矿库四类污染源，稳步推进重点治理项目，实施河道、滩区综合提升治理工程。经过努力，相较于"十二五"末，黄河干流、泾河、汭河、牛头河水质由Ⅲ类改善至Ⅱ类，渭河、湟水河、蒲河由Ⅳ类改善至Ⅲ类，马莲河水质由劣Ⅴ类改善至Ⅳ类，葫芦河水质由劣Ⅴ类改善至Ⅲ类，大夏河、达溪河、四郎河水质稳定达到Ⅲ类，洮河、大通河水质稳定达到Ⅱ类。

治理黄河，重在保护，要在治理。位于黄河上游的甘肃省牢牢把住握黄河流域生态保护和高质量发展重大历史机遇，巩固生态环境质量总体改善势头。甘肃省在今年的政府工作报告中表示，将突出抓好黄河生态保护治理，围绕"让黄河成为造福人民的幸福河"目标，强化上游意识，担好上游责任，在新时代黄河大合唱中奏好甘肃乐章。

为全面摸清黄河流域生态环境底数及污染现状，助力黄河流域大保护、大治理，实现黄河流域高质量发展。2018年，甘肃省生态环境厅筹资1300万元，启动全省流域环境风险排查工作。在前期流域环境风险排查的基础上，结合第二次全国污染源普查成果，认真研究论证，组织编制了《甘肃省黄河流域生态环境及污染现状调查实施方案》及监测、无人机航空遥感、入河排污口排查、溯源等四个配套子方案，筹资6000万元，于2019年12月，正式启动了黄河流域生态环境及污染现状调查工作，分三批开展现场排查工作。

甘肃省在黄河流域生态保护和高质量发展污染防治方面的工作得到了生态环境部的高度肯定，已列入国家黄河入河排污口排查整治工作三个试点省份之一。目前，甘肃省生态环境厅正在推动建立甘肃省黄河流域生态环境数据库，构建黄河流域生态环境信息"一张图"、监管"一平台"，为深入推进黄河流域生态保护和高质量发展工作提供支撑和保障。

黄河流域污染治理同步开展。甘肃省生态环境厅及时组织市州申报重点流域水污染防治、良好水体生态环境保护、饮用水水源地环境保护、地下水环境保护及污染修复等方面项目，积极争取纳入中央水污染防治专项资金项目储备库。推动实施黄河干流、洮河、渭河、泾河、马莲河、蒲河等流域水环境综合整治项目建设，不断改善流域生态环境质量。

保护自然价值和增值自然资本的有机统一在甘肃省绿色转型发展中得以实现。由"危"转"机"到绿色嬗变，再到高质量发展成为根本要求，不仅为甘肃省的经济社会转型和发展带来了根本性的变化，也代表甘肃省在生态文明建设方面努力探索的方向。

"人不负青山，青山定不负人。"今天，给黄河多一点呵护，给祁连山多一点珍爱，是为了保护我们自己。所有的努力和心血终将迎来一个幸福美好的生态新甘肃，以生态文明之力托举连接东西方文明的丝绸之路，在"一带一路"建设中再现辉煌。

2020.09.30

甘州绿水青山化作发展机遇

车行甘肃省张掖市甘州区黑河滩生态修复胡杨林基地,一望无际的胡杨林与弯弯曲曲的水系相得益彰。难以想象,这里曾是砂石料坑,几年前还是另一番景象:沟壑纵横,漫天风沙。

近年来,甘州区深入践行习近平生态文明思想,坚持把造林绿化工作作为"一把手"工程,紧紧围绕巩固全国生态文明示范市创建成果、加快国家级园林城市创建步伐、守好筑牢国家西部生态安全屏障,持续深化大规模国土绿化行动和"一园三带"造林绿化建设,统筹推进造林绿化工程实施、城市美化绿化靓化、特色林果产业发展等重点工作。目前,累计投资 19.07 亿元,完成营造林 26.936 万亩。

坚持生态优先,守护绿水青山

一场大雨过后,一望无际的万亩常青幼林迎风而立,与远处的巍巍祁连山遥相呼应。

甘州区的一位领导站在黑河流域(甘州段)生态修复万亩常青苗木储备林基地的最高点,用手机拍下了眼前的美景。"只要我们咬定青山不放松,一张蓝图绘到底,一代接着一代干,这里的生态会越来越好。"

近年来,甘州区坚决落实习近平总书记对祁连山生态环境保护的重要指示批示精神,全力整改整治祁连山和黑河湿地自然保护区生态环境问题,不遗余力攻克一批生态环境"老大难""硬骨头"问题,7个祁连山生态环境问题和 157 个黑河湿地生态环境问题清零销号。

同时,自觉践行"绿水青山就是金山银山"理念,结合保护修复祁连山和黑河湿地自然保护区生态环境，规划建设3万亩黑河生态园、2200亩黑河滩生态修复胡杨林、1万亩黑河滩砂石料坑生态修复、4600亩北郊湿地恢复治理、两万亩祁连山浅山区高原储备林等项目，实施51.8公里张民公路、张肃公路乡村振兴示范带绿化及15.8公里甘平公路道路绿化等，加快补齐生态短板，全力提升全域生态环境质量。

从单一造林向造景、造血、造富转变

甘州区地处西北地区，过了11月，气候寒冷，大地封冻，各类植物都处于休眠期。冬季规划、覆土，春秋季植树，已经成为多年的惯性思维。

为了延长造林绿化期，2019年冬天，甘州区大胆尝试，区领导带队走出去考察学习，从优选择适应性、速生性、耐寒性强的树种，高标准完成了张掖智能制造产业园、张掖职教中心新校区等地500亩秋冬季造林绿化任务，栽植各类乔木2.5万余株，开启了春夏季造林为主、秋冬季造林为辅的四季造林新模式，延长了造林绿化期，增加了造林绿化量。

甘州区既重视植树造林数量，更重视植树造林质量。坚持规划先行，聚焦"一园三带"造林绿化示范建设和"两带四区四线"乡村振兴示范建设，坚持适地适树原则，邀请知名设计团队对水生态修复治理、黑河综合治理与开发等项目绿化工程进行高层次设计，形成一处一风景、处处不同景的绿化效果。

一棵树，一片林，一处林果基地，一个"绿色银行"。甘州区坚持把发展特色林果作为扩大造林绿化规模、拓展经济发展空间、增加农民群众收入的新亮点，推动单一造林向造景、造血、造富转变。探索推行"企业+合作社+基地+林农"模式，在100公里旅游大通道两侧各200米范围内规划建设特色林果产业带，加快推进龙渠千亩西梅产业园等项目，建成靖安乡珍珠油杏等林果基地4400亩，全年发展林果基地 5.6 万亩以上。

同时，不断延伸产业链条，培育壮大金满园、祁寿农林等林果生产加工企业，加快推进两万亩祁连山浅山区高原储备林、20 万亩元宝枫国家储备林基地、城市森林公园 1 万亩储备林、文冠果精深加工等项目，依托林果基地发展观光采摘、戈壁林业等新业态，打造集生产、销售、加工、旅游于一体的林果产业链，实现生态效益、社会效益、经济效益"三效合一"。

如今，甘州区实现了一年四季都有景，城市综合承载力、竞争力、吸附力明显增强，并成功入围全省县域竞争力十强县区。

走绿色发展之路，集人气、聚商流、兴业态、活经济

走进位于张掖智能制造产业园内的甘肃深张科技有限公司，60 名工人正紧张忙碌地在生产线上作业。目前，这家企业已完成厂房装修，建成 SMT 生产贴片线三条、检测线三条，并投产运营，可实现年产值约 1 亿元。

"实践证明，生态环境是发展环境的重要组成部分，只有走生态优先、绿色发展之路，才能集人气、聚商流、兴业态、活经济。"甘州区委的相关领导介绍，近年来，甘州区把造林绿化作为提升城市形象品质、优化发展环境的重要举措，今年又有一大批大项目、好项目相继落地。

甘肃深张科技有限公司是甘州区招商引资进入张掖智能制造产业园的 48 家企业之一。近年来，甘州区深入贯彻新发展理念，打破传统经济发展模式，不断优化产业结构，主动融入"一带一路"国家战略，抢抓"中国制造 2025"政策机遇，坚持把发展智能制造产业作为转变经济发展方式的重要抓手，全面落实省委、市委构建生态产业体系、推动绿色发展崛起的部署和十大生态产业专项行动计划，集中全力打造张掖智能制造产业园，不断优化营商环境，智能制造产业加速集聚、蓬勃发展，工业转型步伐不断加快。

同时，甘州区不断细化"一站式"代办服务机制，持续深化"保姆式管家"和"贴身式服务"，全面跟踪协调解决企业在办证、入驻、装修、开业等方面存在的困难和问题。目前，甘州区已与48家企业签订了投资合作协议，签约投资额超过100亿元，28家企业已落户园区，其中18家企业相继投产运营。

　　经过不懈努力，近年来甘州区高质量发展步伐明显加快。据甘州区区长介绍，全区绿色生态农业、新兴生态工业体系、全域全季生态旅游业加速推进，水生态修复治理、旅游大通道建设和定理云天危险废物处置等一大批绿色生态项目相继落地，全国生态文明示范市创建成果不断巩固，国家西部生态安全屏障更加牢固。

2020.10.28

甘州厚植生态"底色"让百姓享受生态红利

秋阳高暖,云淡风轻,千里河西走廊上的甘州大地草木葱茏、繁花似锦,遍布城中的花海、绿地、公园成为市民休闲、娱乐、运动的好去处。别看现在甘肃省张掖市甘州区拥有这样风光旖旎的城市景观,一度也曾尘土飞扬,让人忧心。

"以前城市里有好多裸露土地,里面砖砾遍地,杂草丛生,周围环境脏乱差,严重影响了城市环境。无奈之下只能用滤网覆盖,可是风吹日晒一年基本就腐朽得用不成了,更换起来不仅成本高,还会对土地造成二次污染。"甘州区城管执法局局长王东说。

一直以来,被闲置在高楼大厦之间的裸露土地是导致"因裸致脏、由露扬尘"的主要原因之一,犹如一块块附着在城市肌体上的"疮疤""疖癣",不仅是影响市民健康舒心生活的头疼事,更是阻碍甘州城市"颜值"提升的绊脚石。

实现群众"生态美"的美丽期许

为解决这个"绊脚石",实现群众"生态美"的美丽期许,今年以来,甘州区委、区政府立足城市建成区面积大、空置裸露土地多的实际,制定印发《甘州区城市建成区裸露土地绿化工作实施方案》,对城区、滨河新区和城市各出城口周边裸露土地进行调查摸排,确定城市建成区裸露土地86块共6200亩,动员全区28个牵头单位和63个责任单位共同参与,全面开展城区裸露土地绿化美化工作。

同时,严格区分地块属性,按照高标准设计、适地适绿、经济实用、一次栽植、一次成景的原则,因地制宜,科学编制绿化设计方案,做到"一地一档案、一地一方案",注重花卉色彩搭配、相互点缀、精致组团,多样化种植、多形式呈现,突出"花"香四溢、"海"潮涌动的气势,打造绚丽缤纷城市花海,累计清运各类垃圾115万立方米,回填土方85万立方米,敷设管网28.3万米,栽植紫松果菊、格桑花、万寿菊等各类花木几千万株。

功夫下在哪里,收获就在哪里。这个长夏至今,散落在城区的裸露土地摇身一变,化身为百姓身边的"五彩花海",千层叠浪,娉婷摇曳,百花争艳,犹如一场斑斓多姿的视觉盛宴,擦亮了城市的"颜值"。

"外地的亲戚朋友来张掖,我都会带他们到这里走走,这里太美了,他们一来就不想走了。"家住顺祥明苑的张大妈指着眼前成片的花海高兴地说。

持续加大城市造林绿化力度

甘州区在推进裸露土地绿化美化的同时,还全面推进城市小公园、小绿地和新建道路的绿化工作。

甘州区以"增加绿量,提升品质"为主线,采取新区建绿、老城增绿、拆违还绿、破硬见绿、见缝插绿等方式,持续加大城市造林绿化力度,加快构建分布均衡、结构合理、环境优美的城市园林绿地系统,着力打造城市"立体花带"和"生态绿岛",建设"一路一景"的城市道路"生态绿廊",凸显公园"一园一品"景观特色,推进形成"城在林中、人在花中、景在水中、城景交融"的绿化景观效果,切实把城市建设得更加宜居宜业宜游,让市民生活得更加舒心。

截至目前,根据安排,甘州区住建等部门和国有企业因地制宜对城区21处1260亩小绿地、10个新建和改建公园以及丹马等12条新建街道进行绿化美化,城区绿化覆盖率达到38%,人均公园绿地面积达50.34平方米,增加13.39平方米,城市公园绿地达到62个,"三步一景、五步一园,开窗见绿、出门进园"的城市绿化美化格局已经形成，城市的承载力和宜居度显著提升。

如今，昔日的裸露土地变身成了"美丽花海"，撂荒地变成了小公园、小绿地，成为百姓最得实惠、最为满意的民生工程之一。一个绿色、和谐、美丽、宜居、宜游、宜业的生态甘州正在阔步走来。

2022.01.04

甘肃流域上下游横向生态补偿试点取得初步成效

甘肃省始终坚持把保护生态作为基础性底线性任务，坚持生态优先、权责对等，深化拓展符合甘肃省情的生态保护补偿机制建设，积极开展流域上下游横向生态补偿试点，探索以经济激励手段反哺区域性生态保护和环境污染防治。

2017年、2020年甘肃先后启动实施"渭河干流定西—天水段"流域生态补偿机制建设试点工作和祁连山地区黑河、石羊河流域上下游横向生态保护补偿试点工作，对改善渭河、黑河、石羊河流域水环境质量发挥出积极作用。同时，有效促成市（州）、县（区）政府形成共同解决生态环境问题的工作合力，切实维护交界区域人民群众的环境权益，为进一步落实地方水污染防治责任，改善流域水环境质量，持续推进全省流域横向生态补偿工作积累了经验。

搭建政策框架，实施差别化资金激励

甘肃省财政厅会同省生态环境厅、省水利厅、省发改委先后研究制定了《甘肃省渭河流域水环境生态补偿实施方案》《关于加快推进祁连山地区黑河石羊河流域上下游横向生态保护补偿试点的通知》，针对渭河流域（定西—天水段）、黑河流域、石羊河流域生态保护和环境污染治理重点，明确跨界考核断面和水质考核指标，建立流域保护和治理长效机制。

渭河流域（定西—天水段）对纳入试点的水质考核断面平均水质及主要水污染物指标进行考核，由水质未达标或享受水质优于控制指标的考核市缴纳补偿金，生态补偿资金采用以月为单位核算、季度通

报、年终结算方式。试点期间累计核算生态补偿资金3523.2万元。

对黑河石羊河流域酒泉、张掖、武威3市所辖相关7个县全年平均水质达标的县区，甘肃省财政厅和省生态环境厅对每个县设置最高1000万元奖励标准。根据考核结果，2020年、2021年已累计下达5150万元奖励资金。

建立有效运行机制，推动政府部门形成合力

渭河流域（定西—天水段）主要是省生态环境厅负责考核标准设定、跨界河流水质考核断面设置、补偿资金征收规模核算及与甘肃省财政厅会商提出资金使用方案；甘肃省水利厅负责提供考核断面的水量监测数据；甘肃省财政厅负责补偿资金的管理、下达。

黑河石羊河流域以市级和县级为责任主体，市财政、生态环境、发改、水务等部门组成流域上下游横向生态补偿试点工作推进小组，明确各相关单位的工作职责。按照"成本共担、效益共享、合作共治"原则，结合各自实际，积极磋商探索，签订县区间《生态保护补偿协议》，其中民勤县向凉州区政府支付生态补偿资金108万元。在生态补偿工作推进过程中，各部门各司其职、密切协作，形成强大工作合力，推动信息共享，建立相互通报机制，进一步深化跨界流域保护和污染防控长效机制。

此外，相关部门把水质监测结果作为缴纳生态补偿资金的重要依据，加强对生态补偿考核断面的监测、复核。通过试点工作的逐步推进，流域生态补偿涉及市州将跨界区域污染防控作为环境保护工作的重点，针对流域跨界区域存在的问题，开展跨界区域水环境质量的工业、生活、农业污染源共同排查和监控，明确了各自的污染防治责任体系。

统筹资金用途，科学合理使用资金

渭河流域（定西—天水段）生态补偿资金的30%主要以污染治理项目方式下达考核市，70%以"以奖代补"方式下达工作力度大、水质改善明显的考核市，专项用于渭河流域环境综合整治、沿河排污单位废水污染治理设施提标改造、生活污水全收集全处理等项目。黑河石羊河流域县人民政府统筹整合奖励资金，通过实施流域水环境综合治理、城市黑臭水体整治、集中式饮用水水源地环境保护、工业集聚区污水集中处理、城镇污水处理厂提标改造、农村环境综合整治等，加强流域生态环境保护，确保水质稳定达标。

建立生态补偿机制是深入贯彻落实习近平生态文明思想的重要举措，也是落实新时期生态环保工作任务的迫切要求。党中央、国务院对建立生态补偿机制提出了明确要求，并将其作为加强环境保护的重要内容。

甘肃省通过流域生态补偿试点，在涵养水源、推进水生态治理、营造安全舒适的水环境等方面取得了显著成效，有效发挥以点带面的示范作用，为进一步落实地方水污染防治责任，改善流域水环境质量，持续推进全省流域横向生态补偿工作积累了经验，为下一步工作奠定了基础。

第二辑 环境与城市

HUAN JING
YU
CHENG SHI

2006.03.01

白银市白银有色金属公司铜冶炼厂环境危机

2006年初，国家环保总局对11家布设在江河水边环境问题严重的企业实施挂牌督办，甘肃省白银有色金属公司铜冶炼厂"榜上有名"。

从2005年5月至12月，笔者跟随国家和省上各级领导深入白银有色金属公司铜冶炼厂进行实地采访已不少于4次。对厂区内令人作呕的气味，笔者虽有着充分的心理准备，但触目惊心、前所未见、积重难返……这些词成了初次"光顾"白银铜冶炼厂者必发的惊叹。

白银铜冶炼厂现有的硫酸系统由于电收尘设备陈旧、收尘效率低，使其进入制酸系统烟气含尘量高达$300mg/m^3$，增大了烟气净化工序的负荷，废酸排放量增大，净化指标下降，造成系统阻力增大；制酸设备受到严重腐蚀，跑、冒、滴、漏现象时有发生，已难以维持正常生产；各项技术指标恶化加上生产不能正常运行，硫酸产量不仅未能达到设备生产能力，致使全厂硫的回收率仅为50%～60%，使企业成为白银市首要排污大户，事故排放时有发生，多次给市区造成重度污染。污酸和酸性废水仅经简单沉降处理，流经一条长约35公里的东大沟排入黄河。目前，东大沟的废水成酸性，pH值在1.7～3.5之间，总磷超标达175.3倍、砷超标54.36倍、铜超标17.72倍、锌超标8.1倍，严重污染黄河水质。尤其是，废水排放口就位于白银市饮用水源取水口上游约500米处，严重影响全市人民生活健康。

白银铜冶炼厂的污染问题受到了党和国家领导人以及各级政府的高度重视。12月11日，国家环保总局督察组指出："（这家企业是）高污染、高能耗企业……污染防治设施与污染现状极其不匹配，大气污染随时发生，水污染时时存在……已导致区域性生态恶化，存在较大的事故隐患"。督察组建议，白银公司的治理不能继续停留在对落后工艺的修修补补上，必须整体规划、技术升级，进行脱胎换骨的变革。

白银铜冶炼厂的污染治理一直在坎坷中进行，随着地方资源的枯竭，白银公司陷入经营困境，环保历史欠账太多。据了解，白银公司铜冶炼厂硫酸系统污染治理项目需要投资2.488亿元，在地方财政支持和企业自筹情况下，目前仍有4800万元的资金缺口。

目前公司面临积重难返的困局，建议国家制定特殊政策，鼓励和扶持资源枯竭型企业的资源转型和发展接续产业，通过加大税收返还和专项资金支持的力度，支持企业进行产业结构调整。

2006.03.02

兰州市新西部维尼纶有限公司环境危机

在 2006 年初国家环保总局日公布的挂牌督办 11 家企业中，兰州市新西部维尼纶有限公司名列其中。笔者就该企业的污染现状进行了实地采访。

新西部维尼纶有限公司由原兰州维尼纶集团破产改制重组而成，2005 年 1 月起正式挂牌运营，是西北地区唯一一家集化工、化纤为一体的 PVA（聚乙烯醇）、PVA 工程纤维生产厂家，年创汇 1000 多万美元，为甘肃省出口创汇基地之一。这个企业在建设和发展的过程中，环保设施建设不足和滞后，资源综合利用水平比较低，污染物的排放量比较大，形成了如今比较突出的黄河水污染问题，污染治理属计划经济时期的历史欠账。

新西部维尼纶有限公司位于兰州市饮用水源地取水口上游约 20 公里处。深入厂区，污水处理厂年久失修的老态跃入笔者眼帘，面对大量流进的污水，处理池有些不堪重负，目光越过厂区围墙，就可以看到连接污水处理池末端的排污管道直通黄河，厂区距黄河仅 30 米开外。公司有关负责人介绍，由于公司用水量大，现有污水厂处理能力有限，公司的污水无法全部进行处理；原工业清洁水建厂设计标准低，已不能达到现有排放标准；排水管网基本未做到清污分流。

兰州市环保局有关人员告诉笔者，兰维公司共有 3 个排污口，年正常排放污水量约为 560 万吨，其中 10# 口工业清洁水年排放量为 428.5 万吨，未经任何处理直接排入黄河；11# 口年排放工业废水和生活污水的混合水 123 万吨，经生化处理后排入黄河；电站排污口年排放量为 6.3 万吨。市环保局也定期对这几个排污口进行监测，监测结果显示排污口废水达标不稳定，主要原因是污染处理设备老化，处理能力与生产能力不匹配。

　　2005年12月9日,国家环保总局安全检查组到兰维公司督察时就要求,水污染潜伏的安全问题要尽快整改。甘肃省环保局目前已向兰维公司下达了整改计划,要求其年底前完成治理任务。

2008.07.04

白银破解两大难题：经济转型和污染治理

白银，一个传说中"凤凰来集"的地方；

白银，我国唯一一个以贵金属命名的城市。

依托优势资源，"一五"时期被列入国家156个重点建设项目中的白银有色金属公司、白银银光厂相继在这里开工建设。其中白银公司曾创造了铜产量产值、利税连续18年居全国同行业第一的辉煌业绩。在短短50年的发展中，甘肃省白银市已由单一有色金属工业为主，逐步向包括煤炭、电力、化工等工业综合发展的区域中心城市转变，成为我国重要的多品种有色工业基地，甘肃省重要的能源化工基地。

但严重依赖资源型产业，让白银陷入了环境困境。全市污染最重的时候，城市上空烟雾弥漫，特别是下雨以后，二氧化硫大量附着地上，能见度非常低，最严重的时候只有十几米。曾经有一度，人们不敢上街晨练、散步；许多人退休后，都选择在外地买房……

曾经的"凤凰来集"之地，面临着前所未有的环境之困，需要一场突围，需要浴火重生的涅槃。但如何突围？

打破困局激活整盘棋

6000万元，政府财政收入的1/4用于治污。短短3年内，6000万元带来了累计10个亿的环保投入。

作为资源枯竭型城市，白银市面对着经济转型与污染治理两大难题。

白银市明确提出，在转型中重点解决环境污染问题，但白银市污染治理历史欠账多，量大面广。要进行污染治理，就需要投入，但因为矿产资源逐渐枯竭，骨干企业生产经营陷入困境，根本无力进行污染治理，白银市财政也捉襟见肘。怎么办？

2004年以来，白银市对历史遗留的环境问题不遮不掩、不捂不盖，利用各种机会和途径向国家领导和有关部门汇报，争取国家和甘肃省对污染治理工作的支持。与此同时，白银市的环境问题也得到了国家的高度重视。国务院相关领导先后做出重要批示。2005年以来，全国人大、全国政协和原国家环保总局、发改委等先后8批次65人到白银调研，5批次30人来白银督察。

2005年5月，全国人大常委会相关领导到白银视察，直接促成了白银历史上最大的环保工程白银公司铜冶炼污染治理工程的上马。工程由原国家环保总局、国家发改委、甘肃省环保局共同支持，投资2.48亿元。其中，白银市政府毅然拿出市财政资金的1/4——6000万元作为配套资金。白银公司负责人表示，政府的大力支持增加了企业治污的信心，"6000万元与污染治理巨大的投入相比虽然不算多，但它表明了政府的态度，打破了白银市污染治理的困局，激活了白银市污染治理的整盘棋"。

随后，甘肃稀土公司生产废水治理工程、白银公司三冶炼厂ISP工艺"三废"治理及综合利用工程等一大批污染治理工程相继开工建设。通过争取国家和甘肃省的支持，帮助和督促企业进行污染治理。2005年以来，全市共有65个工业污染项目得到了治理，累计投入资金近10个亿，削减二氧化硫6.9万吨、化学需氧量3953吨，减排工业废水340万吨，白银市区大气环境质量有了明显改善，黄河白银段水质趋于好转。

对于白银这个重工业城市而言，蓝天白云不再是遥不可及的梦。

治污攻坚 确定责任主体

流域限批，带有绝处逢生意味的撒手锏，成为白银进一步推动污染治理工作的尚方宝剑，成了白银污染治理工作的助推器。

环保工作并不能一蹴而就。正当白银市在全力开展污染治理之时，2007年7月3日，原国家环保总局对白银市实行了流域限批。

对此，时任白银市市长认为，原国家环保总局实施流域限批措施，对白银而言是一次严峻挑战，如果抓得好，压力就可以变成动力，挑战就可以变成机遇。

白银市在第一时间成立了由市委书记任组长的全市污染治理攻坚整改工作领导小组，研究出台了《白银市落实国家环保总局"流域限批"决定加快环境污染整改工作方案》，确定了牵头单位、责任主体。市政府强化治污攻坚工作的能力建设，从司法部门抽调20名业务骨干，选调9名大学毕业生充实到整治污染的攻坚工作中，并邀请大专院校、科研院所的水污染治理专家对涉水企业整改进行技术指导，帮助企业落实整改措施。

白银市环保局对流域限批整改工作进行了细化、量化，对《通报》提到的15家环境违法企业分别下达了限期整改通知和停产治理通知，并签订了整改目标责任书；责令3个工业园区内的31家环境违法企业停产治理、限期整改；同时加强整改工作的督察和技术服务，派驻环保监察员进驻企业督促整改，邀请兰州理工大学等科研院所的专家学者帮助企业诊断技术方案。

通过努力，在最短的时间内，督促银光化学工业公司、白银氟化盐公司西北铅锌冶炼厂、白银奥星化工公司、白银永腾毛绒制品公司等21家企业完成整改。由于整改措施得力，效果明显，国家提前解除了对白银的流域限批。

"流域限批对白银市污染治理工作起到了快马加鞭的作用。"白银市环保局有关负责人说，"通过流域限批，全市一些污染治理的重点难点问题得到了解决，政府、企业和公众环境意识进一步提高，极大地推动了环保工作的开展。"

健全机制 加大环保投入

"一票否决",体现全新的政绩观,将环保进行到底,真正实现科学发展,还"凤凰来集"之地碧水蓝天。

2006年,国内一家著名生产企业来白银考察时,看准了位于白银西区张家岭公园附近的一片土地,而这片土地是白银市划定的绿化区。这家企业愿意出高于当时土地转让金几倍的价格在此建厂。市里领导从城市的总体规划、建设和保护生态环境等方面出发,给企业做了耐心细致的解释和说服工作,并在高速公路西段的荒山处平整出了一块建设用地给企业建厂。企业领导深受感动地说,全市各级干部强烈的环境意识增强了企业扎根白银的决心和信心。目前,这家企业不仅在西区建成了第一条生产线,还建设了花园式的厂区,企业局部环境得到了很大的改观。

此事体现出的是全新的政绩观。白银市委、市政府日前出台了《关于进一步建立健全环境保护长效机制的决定》。同时,加强环境监管,县(区)环保部门越权审批或监管不力造成污染的,由市环保局实行区域限批。健全环保工作联动机制,建立多元化环保投入机制,确保环保投入不低于CDP的1.5%。

此外,全市以资源枯竭型转型城市为新的契机,对环境保护项目进行梳理和凝练,从生态环境、工业污染防治、环保基础设施建设等方面整体考虑,共筛选15个项目,总投资51.87亿元。目前,白银市城市水环境污染治理及生态建设项目已被纳入第一批上报国家发改委的13个重点转型项目。据介绍,白银市环保项目建设实施后,年可回用废水1460万吨,减排化学需氧量5746吨,减排二氧化硫1800吨,年处置固体废物36万吨,综合利用粉煤灰80万吨,土壤污染逐步得到治理。

2008.07.04

资源枯竭型城市经济转型的路子怎么走

白银是我国典型的资源枯竭型城市。50多年来，随着有色金属资源的开采加工，白银公司等一批国有大中型企业逐步成长壮大。但20世纪90年代以来，白银的主导资源铜矿自给率不足20%，企业生产经营难以为继，社会问题和环境问题日益突出。

两高一资：资源枯竭和环境污染的矛盾凸现

1999年，白银有色金属公司资产负债率达114%，累计亏损47亿元。当年，国有工业企业整体亏损8700多万元，全市工业增长率下降到了建市以来的最低点5.4%，经济总量增长率下降到了8.6%。

2006年的一组数据反映了白银市高耗能状况。全市耗能总量为474.99万吨标煤，单位GDP耗能为288吨标煤，单位GDP电耗为4967千瓦时，单位工业增加值耗能为5.71吨标煤。在现有企业中，年综合耗能2000吨标煤以上的企业有60户，其耗能占规模以上企业耗能总量的98.9%。

由于白银的主要工业企业环保投入欠账较多，全市高污染特征非常明显。长期以来，大量重金属酸性废水直排黄河，氨、氮、磷含量长期超标，工业废渣堆存量逐年增多。2007年前，在企业生产正常情况下，市区二氧化硫严重超标，年日均值0.20mg/m^3，超过国家环境空气质量二级标准年日均值2倍；在非正常生产情况和气象条件不利的条件下，市区二氧化硫瞬时平均浓度最高值曾达7.643mg/m^3，超过国家标准日平均值的49.95倍。

"两高一资"特征显著的白银市，资源枯竭和环境污染的矛盾相互交织，如何破解难题走出困境，成为白银市必须面对的重大课题。

白银模式：资源枯竭城市转型的前瞻探索

面对现状，白银市委、市政府以深度的思考剖析市情，初步探索出了一条资源型城市经济转型的路子，被媒体称为"白银模式"。

当"呼吸上清洁的空气"成为白银全体市民的迫切夙愿的时候，破解资源枯竭和环境污染的矛盾，成为白银城市转型道路上的重要尝试。

白银市打破常规，采取政府企业联动的办法，在争取国家和甘肃省支持的同时，帮助和督促企业进行污染治理，使困扰经济社会发展的污染问题逐一得以解决。总投资 2.48 亿元的白银公司铜冶炼制酸系统污染治理工程，于 2007 年 3 月建成并投入运行，年减排废水 280 万吨，一氧化硫 4.4 万余吨，铜、铅、砷等重金属污染物 405 吨。总投资 1416 万元的甘肃稀土公司生产废水治理工程于 2006 年 9 月建成投运，年减排废水 60 万吨，减排氨氮、化学需氧量等污染物 2502 吨。投资 3000 万元的国电靖远发电公司 2 号炉脱硫工程，2006 年建成投运，年削减二氧化硫 2720 吨；投资 6822 万元的 4 号炉脱硫工程 2007 年 9 月开工建设，2008 年 10 月将投入运行，年削减二氧化硫将达到 3000 吨。总投资 2.948 亿元的白银公司三冶炼厂 ISP 工艺"三废"治理及综合利用工程投运后，企业总硫利用率由 65% 提高到 90%，年削减二氧化硫 2.2 万吨、烟（粉）尘 1745 吨，减排含重金属废水 70.5 万吨，废渣实现综合利用。总投资 3.93 亿元的银光公司硫酸雾污染治理工程正在建设中，项目建成后，企业硫酸雾污染将得到根治。

拨云见日：历经考验后天宽地阔

采访过程中，一个细节被大家多次提起，2006 年，一大型水泥企业看好了白银的投资环境，经过选址后，拟投资 6 亿元在市区附近的上风口建设一条水泥生产线。市环保部门在审批环保手续时认为，水泥企业建在市区的上风口，对环境将带来危害，随之以选址不当予以否决，从而引起了较大的反响。有人认为把这么大的一个项目拒之门外，有些可惜。白银市委书记态度坚决地说："如果以损坏环境为代价，再大的项目我们也不能批！"就是这样的决心，使白银经历了考验之后，创出了白银模式，走上了污染治理的快车道。

2007 年，白银市区环境空气质量二氧化硫年日均值 $0.054 mg/m^3$，首次达到国家二级标准，浓度比 2006 年下降了 47.8%，二级或好于二级的天数达到 250 天。

"强化环保在全市经济社会发展中的宏观决策地位，环保执法挺直腰杆，敢于动真碰硬，切切实实逐步解决白银市多年遗留的环境问题，为经济发展、招商引资等腾出更大的发展空间"。白银市环保局的相关领导字字坚决、掷地有声。

2013.01.02

白银洗面 再现光华

曾经备受污染之痛的甘肃白银有色金属公司，通过发展循环经济获得重生，白银模式也被列为国家循环经济典型发展模式并在全国推广。

早在"一五"时期，国家就投资建设了白银有色金属公司，但辉煌已去，白银公司近年因环保欠账步履维艰。企业还有没有救？能不能重拾昔日辉煌？因矿设企、因企设市面临资源枯竭的甘肃省白银市又如何杀出一条生路？

时值白银市环境污染状况最严重的时期，李巨忠接任白银市环保局局长一职，并且在这个岗位上一干就是8年。他参与和见证了白银市的破题与转型。

据李巨忠介绍，实施污染治理发展循环经济，不仅救活了企业，也激活了白银市的经济，为当地转型发展注入了活力。

通过污染治理，2007—2011年，白银公司累计节约标煤22.68万吨，削减二氧化硫6.4万吨，减排废水290万吨，回收有价金属1.5万吨，企业经济效益得到明显改善。

历史遗留问题怎么解决
自揭家丑 起死回生

白银是国家重要的有色金属工业基地。白银公司曾创造了铜产量产值利税连续18年全国同行业第一的辉煌业绩，白银市也因此被称为"铜城"。和白银有色金属公司一样，甘肃银光化学工业公司也在"一五"期间建成，其高纯炸药生产能力在全国占有重要位置，TDI（甲苯二异氰酸酯）生产能力曾居全国之首。

白银大多数工业企业建于20世纪五六十年代，工艺落后，设备老化、高耗能、高污染、低效益的特征十分明显。20世纪90年代以来，白银主体矿山进入开采后期，矿产资源日渐枯竭，企业自身积累减少，经济效益逐年下降，环保欠账不断增加。随着设备老化，企业跑冒滴漏更加严重，"三废"超标排放。这也让白银一度成为甘肃省空气污染最严重的城市。

白银公司冶炼厂曾是白银市最大的污染源，其铜冶炼制酸系统每年排放到大气中的二氧化硫量达6.5万吨，致使白银市区常年笼罩在烟雾之中。每年有120万吨含铜、铅、锌、砷等重金属离子严重超标的酸性废水排入黄河，造成黄河污染。

银光公司自建成投产以来，一直采用落后的鼓式酸浓缩工艺处理废酸，但会产生大量含有硫酸雾的废气。据统计，银光公司生产负荷在75%的情况下，年排放硫酸浓缩废气4.5亿标立方米，硫酸雾平均浓度为$3663.75 mg/m^3$超过国家排放标准2.66倍，占当时白银市区排放总量的67%。特别在扩散条件不利的状态下，这些硫酸雾会形成严重的低空污染。

白银严重的环境污染是历史形成的。李巨忠告诉笔者，当年企业把利润上缴国家，把污染留在了地方。现在，要转变发展方式，治理环境污染，企业没有能力拿出巨额资金，到底该怎么办？

白银市环保局改变了过去又捂又盖的做法，敢于亮丑、主动亮丑，把污染数据通过媒体进行披露，同时利用政务信息主动反映。

最终，白银的污染问题得到国家高度重视，多位重要领导先后做出批示。白银市政府也郑重承诺，要治理重点污染源，让人民群众在良好的环境中工作生活。

系统治理为企业带来新生
从源头治理污染，为企业注入活力

2005年2月17日，白银市政府与白银公司共同讨论协商的《冶炼二氧化硫烟气治理资源综合利用项目实施方案》出台，以先进的动力波稀酸洗涤、两转两吸制酸工艺整体解决二氧化硫和酸性废水的污染问题。

随后，甘肃省政府两次召开会议，专题研究白银公司冶炼厂污染治理项目实施工作，并由副省长亲自担任项目督办小组组长。

白银市政府在财力紧张的情况下，拿出当年财政收入的1/4即6000万元支持白银公司冶炼厂铜冶炼制酸系统污染治理项目建设。随后国家发改委、当时的国家环保总局、甘肃省政府的扶持资金共1.38亿元陆续到位。

2007年4月12日，总投资2.48亿元的白银公司铜冶炼制酸系统污染治理项目建成运行，制酸系统硫利用率从60%提高到95%，二氧化硫排放浓度由$8000 mg/m^3$降为$900 mg/m^3$，减排二氧化硫4.4万余吨，减排废水280万吨，减排铜、铅、砷等重金属污染物405吨。

2008年投入运行的白银公司第三冶炼厂ISP工艺"三废"治理及综合利用工程投资3.3亿元，使企业总硫利用率由65%提高到90%，年削减二氧化硫2.2万吨，减排重金属废水70.5万吨。

同时，新型白银炉改造项目、20万吨高纯阴极铜工程、重金属离子废水治理三冶炼处理站、铅锌厂新焙烧炉等项目陆续建成运行，也为公司发展带来了新前景。

白银公司安环处负责人介绍说，通过污染治理，白银公司不仅完成了"十一五"节能减排目标任务，产品产量也由22万吨提高到32.5万吨，销售收入由74亿元提高到240亿元。

就这样，"白银公司以污染治理为切入点，以重点污染源治理为重点，依靠国家和地方支持，通过实施技术改造，从源头治理污染，给企业注入新鲜血液，实现了经济效益、环保效益和社会效益的同步增长"，白银公司的相关负责人说，"现在，公司正在谋划上市，这也是环境保护优化经济发展的最好说明。"

技术改造实现污染减排
坚持循环经济理念，变废为宝，有效回用

和白银公司一样，银光也必须还环保欠账。2005年，银光公司硫酸雾污染治理项目正式启动。技术改造项目采用先进的真空浓缩技术，即在真空状态下使废硫酸中的水分与硫酸分离，浓缩后硫酸浓度在92%以上。因为浓缩在真空状态下进行，所以不会产生废气。

银光公司安环部负责人介绍说，项目实施后，公司产生的硫酸雾浓度仅为 $10 mg/m^3$，远远低于 $430 mg/m^3$ 的标准，每年可削减硫酸雾1800吨。

银光公司在生产过程中，需要从外面购置大量液氯。液氯在运输过程中安全风险很大，如果进行大量储存，也会对周围环境构成潜在威胁。为确保环境安全，银光公司配套建设了氯碱生产线，将氯气通过管道输送到所需生产线，彻底解决了液氯储存可能带来的环境污染。

甘肃稀土公司是集稀土冶炼、加工分离、科研开发、进出口贸易于一体的大型企业，在国内外享有很高知名度。在进行技改前，公司每年的废水排放量为80万吨、氨氮排放量4800吨、二氧化硫排放量1.15万吨。其中，高氨氮废水储存在300立方米的尾液库中，靠自然蒸发。尾液库中的废水虽然不外排，却是重大环境安全隐患，对黄河水构成潜在威胁。

公司先后投资超过1亿元建设了稀土冶炼废气治理及综合利用项目和高浓度氨氮废水深度处理项目。项目完成后，公司将沉淀过程中产生的高氨氮废水通过带式过滤，提高废水中的氨氮浓度，再进行多效蒸发浓缩，结晶回收氯化铵盐。这一项目每年可以回收结晶氯化铵约1.6万吨，每年增加收入2186万元。

资源枯竭有救吗
发展循环经济获新生

白银模式为何能成为国家循环经济的典型发展模式？笔者了解到，白银公司企业模式主要是依托主体产业，通过循环化改造，实现废物排放减量化的大型有色冶炼企业循环经济发展模式。这也为同类资源枯竭型有色冶炼企业提供了突围之路，那就是，通过发展循环经济缓解资源压力，减少污染排放，实现可持续发展。

下一步，白银将着力提高资源综合利用水平。白银市在矿产资源开采、冶炼、加工和化工生产过程中，产生了以废石、冶炼渣、尾矿、伴生矿、煤矸石等为主的大量工业固体废物。这些废弃物大量堆积存放，不仅造成严重的环境隐患，更是极大的资源浪费。

以白银公司为例，有色重金属冶炼年产生废渣35万吨，综合利用率仅为24%，并以每年约26万吨的速度递增。公司的铜、铅、锌冶炼原料中含有可回收元素18种，目前除回收铜、铅、锌元素外，仅回收了半生元素金、银、硒、硫、镉等5种，碲、铊、汞、锗、砷、铋、钴、镍、铟、锑等10种元素尚无法回收。据悉，公司力求通过攻关和引进先进技术，进行稀有金属回收，从而实现变废为宝，治理污染。

2016.09.15

白银土壤修复寻求良方

在甘肃省中部干旱半干旱区，坐落着一座以有色金属采选、冶金为主的工业城市——白银市。市区内鳞次栉比集中分布的铅、锌、铜矿的采掘冶炼工厂依稀见证这座伴随矿产资源开发而迅速崛起的资源型城市经历的兴起、成长、繁荣的历程。

然而，与所有的资源型城市一样，自20世纪90年代以来，白银市由于资源的渐趋枯竭日甚一日地走向衰落。大气污染、水体污染、土壤污染等问题也接踵而至。2002年、2004年连续发生的重大环境污染事件也令白银市因污染备受压力。

近些年来，白银市攻坚克难探索形成了白银治污模式，在大气治理和水环境治理方面了取得了显著成效。但是，土壤污染治理因为资金、技术等因素，举步维艰。

重金属废水灌溉农田
农产品质量安全受到威胁

提到白银市的土壤污染问题，一定会提到东大沟。东大沟是白银市东郊黄河白银段的一条排污泄洪沟，总长38公里。沿线建有20多家冶炼化工企业，排洪沟实则成了排污沟。

白银市环保局污染防治科负责人介绍，特别是1995年以前，白银有色金属公司等企业年排放含重金属酸性废水1900多万吨，这些未经任何处理的工业废水，通过38公里长的东大沟排入黄河。

白银市干旱少雨、水资源极为紧张，在环境意识淡漠的时代，当地群众把城市工业废水和生活污水当成了灌溉农田的香饽饽。郝家川村民回忆道："浇过黑臭水的庄稼长得更好。"但在长期使用含重金属废水进行农灌的同时，大量的重金属进入土壤，导致农田土壤和作物重金属含量严重超标。

白银市环保局监测评价表明：东大沟流域农田重金属严重污染面积达7870亩（已弃耕1000多亩），污染深度0~60厘米，镉、汞、砷含量超过国家二级标准值，其中镉最大超标近600倍。由于几十年的沉积，东大沟底泥100厘米深度范围内镉污染物超过背景值的1400~2200倍，对黄河下游水环境安全构成严重威胁。

被污染的土地直接危及人们的健康，根据兰州大学教授田庆春的调查研究表明，白银地区小麦、玉米的籽粒中都不同程度地存在着重金属污染的问题。田庆春表示，由此可看出白银市农产品的质量安全受到了很大的威胁，综合治理农田环境已经刻不容缓。

治理成本之高难以承受
目前仅限弃耕土地治理

2005年开始，在国家有关部委和甘肃省政府的大力支持下，白银市着力治理重金属污染，先后共筹措资金16亿元实施了13个重金属污染治理项目，依法关闭了6个小硫酸企业，基本完成了对重金属污染的源头治理，东大沟水质有了明显改善。

面对重金属污染土壤的现状，白银市积极探索，2010年，白银市选择四龙镇民勤村65亩受重金属严重污染的农田进行修复试点，采用"化学淋洗＋土壤改良"修复方法，对重金属污染农田土壤进行修复治理，期望经过修复使65亩弃耕地变为水浇地，土壤中重金属含量达到国家有关规定目标，修复区域种植的小麦、玉米中的重金属含量达到《食品中污染物限量》中规定的标准。白银市将此作为修复7000多亩重金属污染农田的"希望工程"。据了解，这项试点工程总投资1100万，历时两年，虽然取得了较好的修复效果，但是修复成本太高，对动辄大面积急需治理的受污染土地根本不实用。

2012年底，在甘肃省环保厅的支持下，白银市启动了东大沟上游重金属污染综合整治工程，工程内容包括河道废渣清运、底泥重金属固化稳定化治理以及河岸植物修复等，目前已完成第三冶炼厂至国道109线共3个标段10.45公里河道重金属污染治理，完成投资5857万元，其中中央环保专项资金占3512万元。

爱土工程公司项目技术工程师杨学东介绍，固化稳定化和植物修复的具体治理流程是技术和工程人员将污染物破碎均匀后，根据不同的重金属污染浓度，加入相应剂量的化学药剂，对底泥中的重金属离子进行固化修复，然后栽上有相应吸附功能的植物进行植物修复。其修复治理工程之大可想而知。

如何找到一条经济、有效、适合大规模土壤污染修复的方法？在这条道路上，白银市的探索一直没有停歇，然而，目前的修复治理仍仅限于弃耕地的土壤修复实验和局部污染土壤的更换，尚未涉及农田的根本治理。

修复技术走不出实验室
仍在探索经济有效、值得推广的技术

据有关媒体报道，白银市环保局总工程师张琼此前在接受采访时表示，当地也一直在寻找既经济又适用的技术治理农田土壤重金属污染，但国家并没有明确的技术和标准。

2015年，白银市组织编制上报了《白银市重金属污染治理实施方案（2015—2017年）》，在财政部和环境保护部组织的重金属污染防治重点区域竞争性答辩中，白银市在全国85个城市和地区竞争中排名第一。

白银市环保局污染防治科负责人介绍，今后连续3年将得到4亿元中央专项资金的支持。2015年下达专项资金1.3亿元，白银市按照要求编制了项目实施方案，并通过了环境保护部组织的专家评审。

另外，白银市积极争取国家发改委2015年中央预算投资项目，编制上报了《黄河上游白银段东大沟流域重金属污染整治及生态修复工程可研报告》，经过国家发改委的两次评审，最终计划对白银东区调整为建设用地的2712亩重金属污染土壤进行修复，工程总投资12579万元。目前，资金已下达，治理工程尚未开始。

有了政策和资金的支持，技术的难题又如何解决？

查阅相关文献，国内外专家学者进行着各种各样的土壤重金属修复技术研究，技术路线涉及物理、化学、微生物、生物修复等领域，然而截至目前，尚没有哪项技术可以做到经济、有效、成规模利用。

"化学淋洗+土壤改良法"因为成本太高，走出了实验室，却没能走进白银市的试验田。固化稳定化技术也存在一定不足。比如部分药剂只能在短时间内满足验收标准，不能保证土壤修复效果的持久性。药剂市场也较为混乱。所以更多的研究将植物修复技术和固化稳定化技术相结合，期望找到最有效的模式。

然而，以上技术都大量使用了化学药剂，这些药剂会不会对土壤造成新的污染，目前还没有定论。

2014年3月，在省、市有关部门的支持下，杰隆企业集团有限公司与甘肃工业技术研究院、甘肃凹晶肥料科技有限公司共同协作，在白银区王岘镇崖渠水村沙坡岗社，选定3亩重金属污染比较严重的农田，采用凹凸棒土吸附技术进行试验性修复。

凹凸棒石是一种黏土矿物，在石油、化工、建材、造纸、医药、农业中被广泛应用。甘肃工业技术研究院院长贾笑天接受记者采访时介绍，凹凸棒具有强大吸附力，对重金属离子的五种存在形态都具有同样的吸附量。凹凸棒与土壤的比重几乎相同，借助其物理特性，使吸附了重金属离子的凹凸棒从受污染农田分离出来。

凹凸棒土吸附技术法是将提纯加工后的凹凸棒放入受污染的土壤中，再灌入水，经过物理作用，原本沉积在土壤中的重金属离子被牢牢地吸附在凹凸棒上。在水的作用下，吸附了重金属离子的凹凸棒顺着事先开辟的导流渠流到旁边的收集池中，再经过电离作用，与吸附其上的重金属离子分离。

针对这一技术，甘肃省环保厅组织专家进行项目考察时提出：吸附了大量重金属离子的凹凸棒土如何得到有效处理，会不会造成二次污染？如何做到水的循环利用？这项技术从试验田到大规模普及还有一段路要走。

2009.08.14

偷排让明星企业退下光环

因为脱硫问题，甘肃靖远第二发电有限公司被环境保护部点名批评。引人关注的是，这是一个在诸多光环笼罩下的电厂，甘肃省环境监察局就此事曾多次对企业进行告知，但并未引起企业的足够重视。其实，这家电厂的问题并不复杂：擅自开启脱硫设施烟道旁路，脱硫设施运行率低于80%。如今，这家企业已经受到了相应的处罚。但这件事为火电企业的环境违法行为敲响了警钟。

靖远第二发电有限公司是甘肃省电力行业协会唯一一家中外合资会员企业，以高效灵活的运营机制和独具特色的管理模式，成为全省乃至全国电力行业最活跃、最稳定的发展力量。该企业曾荣获亚洲最佳机组增容改造奖、NOSA四星证书、中国电力行业质量安全金盾奖、国家电力信息化标杆企业等一系列的荣誉。

2008年年底，环保部门的一次核查，使这个诸多光环笼罩下的企业站在了舆论的风口浪尖，荣誉之光一时间黯然。

企业擅自开启脱硫设施烟道旁路，脱硫设施运行率低于80%

2008年4月1日起，甘肃省全面实行了燃煤电厂脱硫电价政策，对省内安装脱硫设施通过环保验收、正常投入运行的所有火电企业实施了脱硫电价，其上网电价在各机组现行上网电价基础上每千瓦时分别提高0.015元。甘肃靖远第二发电有限公司6号、7号、8号机组环保设施通过验收，同步享受脱硫电价。

2008年11月，靖远第二发电有限公司享受脱硫电价的7号、8号机组停运检修，只有6号机组正常运转。此前，省、市相关部门在日常监察中就发现，电厂的 CEMS 烟气排放连续监测系统长期不予维修，检测数据漂移。同时，6 号机组脱硫设施运行率不正常，存在擅自开启旁路烟道、偷排二氧化硫的现象。根据后来的核查结果，6 号机组 2008 年 11 月脱硫设施的运行率低于 80%。甘肃省环境监察局的工作人员告诉笔者，他们就此事曾多次告知企业，但并未引起该企业的足够重视。

2008 年年底，环境保护部西北督查中心核查甘肃省年度污染物减排任务完成情况时，对靖远第二发电有限公司存在的脱硫设施建设质量低、运行不正常、存在偷排行为提出严肃批评。2009 年年初，环境保护部对其环境违法行为提出严肃处理意见，要求依法追究企业责任，严肃处理相关责任人。

甘肃省政府要求，加快落实整改措施，努力化解不利影响

按照环境保护部提出的要求，2009 年年初，甘肃省政府要求切实加强环境监管，加快环保能力建设，加快落实整改措施，确保全省污染减排目标顺利完成。随后，省上分管领导致信白银市政府主要领导，并特别针对环境保护部督察发现的靖远第二发电有限公司脱硫设施运转不正常造成违法偷排等事件，要求立即采取积极应对措施，努力化解由此产生的不利影响，推动全省污染减排任务的完成。

甘肃省政府加强督察督办，要求白银市政府要加强组织领导，明确减排责任，确保省政府环保目标责任书任务落到实处；依法监督管理，加大对各类违法排污企业的专项整治力度，确保所有排污单位主要污染物稳定达标排放；强化措施，限期完成燃煤发电企业和城市污水处理厂整改任务；加强环保监管特别是环境监测、环境监察能力建设。

追缴差额部分排污费 417 万元，扣缴已享受部分脱硫电价款 1000 多万元

1 月 17 日，甘肃省环保厅、省物价局、兰州电监办、省电力公

司联合对靖远第二发电有限公司偷排二氧化硫环境违法行为进行了现场调查和处理,下发了《关于对靖远第二发电有限公司环境违法行为的处理意见》。

其中,甘肃省环保厅对公司不正常使用脱硫设施的行为处以5万元罚款,对其二氧化硫排污费重新进行核定,追缴部分排污费;甘肃省物价局按照《燃煤发电机组脱硫电价及脱硫设施运行管理办法(试行)》的规定,扣缴企业已享受的部分脱硫电价。同时,责令公司限期整改,整改期间不安排上网电价。

《意见》下发后,靖远第二发电有限公司6号机组停运,并对CEMS系统进行更新改造。按照环保部门要求,企业建立了脱硫设施运行台账,完善了脱硫剂、脱硫副产物量等记录。甘肃省环境监察局追缴企业2008年差额部分排污费417.61万元,省物价局扣缴企业已享受部分脱硫电价款1000多万元,合计金额近2000万元。

与此同时靖远第二发电有限公司对有关责任人进行了严肃处理,对公司总经理苗承刚给予行政警告处分,对公司主管领导总经理助理周凤禄给予撤销职务处分,对其他相关责任人也做出了相应的处理。

相关链接

靖远第二发电有限公司的环境违法事件,为火电企业环境违法行为敲响了警钟。为此,甘肃省政府下发了《甘肃省人民政府办公厅关于分解落实污染减排重点工作任务的通知》,确定了由省级督办、市级监管企业负责的整改方案。

整改主要措施包括,尽快解决燃煤电厂脱硫设施运行不正常问题,切实加强对已建成脱硫设施的运行、维护和管理,并纳入2009年工作重点进行考核。对擅自停运脱硫设施存在偷排等违法行为的企业,加大依法处罚力度,追缴排污费,扣除已享受脱硫电价并限期整改,整改期间不安排上网电量;对脱硫设备质量差、效率低、不能达标运行的企业实行限期治理,逾期仍不能达标排放的实施停产治理。

目前，甘肃省火电企业的整顿取得一定成果。金川公司自备电厂已按要求进行停产治理；中国铝业股份有限公司兰州分公司自备电厂专门邀请专家进行了环保培训，落实相关整改责任，完成整改任务；嘉峪关宏晟热电有限责任公司和大唐国际连城发电有限公司已对脱硫系统进行了检修完善，脱硫设施运行稳定；甘肃电投张掖发电公司脱硫设施运行正常，自动在线监测装置已与环保部门联网运行，完善了DCS系统有关参数监控记录，大唐甘谷发电厂完善了有关环保设施检修的台账记录、1号吸收塔氧化风机压力计、pH计等仪表，环保设施运行正常，在脱硫塔入口烟道处安装了氮氧化物监测装置；国电靖远发电有限公司正在对原有的2号机组简易脱硫装置进行改造。

2006.03.08

甘肃举一反三核查造纸企业

由于环境违法行为屡禁不止，甘肃省榆中县百美纸业公司最近被国家环保总局与监察部列入挂牌督办案件"黑名录"。甘肃省、市、县三级环保部门对此高度重视，于3月1日，联合对百美纸业公司污水治理工程建设和违法生产情况进行了现场检查，并召开了对百美纸业有限公司加强监管、杜绝违法排污现场办公会，笔者跟随检查组进行了实地采访。

在企业排污设施安装现场，笔者看到7000立方米的中段废水生化、物化沉淀池和2700立方米黑液浓缩池土建工程已完工，干燥炉、浓缩塔、挤浆机等设备已安装完毕。公司负责人宋俊泽介绍了工程进度：污染源自动监控仪正待安装，黑液碱回收炉已经向生产厂家订购，预计40天可安装到位。届时，百美纸业公司总投资1650万元的污水处理工程将全部完工。从工程完成情况看，目前企业尚未达到省环保局批复的试生产条件，但在生产车间，检查人员发现5台蒸球有余温。据了解，百美纸业以调试设备为由，于2月20日至27日进行了试生产。

现场办公会认定百美纸业公司试生产为违法行为，决定由榆中县环保局对其依法进行严肃处理。检查组要求公司加快黑液治理进度，进一步完善中段水治理工程，安装污染源在线监控仪，力争早日具备达标排放条件；明令公司在污水处理工程尚未完全建成期间，不得以任何理由，进行任何形式的生产；污水治理工程完全建成后，上报经国家环保总局和监察部批准同意后，方可进行试生产。在此期间，要求省、市环保部门加大对企业的检查频次，增加暗访次数，要求榆中县环保局派专人每天检查，发现问题及时上报。

榆中县委、县政府随后召开了专门会议，责成环保、监察、供电、工商等部门采取果断措施,坚决落实国家、省、市整改意见。县环保局成立国家督办案件领导小组,明确责任、落实措施,加快治理步伐,并迅速下达了对该企业的责令停止环境违法行为通知书,供电部门实施了强制断电措施,县环境监理站指派专人对企业实施24小时监控。

　　同时,县环保局举一反三,组织人员对全县废水、烟尘排污企业特别是辖区内宛川河流域各排污单位展开了全面排查,发现环保设施停运、闲置或带病运行等行为都将依法追究责任。

　　以此次事件为动力和契机,甘肃省环保部门全力推进污染治理工作。全省将在半月之内对辖区内的造纸企业展开一次全面核查。核查内容包括：依法关停取缔的"十五小"造纸企业有无反弹,停产治理的企业是否有违法生产行为,在建项目审批、备案手续是否齐全,施工过程中是否严格执行"三同时"制度等。省环保部门将会同有关部门对各地专项核查工作完成情况、"四长负责制"（即污染源排放达标由企业法人、厂长、经理、董事长负责;淘汰落后生产能力和防止"十五小"和"新五小"企业死灰复燃由工商所长、环境监察队长负责;专项行动具体工作由环保局等相关部门的主任、厅长、局长负责;组织部署工作由省长、市州长、县长负责）和督办卡落实情况进行抽查,对查处工作中存在的严重违纪行为将按照甘肃省《关于违反环境保护法律法规纪律处分暂行规定》予以惩处。

2008.09.23

曾经一度几乎被环境污染窒息的资源型城市甘肃省金昌市，在经历发展阵痛后，毅然决然选择了循环经济发展道路，由此带来了实现新跨越的不竭动力——

金娃娃如何摘掉黑帽子

金秋 9 月，金昌碧空如洗，绿树成荫，金水湖上轻波荡漾，野鸭游弋。

金昌市环保局门前的液晶显示屏上不断滚动的空气质量一栏内，"良""优良"等字眼出现的频率越来越高。

这对于甘肃省金昌市这个重工业城市而言无疑是个奇迹。

仅仅在几年前，这里春天栽的树木因为二氧化硫污染，到秋天就都枯死了，第二年春天又得重栽，人们打趣说这是"春种秋收"；还是在这里，人们新买的自行车骑不了几天，轮圈就会因空气腐蚀而锈迹斑斑；碰到金川公司排放废气，口罩就成了人们出门必备品。

由于环境污染治理欠账多，主要污染物二氧化硫排放源多、量大，环境污染严重，金昌市是甘肃省 4 个二氧化硫重点控制区之一，曾两次上榜全国十大污染城市。

环境污染曾一度几乎令这个新兴的工业城市窒息。保护环境，追求一种可持续、科学而和谐的发展逐渐成了这个城市的共识。

"所谓废物，不过是放错了位置的资源。"让放错位置的资源回到它正确的位置，让"单行道"中行走的资源重新进入大循环，提高综合利用率，发展循环经济，成了这个城市发展阵痛后的必然选择。

壮士断腕是勇气更是远见

以政府为主导，从关停小火电机组的"陇原第一爆"，到彻底告别造纸行业；从单纯的污染治理，到防患于未然的超前规划，金昌市坚决杜绝耗能高、用水多、污染重的项目，是一种姿态，更是一种决心。

2007年5月16日，永昌电压1~5号机组共享的三座冷却塔在运行了40年后轰然倒地，被誉为甘肃省关停小火电机组的"陇原第一爆"。

庞然大物的轰然倒地，是一种毅然决然、义无反顾的信念，它以一种震撼人心的方式拉开了金昌市全面实施节能减排的大幕，也让金昌市发展循环经济计划驶入了全面提速的快车道。

"第一爆"是金昌市立足市情，着眼现实困难，兼顾长远规划，把节能减排与发展循环经济紧密结合在一起，打出的可持续发展牌。

金昌市因矿兴企，因企设市，是典型的资源型矿业城市，工业经济总量占全市地方生产总值的80%多。处在工业化中期阶段的金昌市，重化工业特征明显，经济结构型矛盾突出，支柱产业多元化任务紧迫，部分企业设备老化，存在"跑、冒、滴、漏"现象。能源消耗高、环保压力大、产业链条短，资源与环境因素成为制约金昌经济持续增长的瓶颈。

金昌市市长在接受笔者采访时说，全面推进循环经济发展，有助于改变金昌市资源利用方式，弱化资源对经济发展的约束，为支柱产业多元化提供经济支撑赢得时间，通过源头控制和废弃物循环利用，从根本上解决金昌市环境问题。

以第一爆为起点，永昌电厂积极开展了"上大压小"改扩建工程。工程实施后，企业发电煤耗将降低到300克/千瓦时，年节约标煤22.5万吨，年节约用水量1000万立方米，年减少排放二氧化硫4000吨、废水320万吨，节能减排效果显著。

同样是2007年，金昌光昱造纸厂被关闭。至此，金昌市关闭了境内所有造纸厂。在"陇原环保世纪行"的采访中笔者了解到,光昱造纸厂是一家再生纸生产企业,按照有关政策,只要保证其生产废水达标排放就可合法经营。但光昱造纸厂还是被关闭了,单一企业的局部利益最终为全市长远发展的大局让路。

在金昌,光昱造纸厂的命运并非个案。金昌水泥公司4个立窑明年将结束服役,公司主要领导介绍说按照目前产业政策,4个立窑并不属于强制淘汰工艺,而且是公司的纯赚钱项目。淘汰4个立窑等于自毁摇钱树,然而为了服从全市的产业布局,这是必须得完成的"政治任务"。

壮士断腕!需要的不仅仅是勇气,更需要高瞻远瞩的气魄。

水、电、煤是制约金昌这座资源型城市的瓶颈,不能等到资源枯竭了再来谈保护。为了金昌市的未来,坚决杜绝耗能高、用水多、污染重的项目,发展循环经济是解决金昌缺电、少水、紧煤的重要途径,是实现全面节能减排任务的突破口,也是社会经济可持续发展的必由之路。

金昌市市长说:"对剩余的落后产能,我们还要加快淘汰步伐,哪怕是暂时牺牲一点GDP的增速,该淘汰的必须坚决淘汰,为高效节能环保产业项目腾出足够的环境容量。"

正是从这一认识出发,2007年,招商引资项目高岸子工业固体再利用河西堡镇岩棉两个项目因不符合产业政策被否决,金昌嘉丰矿冶公司磷选矿、永昌工业区铁精粉等4个项目因选址不当被否决。金昌市环保局负责人介绍说,2007年,全市共备案核准项目79个,环评率和"三同时"执行率均达到了100%。与此同时加大了投入,2007年,全市用于节能减排的投资达到54.64亿元。

"用明天的视野来规划今天"。为了将节能减排、发展循环经济的目标措施制度化,建立一种长效机制,金昌市在深入分析市情的基础上,科学编制了《金昌市工业发展规划》和《金昌市循环经济发展规划》。超前规划为金昌的科学发展提供了重要保证。2005年,金昌市支柱企业金川公司被列为全国首批循环经济试点企业,2007年,金昌市被列为甘肃省第二批循环经济试点市。金昌市以发展循环经济为切入点和突破口，开始了经济与资源环境共赢、促进金昌可持续发展的实践。

循环如何从理念变成行动

以企业为主体：企业是经济生活的组织者，在节能减排过程中，企业的积极性、主动性具有决定性意义。在金昌，以金川公司为代表的一大批企业在追求经济效益的同时，主动承担企业的社会责任，加大节能减排力度，将循环经济从理念变为行动。

2003—2004年，金昌市连续两年被列入全国"十大空气污染严重城市'之列，"金娃娃"头上顶了个"黑帽子"。

2007年，金昌市空气质量出现历史性拐点，全年空气质量优良天数达到288天，占总天数的78.9%，首要污染物二氧化硫年均值从历史最高值 $0.208 mg/m^3$ 下降到了2007年的 $0.084 mg/m^3$，首次达到国家三级标准；全市能源消耗总量为284万吨标准煤，万元GDP能耗为1.79吨标准煤，同比下降8.67%；万元工业增加值能耗为2.07吨标准煤，同比下降8.81%；二氧化硫排放量同比减少0.54万吨，下降5.38%，化学需氧量削减6.50%，实现了历史性突破。

短短三年时间，金昌市摘掉了空气污染严重的"黑帽子"。正如金昌市环保局副局长宋晰宇所言，这一成绩的取得，得益于循环经济模式在金昌市主要企业的积极实践。

以金川公司为例，作为金昌市的绝对经济支柱，金川公司是金昌污染减排和发展循环经济的关键，金川公司的态度决定着金昌市发展循环经济的成败。

金川公司副总经理说，公司作为资源消耗型特大有色冶金矿冶集团，本着对国家和社会高度负责的态度，发展循环经济既是公司贯彻实践科学发展观、推进公司战略结构调整的必由之路，也是实现公司又好又快发展的重要保证。

二氧化硫是金川公司镍、铜生产产生的主要污染物，近年来，金川公司投入11.7亿元进行二氧化硫污染治理，先后实施了一硫酸车间一、二系统复产大修造、15万吨/年规模亚硫酸钠扩建、三硫酸系统改扩建、铜冶炼烟气综合治理、一硫酸挖潜技术改造、70万吨/年硫酸工程以及回转窑烟气配气制酸等项目，并配套建设了硫酸贮存和运输设施，形成了镍、铜冶炼生产相配套的环保污染治理设施。公司利用镍、铜冶炼二氧化硫烟气生产硫酸能力已由"九五"末的22万吨/年提高到目前的130余万吨/年。仅2007年11月，投资4878万元的回转窑烟气配气制酸项目建成投产，就可回收硫酸7.17万吨，同时保证了今年上半年金昌市产能扩大但空气质量仍保持了三级标准。

金川公司安环部负责人介绍说，今年年底富氧顶吹镍熔炼项目及1.4吨选矿扩能技术改造项目建成后，公司硫酸生产能力可达200万吨，将为金昌市二氧化硫减排再立新功。

金昌市是全国108个重点缺水城市和13个资源性缺水城市之一，水既是金昌市的命脉，也是金川公司发展的命脉。

"节流优先，治污为本，提高用水效率"是金川公司的用水方针。金川公司严格用水管理和用水考核，不断加大对节水技改项目的投入。2003年以来共投入1.9亿元实施节约用水综合技术改造，包括排水系统改造、含金属高盐类废水处理站改造、酸性废水处理污水处理总站改造以及中水回用系统改造等，实现了源头治理、分质、规范排放，分级处理，集中回用的总体目标。

在金川公司选冶化厂区的绿树掩映中，是工程总投资8800万元、设计日处理量5万立方米的污水处理总站。在总站负责人眼里，各厂区原本外排的废水全都是宝贵的资源，"没有废水的概念，只有污水的概念"。选冶厂区生产生活污水通过管道集中到总站之后，经过各工艺处理后的合格中水作为工业用水，又被送到了选矿厂磨矿及浮选、化工厂制酸烟气净化等工序，实现了中水全部回用，达产后年可回用中水 1500 万吨。

金川二期工程设计年产电镍 4 万吨、电铜 2 万吨时，年用水量为 8800 万立方米。由于公司坚持不懈地改进生产工艺、更新设备和加强现场管理，2007 年，公司用水量仅为 4686 万立方米。

今年，金川公司将建成 8000 吨/日含金属废水处理站，以满足公司"十一五"发展的需要。据相关人员介绍说，"十一五"期间公司还将继续加大节水技术改造力度，使公司工业水的重复利用率达到 90% 以上，争取实现产量大幅增加而用水量少量增加的目标。

此外，计划投资 6500 万元的金川集团公司两万立方米/天规模中水深度处理工程，将实现中水资源化，有效缓解金昌地区水资源紧张的矛盾。同时，年可实现内部利润 891 万元。投资 1.8382 亿元的矿井水利用改造项目，将腾出更多的生态用水，绿化和改造市民的生活工作环境，每年还可节约 300 余万元。

在二氧化硫烟气回收及中水回用的同时，加大了资源综合利用和节能降耗力度。金川公司选矿 1.4 万吨/日扩能技术改造，大幅提高了贫矿处理能力，金属综合回收率可提高 1.5%，减少了尾矿中有价金属的含量，减轻了环境负担。闪速炉综合技术改造项目，包括了 10 余项节能环保内容，可实现相应的余热回收、烟气制酸等。

通过努力，2007 年与"十五"末相比，金川公司主要污染物二氧化硫排放量下降了 39.5%，冶炼烟气二氧化硫回收率提高了 10.8%。公司万元产值能耗、电镍综合能耗和电铜综合能耗较"十五"末分别下降 17.9%、14.5% 和 25.5%，镍综合能耗、铜冶炼综合能耗均达到了国际先进水平。水重复利用率和中水利用量大幅提升。

循环经济格局如何构建

关联产业聚集：企业小循环、产业中循环、区域大循环，环环相扣，以资源综合利用和废弃物"吃干榨尽"为目标，构建金昌市循环经济发展的新格局。

回收低浓度二氧化硫烟气制酸，产品硫酸外运还是就地消化？金昌铁业的高炉渣、新川化工的电石渣、电厂的脱硫石膏等200万吨废渣，以及区域内副产的氯气、镍弃渣等又该如何处置？

金昌市的回答是：打造工艺相互依存、物料近距离转运、"三废"集中处理和资源循环利用的循环经济产业链条，形成企业小循环、产业中循环、区域大循环的循环经济发展格局。

企业内部通过改进生产工艺，组织各工艺流程之间的物料循环利用；企业与企业之间，围绕重点企业的产品物质，加强企业间的横向联合，通过完善产品中间物质环节，形成企业产品互为原料、内部废弃物外部循环利用的产业链；区域内的金川河西堡永昌，通过加强产业集群之间的区域分工与合作，用产业循环链条，构建"三废"及物料综合利用、工艺相互依存、产业衔接紧密的区域大循环系统。

在企业内部，形成如"氯化氢—PVC—固体废物—水泥循环链"：金川集团公司30万吨烧碱项目副产品氯化氢和电石生产商电石产品用于生产PVC；生产工艺中产生的电石废渣连同周边企业的磷石膏、有色金属渣、黄磷渣等固体废物进入金泥集团公司水泥熟料生产线，生产干法水泥；水泥进入矿山填充等。一个个"小"的经济循环圈，把资源利用能力提高到前所未有的水平，在增加企业经济效益的同时，减轻了当地的环保压力。

在金昌市东郊，金川公司向东，与金水湖隔湖相望，一个寄予着金昌循环经济发展希望的新区正在崛起，这就是总投资140亿元、占地10平方公里的金昌新材料工业园区。园区内一片繁忙，许多新上项目正在加紧施工。

站在新区，庞大的金川公司成了一个浓重的背影——新区内在建的众多项目大都与它有关。金昌公司众多副产品和主产品都将通过这个园区内的众多企业进入新的产业，开始新的循环。

园区内，甘肃瓮福化工公司已初具规模。公司是贵州宏福集团与金化集团、中化化肥公司投资设立的中外合资企业，在园区内安家落户，就是看中了湖对岸金川公司的硫酸资源。据公司总经理于伟介绍，利用集团内的磷资源优势，就金川公司硫酸资源优势，延伸硫化工产业链条。项目建成后年可消化100万吨硫酸，有望建成西北最大的磷化工基地，销售收入将达到50亿元。

新川化工公司是四川新希望集团在金昌组建的一家新公司。公司总经理冯晓东介绍说，公司投资兴建的20万吨PVC工程同金川集团公司年产20万吨烧碱项目和金泥集团年产20万吨电石项目相配套，今后10年内，新希望集团还将在金昌投资30亿元，打造年销售收入过百亿的中国最大PVC基地和硫基复合肥基地。

金昌铁业的高炉渣、新川化工的电石渣、电厂的脱硫石膏等200万吨废渣，将成为园区内金昌水泥公司的生产原料。公司年生产150万吨水泥，固废利用比例在70%以上，可实现二氧化碳减排48万吨/年，二氧化硫减排803吨/年，粉尘减排920吨/年。与同等规模利用石灰石生产水泥熟料生产线相比，可减少石灰石消耗约100万吨/年，节约标煤1.33万吨/年，实现经济发展、资源节约、环境保护的"三赢"。

根据全市工业和循环经济发展规划，金川将重点发展有色金属新材料、化工和装备制造业，在河西堡重点发展化工、能源、建材、冶金和现代物流业，在永昌重点发展农产品加工业和小水电项目，为循环经济发展奠定良好的产业基础。

一张大大小小充满着循环链条的宏伟画卷，一个日趋完善的食物链一样的工业体系，一个全新的科学发展、和谐发展的理念，正在托起金昌这座资源型城市生机勃勃的明天。

2015.10.14
《甘肃经济日报》

有一种蓝叫金昌蓝

作为地处甘肃省河西走廊中部的传统工业城市，金昌市集聚了生态环境脆弱和特色工业特征污染物显著的双重特点，市区可吸入颗粒物（PM10）和二氧化硫成为金昌市大气污染防治的突出因子。

甘肃省政府2014年度大气污染防治考核结果显示，金昌市PM10年均浓度值与2013年相比上升了13.6%，考核不及格。为此，金昌市政府主要负责人受到甘肃省政府的约谈。

时隔两月，截至7月底，金昌市市区空气质量达标天数164天。与2014年同期相比，二氧化硫、PM10、PM2.5、二氧化氮、一氧化碳平均值分别下降了23%、15.6%、13%、10.5%和26.1%，环境空气质量有了显著改善。

与此同时，一条名为"有一种蓝叫金昌蓝"的微信刷爆朋友圈，饱含着金昌人民对该市大气污染治理取得阶段性成果的认同。

在短短的两个月里，金昌市大气污染防治取得喜人成绩，并非一日之功。为期两天的深入采访，笔者见证了金昌市在大气污染防治工作中苦练"内功"，打下的扎实基础。

借势新法：众志成城，铁腕治污

为确保完成大气污染防治目标任务，金昌市委、市政府主要领导深入调研，借鉴兰州大气污染防治经验，在《金昌市2015年大气污染防治工作实施方案》的基础上，制定了《金昌市进一步加强大气污染防治工作实施方案》（以下简称《方案》），《方案》进一步强调狠抓工业废气、扬尘、面源污染等五个方面的污染控制工作，推进空气质量的不断改善。

2014年底金昌市拉网式检查了累计出动监察人员2600多人（次），排查各类排污企业183家，下达责令改正违法行为决定书82份，对违法行为确凿的40起环境违法行为实施了行政处罚。2015年1月至7月份，金昌市共计立案处罚环境违法行为18起，罚款113.46万元，责令停产整改违法企业14家，查封违法排污企业5家，移送公安部门处理环境违法企业3家。通过排查，建立健全了"一企一档"资料，自查出各类环境问题283项，完成整改216项，正在整改的67项。对甘肃省环保厅大检查督查组先后5次督查中通报的工业园区环境管理及基础设施建设薄弱等19个问题，督促县（区）、开发区和相关单位认真抓好整改。截至目前，19项问题中13项已全面完成整改，其余6个问题正在抓紧整改。金昌市环保局局长刘天虎告诉笔者，通过自查和督察，金昌市找到了病源，列出了清单，使后续的治理做到了心中有数，有的放矢。

为从源头上控制污染产生，金昌市依法停建或关停了2014年查实的53个未批先建项目；对55个初审不符合产业政策、环境准入等要求的项目暂停审批。

同时，金昌市出台了《金昌市环境监管网格化划分方案》，按照"条块结合、以块为主、重心下移、属地管理"的原则，将环境监管责任层层分解落实到各乡镇、社区，对重点区域、重点行业、重点污染源实行"定人、定位、定责"，做到监管"全天候、全方位、全过程、全时段、全覆盖"。网格化管理得到了基层群众的大力配合，实现了环境监管人员与企业、群众的"零距离"对接和良性互动。

治污措施：重源头把控，重实、细、精

在金昌市大多土方都用黑色塑料网密密覆盖着，福建来宝建筑公司正在修建的一处占地100亩住宅小区也不例外。

项目经理钟兴文（房地产开发商）戏称自个儿是"土老大"。为

防治扬尘污染，"土老大"要做到"五个百分百"，即施工现场 100% 围挡、工地 100% 覆盖、工地路面 100% 硬化、拆除工程 100% 洒水压尘和出工地车辆 100% 冲净车轮车身。

2014 年 12 月 16 日，金昌市关闭了境内 15 家产能 3 万吨/年及以下的小煤矿，全面完成小煤矿关闭退出目标任务，共淘汰煤炭落后产能 29 万吨；制定了《金昌市散煤清洁化治理实施方案》，确定了洁净煤利用目标与洁净煤替代项目。

中石油甘肃金昌销售分公司已从 2014 年 1 月 1 日起，在全市所有加油站供应符合国家第四阶段标准车用汽油，2015 年 1 月 1 日起供应国家第四阶段标准柴油。开展了设立黄标车限行区工作，制定了提前淘汰黄标车奖励补贴办法，淘汰黄标车 2356 辆。

积极推进"气化金昌"进程，争取批复建设加气站 7 座，已建成投运 3 座，基本建成 2 座，在建 2 座；进一步扩大工业、商业及居民天然气使用比例，全年工业、商业及居民天然气使用量达到 1300 万方，管道燃气普及率达 25%。

金昌市大力推进热源建设、小锅炉拆并和陈旧老化管网改造，淘汰分散锅炉 143 台，进一步减少烟尘排放。完成了全市 19 辆油罐车、22 个加油站的油气回收治理任务；市区推行道路机械化清扫和主干道洒水抑尘措施；在餐饮业积极推广天然气、电等清洁能源使用。

措施的制定侧重从源头上把控，侧重实施的精细和效果，使金昌市大气污染治理一本万利。

**重点企业：环保与生产部门合并，
将源头控制和全过程控制落到了实处**

金昌市因矿设企，因企建市，以有色金属采选为主的金川公司在当地"一家独大"，金昌市 87% 的二氧化硫来源于金川公司。"金川公司的污染问题解决好，金昌市一大半的污染问题就解决好了。"

近两年，金川公司投入 2.239 亿元，实施了热电二车、三车间脱硝技术改造、镍闪速炉干燥窑低浓度二氧化硫治理、铜冶炼厂阳极炉低浓度二氧化硫烟气治理等大气污染防治工程。金昌市二氧化硫防治取得显著成效。

2015年，金川公司继续加大大气治理项目的投入。7月3日，计划投资1.21亿元的热电一车间环保改造项目已开工建设，投资2.037亿元的镍铜冶炼环保集气达标治理项目也已进入可研编制阶段。金昌市环保局负责人表示，这两个项目建成投运后，金昌市区环境空气质量将得到进一步改善。

2015年2月，金川公司内部机构有了一次大的调整，环保职能从原来的安全环保部分离出来，与生产部合并，成立了生产环保部。分管环保的副总经理介绍，他和分管生产的副总经理两人构成了AB角关系，每天开碰头会，互相补台。这一部门重组体现了生产和环保的高度融合，将源头控制和全过程控制真真落到了实处。

解铃还须系铃人，环保问题在生产中造成还需要在生产中解决，根本解决靠的就是生产的全过程控制。"以前是协调生产、厂矿，现在是指令。以前可能存在脱节、滞后、效率差，现在当天的事当天落实，甚至会提前安排。"企业的老环保康吉成不无感叹，"现在环保工作非常好协调了！"

新能源企业：实现风光电产业与戈壁生态保护恢复协调发展

近年来，依托当地较好的资源优势和基础条件，金昌市抢抓国家大力发展新能源产业的有利时机，切实发展以风力发电、光伏发电为主的清洁能源产业，被列为全国首批新能源示范城市。

金昌市发改委相关人员介绍，截至目前，金昌市风光电开发规模330.5万千瓦，其中光伏发电230.5万千瓦，风力发电100万千瓦，已实现并网发电的装机容量200.5万千瓦。所有项目建成后，年发电量将超过45亿千瓦时，年节约标准煤180万吨以上，减少二氧化碳排放量450万吨以上。

然而，风光电项目在施工过程中，致使原本脆弱的植被遭到了不同程度的破坏，成为当地 PM10 的重要来源。

为切实做好风光电项目场址的环境综合整治工作，实现新能源产业与戈壁生态保护恢复协调发展，金昌市出台了《金昌市风光电项目场址环境综合整治方案》。

在地处金昌市西大滩的振新光伏发电有限公司，笔者看到光伏板下、主要道路两侧、变电站周围一簇簇梭梭草、罗布麻、骆驼刺生机勃勃，为苍凉戈壁滩平添了几许绿意。现场负责人介绍，该公司自 2013 年启动了植被覆盖项目，先后投入 38 万元，实施了 7000 亩项目区的草籽播撒浇灌和办公区绿化，试种适宜的草皮和低矮灌木等，最大程度改善场址区域的生态环境。

金昌市能源局局长介绍，除加强场址植被保护与恢复外，对现场保护及垃圾清运都有非常细化严格的要求，比如施工现场设立垃圾存放点并采取覆盖防护措施，对施工作业面、重点弃土场地区域洒水抑尘等。

另外，有关部门还对市区周边砂石厂、风光电等企业开展了拉网式排查，对非法开采的砂石厂予以关闭，清理了光伏发电建设场地建筑垃圾与生活垃圾，回填平整栽植旱生灌木，生态修复面积达 500 多亩。

金川区环保局局长银俊英介绍，金昌市一手治"污"一手播"绿"，把生态增容减污作为治本之策，全面推进"紫金家园、生态绿城"建设，着力构建环绕城市的绿色生态屏障；围绕提高城市绿化率，推进城区及周边绿化。加快推动生态文明建设，改善区域空气环境质量，此举也是金昌市针对未来资源日渐枯竭的形势，意在打造金昌的花海，通过旅游文化产业调整金昌产业结构的重要举措。

站在金川区金水湖畔，无边的薰衣草、马鞭草摇曳出的紫色波浪和在远处向日葵、夜来香蓬勃出的金色花海构织出一道靓丽的风景线，人们三五成群到这里漫步，在花间嬉戏，或静坐花间，或举目看蓝天上云卷与舒，尽情享受着属于这里的"金昌蓝"。

2010.01.06

30多年来，石油开采导致的水污染使甘肃省庆阳市经济社会可持续发展严重受限。如何破解水资源之困，确保群众饮水安全，成为庆阳人必须直面的重大挑战。

苦水何日变甘泉

甘肃省庆阳市地处黄土高原区，世界最大的黄土原——董志原就位于此地。"八百里秦川，不如董志原一个边边"。行走在广袤无际的董志原上，不禁感叹大自然的神奇造化。在董志原的塬、梁、峁上，随处可见忙碌的"磕头机"，石油工业给庆阳市带来了勃勃生机。

然而，30多年以来，在庆阳市经济欣欣向荣的背后，付出的是当地数万群众没水吃的痛苦代价。水资源之困"困"住了董志原。

庆阳境内主要河流水质曾经连续5年重度污染、河流丧失水体功能，直到2007年其主要河流之一的蒲河水质出现拐点，庆阳正在经历艰难的蜕变。尤其是现在，在董志原石油、煤炭、天然气资源探明储量与日俱增，庆阳市全力打造甘肃省陇东能源化工基地，而水资源却日渐紧缺的背景下，如何破解"水资源"之困，确保群众饮水安全，成为庆阳市必须直面的重大挑战。

油田开发污染水资源，酿成"苦水"难下咽

石油开采使庆阳市所辖的华池县、环县、庆城县等几个老油区地表水、地下水均遭受严重污染。由于污染，庆阳全市227万农业人口中，解决了饮水困难的只有170万人，达到安全标准的仅有12万人。

当地百姓饱受"苦水"之苦。

甘肃省庆阳市有泾河、马莲河、蒲河、四郎河、葫芦河5条较大的河流。境内河流多年平均径流总量为14.5亿立方米,其中入境水几乎占径流总量的一半,自产水仅有7.8亿立方米,人均水资源占有量是全省人均水量的1/4、全国人均水量的13%。每亩耕地占有水量110立方米,是全省每亩耕地占有水量的18.3%、全国每亩耕地占有水量的6.02%。

资源型缺水使庆阳市水资源问题显现。而油田开发导致的水质型缺水,使这一问题更加凸显。

1996年,原庆阳地区行署组织对庆阳、环县、华池等涉油县水源污染状况进行过一次调查。调查结果显示,3县境内28条较大的沟壑支流都不同程度受到污染,污染最严重的7条支流中,河水中污染物石油类的分担率为99.5%~37.98%。石油类污染成为河水污染最主要的因素。

2003年,庆阳市政府对陇东油田开发环境现状又进行了一次调查。结果显示,华池、环县境内油区的地表水与1996年同一断面监测结果相比,石油类污染物呈现上升趋势。

油田开采带来的污染让庆阳几乎找不到一条清澈的河流。在2005年"陇原环保世纪行"的采访中,笔者更是深切体会到了庆阳市面临的水资源困局。

在庆阳市庆城县琵琶寨,村民李伟润从自家井里打出一桶水,水面上漂着一层油花。李伟润盛了一杯水递给采访团的记者:"你们尝尝这水是什么味?"记者们接过来,水一入口,又苦又涩,随即都吐了出来,大家面面相觑直摇头。

听说有人来采访,许多村民都赶过来,大家围着记者们七嘴八舌吐露着"苦水"之苦。他们告诉记者们,他们以前吃的是河水,河水受到污染后,家家户户就都打井,吃井水,但现在井水又被污染了,人不敢喝,牲畜也不喝。

"清水变污,甜水变苦","河水脏了喝井水,井水脏了买水喝",

由于污染，在庆阳市，笔者听到了许多当地村民自编的各种顺口溜。

在环县曲子镇一户农家采访时，主人从太阳能热水器上取下烧开的水壶，一边揭开壶盖边对记者们说："你们看这烧开的水是不是像撒了面粉？"记者们看了一眼，发现壶里的开水上面漂满了乳白色的东西，女主人说这水小孩子一喝就拉肚子。

这个村子的村民们告诉笔者，劳动力充裕的家庭都得到1公里外挑泉水吃，没劳动力的人家，就只能凑合着吃眼前的水。

郭照学是住在环江河边的村民，笔者来到环江河边采访时，他将几节玉米秆抛入河中，当再拿起来时，玉米秆上就沾满了油污。郭照学告诉笔者，这水浇庄稼都不行，庄稼会被烧死。"我小的时候河水不但比现在多，而且很清，经常能在河里抓到鱼，浇庄稼就用河里的水。"郭照学回忆说。

据有关部门提供的调查结果显示，庆阳市所辖的华池县、环县、庆城县等几个老油区地表水、地下水均遭受严重污染。

在华池县，乔河、元城、城壕、五蛟等区域水环境已发生"水质蠕变"；县城和悦乐镇等地井水干枯，水位下降，部分地方水质变苦，人畜无法饮用。

在环县，七里沟、城东沟、城本川等7处水源是当地仅有的几处人畜饮水和农业灌溉水源，也受到了不同程度的污染，严重影响了当地群众的生产和生活。仅在2001—2003年之间，上述水源地就发生原油泄漏直接污染事故达116起。

庆城县全县年排放废水632万吨（不含农村部分），其中油田企业废水576万吨。贯穿董志原的马莲河及其支流环江、柔远河、蒲河等，硫酸盐COD（化学需氧量）、挥发酚及原油等主要污染物长期严重超标。

时任庆阳市水务局副局长何鸿政曾说过的一句话更令人震惊，他说，由于污染，庆阳全市227万农业人口中，解决了饮水困难的只有170万人，达到安全标准的仅有12万人。

甘肃省环境状况公报连续5年显示，蒲河、马莲河水质均为Ⅴ

类或劣Ⅴ类水。专家疾呼，这些河流已丧失水体功能。

庆阳市环保部门对水体受到污染的原因作了分析：开采工艺粗放，在钻探过程中，钻井岩屑废水外泄、修井喷油、管线破裂及原油泄漏等污染事件频繁发生；一些油井套管管壁老化，逐渐腐蚀穿孔，造成地下水串层；部分废弃油井处理不当，深层井井水长期外泄，污染水体。

30多年的开采历程，在经济社会大发展的背后，不考虑环境承载能力的非理性开发，逐步形成了区域性的环境问题，最终酿成庆阳人咽不下的"苦水"。

石油生态保护条例应时而出，油田生态治理步入快车道

为彻底解决石油开采对水资源的污染问题，甘肃省和庆阳市出台了针对性的环境保护政策法规，对石油从钻探到开采进行全程的规范，整个油田生态治理步入了快车道。

纠正重开发、轻环保，重产能、轻治理的不正确意识，解决环境保护与石油开发之间的突出矛盾。面对严峻形势，甘肃省、庆阳市两级政府就庆阳市的发展提出了全新思路。2006年1月，在甘肃省人大、省环保厅和庆阳市人大、政府及有关部门的共同努力下，《甘肃省油田生态环境保护条例》正式颁布。

根据《甘肃省油田生态环境保护条例》，庆阳市制定下发了《油田开发环境保护管理办法》，严格落实环保第一审批权，要求对包括钻井井位在内的所有在建项目，必须先经市环保、国土、水务水保等部门审查后出具书面审查意见，县（区）政府再批准用地或办理相关准建手续。

针对石油开发特殊工艺要求和陇东生态地质现状，结合庆阳实际，庆阳市还制定了《庆阳市石油勘探开发产建项目环境保护管理要求》等几项地方性环境标准，对规范油区环境管理起到了积极作用。

此外，庆阳市还制定了陇东油区"十一五"石油开发污染防治规划。长庆油田公司斥资1.5亿元启动了六大类10个大项的治理项目。如今各个治理项目中，环保措施贯穿了从钻探到采油的全过程。

作为一名老环保，庆阳市环保局污染控制科科长付亦宁见证了当初采油导致的严重污染的状况。他告诉笔者，采油企业在新投产井场的平整过程中，直接将盛有大量含油污水、泥浆、污油泥等固体废弃物，在没有任何防渗漏措施的废泥浆池里直接用土掩埋，对地下水构成了威胁，"但这就是粗放开采时期的钻井实况"。

这一状况现在却有了很大变化。

在华池县墩山村钻井现场，笔者看到泥浆池和沉砂池铺设了双层防渗布泥浆药品上盖下垫。付亦宁说，含油岩屑由施工单位装袋保管后，送往市环保局定点固废处理厂进行处理，"现在每个钻井现场都派驻了环保监察员，保证油污和泥浆不落地，保持施工前后井场和驻地的原貌不变，真正实现环保生产、清洁生产"。

在黄地山村试油现场，施工队活动板房里张贴着"现场环保管理准则"。施工队队长介绍，现在的施工过程中的环保要求很高。

"有这么多的条条框框，会不会为施工带来不方便？"笔者问这位队长。

"我们有整套施工程序，按程序作业，没有不方便。施工队所有活动都在工地，工地整洁了，我们也觉得舒适。"

如今，新建成的井场，注水不见水，采油不见油。

从庆阳市西峰区野林村到庆城县高户村，再到华池县墩儿村、虎娃村、打扮村，所到之处，随处可见标准化井场。井场里场地平整、清洁卫生，污油回收池、污水池、集流沟配套齐全。长庆油田采油二厂环保部门负责人告诉笔者，以前造成污染的原因就在于技术落后，"如今采用新技术，可以避免油管对水体等周边环境的影响。"

这位负责人介绍说，现在采用的是复合法无害化处理技术，其原理就是在钻井废弃泥浆中加入固化剂、吸附剂、混凝剂、降解剂等，消除废弃泥浆中的有害成分，最终生成常态固体，圈闭包裹输油管道，封闭地层，"这样限制了钻井液流动，可抑制有害成分转移、扩散和渗透"。

据油田工作人员介绍，目前油田采出水处理率达到100%，基本实现了原油采出污水"零排放"的目标。

"20世纪八九十年代，一个井场有一台抽油机，并配套一条管线。现在钻井技术提高了，一个井场都配多台抽油机，多的可达12—24台，既节约土地，又节约能源。"在合水县"庄9区块"标准化井场，长庆油田超低渗第一项目部副指挥刘再兴介绍着标准化井场的优点，并告诉笔者，合水县和宁县的300多个井场将很快全部达到井场标准化建设要求，那时将大大减轻石油开采对马莲河东、西河的污染。

庆阳市环保局副局长杨漪介绍说庆阳市制定了标准化井场建设要求，对标准化井场建设提出了统一的标准，要求油田生产单位在井场建设中，做到新投产井场按标准一次性建成，并逐年对老井场实施标准化建设。井场的初期建设施工过程也有非常严格的要求。

站在华池县的打扮梁上，眺望着黄土高原上起起伏伏的梁峁，视野内的井场上"磕头机"正忙碌作业。华池县副县长指着山峁告诉笔者，这些地方都是新开发区，在新开发中，华池县明确规定井场不但要标准化建设，达到零排放，还要附带进行生态恢复建设。

据杨漪介绍，目前全市范围内的标准化井场建设已达到70%。今年确定的100个老井场标准化建设已经完成80多个。为进一步加强管理，庆阳市环保局明年将开展清洁文明井场挂牌工作，对目前已经建设完成的标准化井场进行复查和验收，并挂牌命名。同时，将进一步完善清洁文明井场达标建设管理办法。

庆阳市石油开采努力奔向不欠环保新账的目标。废弃井封堵、油区生态恢复工程则是为了偿还污染老账。

陇东油田属特低渗透油田，油井的更新较快。根据2003年开展的陇东油区环境污染现状调查结果显示，在30多年的开发中，废弃井、计关油（水）井400余口。大部分属早期开发油井，受当时技术条件限制，套管防腐措施落后，加之套管超期使用，破套现象十分普遍，导致地下水串层，成为影响地下水水质变化的主要原因。

近年来，庆阳市督促长庆公司把废弃井、计关井的封堵作为重点治理项目实施，目前陇东油区废弃井的封堵工作已全部完成。这一项目的实施，有效地切断了地下水污染的源头，消除了污染隐患。

一系列措施取得了成效。2007年，蒲河水质出现拐点，由重度污染转为轻度污染，主要污染因子COD和氨氮较2006年同期下降58.5%和54.7%。2009年，马莲河主要污染因子石油类、COD分别较2008年同期下降11.5%和7.63%。最新监测数据显示，与2006年相比，目前马莲河和蒲河综合污染指数分别下降57%和61.1%。

加强饮用水水源地保护，严禁敏感区石油开发

"在事关饮水安全的关键问题上，经济发展必须为环境保护让步"，这是庆阳市委、市政府的基本原则。庆阳市明令禁止在子午岭生态保护区、饮用水源保护区等敏感区内进行石油开发。

长期累积的污染问题集聚扩散，伴生出了一系列问题。针对这些问题治理也不再简单划一。油区人畜饮水安全问题，就是长庆油田走先污染后治理路子时伴生出的问题。

从2006年起，长庆油田公司投资5000万元，地方筹资300余万元，开始实施庆城县西川群众饮水解困项目、华池县鸭儿洼水库项目和西峰南小河沟调蓄水库项目。目前西川"人饮工程"和西峰南小河沟调蓄水库项目已建成投运，鸭儿洼人畜饮水工程也于2009年9月交付使用。据介绍，仅鸭儿洼人畜饮水工程就使华池县城4.2万人的缺水问题和县城用水矛盾得到有效缓解。

污染治理就是为了水安全，而水源地保护则更是为了防患于未然。穿越子午岭的秦直道，冬日暖阳下，秦直道两侧的植被虽没有春日的郁郁葱葱，但依旧尽显葳蕤之态。这里是庆阳市的主要水源涵养林，全市生产、生活用水主要依赖这片生态保护区。据介绍，在2009年，子午岭保护区边缘的8处石油开发井位就因为可能影响到区域生态被否决了。

在华池县城乡饮用水水源保护区,"饮用水源地"的标牌醒目,铁丝围网,水面清澈,不时有几只野鸭嬉戏水上。两名管护人员打捞着零星漂浮的枯枝败叶。管护人员说,上半年库区清淤 5 万多方,新建了 40 米的排洪沟,铺设了 150 米的排洪管道,建了 300 多米的铁丝围网和 370 米的封闭围墙。

杨漪介绍,庆阳市农村饮用水水源保护工作也已步入正轨。2009 年是全市乡镇饮用水水源地集中整治年,在完成 8 县(区)12 个饮用水源保护区区划的基础上,各县区政府、人大相继修改制定并发布了《饮用水源保护区管理办法》,使饮用水水源保护走上了规范化和法制化的轨道。

环保部门也加强了饮用水水源保护区的管理工作,全面开展了饮用水水源保护区环境违法行为清理整顿工作,对一、二级保护区内的所有排污口进行全面清理,先后否决了西峰区巴家咀水源保护区、庆城县冉河川水源保护区内的石油区块开发项目,有力地保障了饮用水水源安全。庆阳市环境监测站对市区饮用水水源地每年进行 6 次监测,对各县城饮用水水源地每年不定期抽查两次,对水质水情进行监控,确保及时掌握水质状况。

"庆阳的环境容量目前已接近极限,但与此形成鲜明对比的是,全市经济社会发展才刚刚步入快车道,在日益严峻的污染减排形势面前,今后一个时期,庆阳将有一大批对全市经济、社会发展有较强带动作用的大项目陆续上马,这就必须有足够的环境容量作为支撑。"庆阳市环保局局长陈国强对庆阳的环保形势有着冷静的分析,他说,近年来随着一些大的排污企业的整治到位,工业污染退居其次,生活污染排放已逐步上升和占到全市总污染负荷的 70%。

陈国强坦言,由于环保基础设施建设较为滞后,今后仍要继续保持每年 2% 的减排幅度,压力不小。

为加快污染治理,确保群众环境安全,庆阳市打响了环境综合治理攻坚战。2009 年 8 月,一场以"环境百日综合整治"农村环境保护为主要内容的专项行动在庆阳市拉开序幕。

经过百日整治，全市乡镇一级都设立了农村环境保护工作委员会，为环境保护工作向基层的深入开展建立了长效工作机制。乡镇污水处理厂建设也提上重要议程。

董志原上的河流变清的日子不再遥远，庆阳人喝上清澈的河水、彻底摆脱"苦"水之困将不再是一个奢望。

能源开发加剧水危机

——庆阳能源开发与水资源保护调查（上）

"国家重要的能源化工基地""战略性石化基地""全国大型煤炭生产基地""西电东送和西气东输基地"，这一系列响亮的城市名片概括了这个黄土高原城市——庆阳市的能源资源优势和发展前景。

境内水资源极度稀缺，人均水资源占有量仅为360立方米，是全国平均水平的13%，水土流失面积占全区总面积的81.1%，这组数据又充分显示出庆阳是一个水资源环境异常脆弱的区域。

面对经济发展与水资源环境极不协调的情况，庆阳该如何破题？

缺水成庆阳最大"短板"

由于水资源短缺、年际及年内分配极不均匀，导致庆阳水资源供需矛盾非常突出，严重影响经济社会发展和人民生活。

环县位于毛乌素沙漠南缘、鄂尔多斯盆地与黄土高原交汇处，由于先天自然条件的限制，这里的水资源极其短缺。对于祖祖辈辈的环县人来说，"吃饭靠天、吃水望云"已成为常态。

2013年10月，笔者跟随"陇原环保世纪行"记者采访团走访了距县城11公里的周原村。当笔者问起村民吃水是否存在困难时，村里62岁的老人周君面露喜悦："好年成（降水量好），家里的3口（集雨）水窖（储水）足够人畜吃了。"

"够吃了"，意味着周君一家不必专门跑到县城拉水了，不但节约了人力、物力，还可节省每天3担水9元钱的开销。

这个干旱缺水村庄的饮用水状况能有如此大的改变，得益于环县围绕解决人们饮水问题而开展的一系列"大动作"。从2002年以来，环县先后实施了农村人饮、氟病改水、"121"雨水集流、"母亲水窖"等一系列入饮工程，取得了显著效果。

环县水务局局长张佩旺告诉笔者，目前全县已经建成了水泥窖7.92万眼、集流场4.35万处、蓄水池300座，基本解决了正常年景下29.8万人的饮水困难问题。"这意味着全县85%的人不再为吃水发愁了。"

从担水吃到拉水吃再到如今守着集雨水窖吃，几十年来，周君吃水的方式有了一次次的改观，然而他的意识里依然没有改变对"好年成"的期盼。

也许是老人观念趋于固化，也许是这种"方式"的改变就根本不彻底。这个"也许"覆盖了环县85%的人口。

致力于解决全县3%人口用水困难的苦水淡化工程也是环县近年实施的民生工程之一。自2006年实施至今，共建成集中供水工程28处、新打机井114眼、新建咸水淡化站96处、配套苦咸水淡化设备58套，可解决1.05万人的用水困难。

张佩旺告诉笔者，对于环县这么一个"靠天吃饭"的地方来说，"水窖"维系着当地人畜的饮水"安全"。与其他地方相比，这里的"安全"仅仅是指水量正常供给的安全，而非水质的安全。

在庆阳市有一座因水得名的县城——合水县，作为庆阳市水资源最为丰富的县，合水境内拥有县川河、马莲河、固城河、苗村河和葫芦河5条河流。

然而，长期以来，受自然条件制约，饮用水水源地没有得到很好的保护，这个丰水县的农村饮水安全问题仍是影响群众生产、生活和身体健康的一件大事。

罗塬村位于合水县太莪乡，2012年，县里投资84万元实施了"罗塬村农村饮水安全保障工程"，在段川至罗塬9.6公里境内，建成了上水工程、水塔、蓄水池、铁丝隔离围网等保障设施，全村饮水质量才有了保障。

合水县县长告诉笔者，从2012年起，全县整合项目资金300余万元，修建水塔60座，设置铁丝隔离保护设施60处6000多米，设置饮用水源保护宣传牌60面、警示牌120面，在很大程度上改善了农村饮水环境，提升了饮水质量，确保了群众饮水安全。

四天的时间，笔者走访了庆阳市所辖镇原、合水、庆城、环县4个县。各地无一例外，都存在着水资源短缺、年际及年内雨水分配极不均匀、水资源供需矛盾非常突出的问题。

这正是庆阳发展面临的最大困局：水资源严重短缺。

严重缺水，不仅长期困扰着农业生产，而且严重影响城乡居民的生产生活。庆阳市水利部门分析，到2015年，全市的供水缺口将达到2.8亿立方米，缺水将成为困扰庆阳市经济社会发展和影响人民生活最为严重的问题。

能源开发加剧水资源危机

当自来水都变得又苦又涩的时候，人们才认识到，地底下的"黑金子"没带来财富，当地反而因此付出了沉重的资源环境代价。

在庆阳市的城市名片中，"资源开发新型战略发展区""全国第二大能源城市"更能吸引世人的目光。

从2000年起，长庆油田公司开始了对庆阳市的石油勘探。随后，甘肃发现4亿吨大油田、环县北部地区探明储量超过1亿吨的整装大油田……一个个消息令人振奋。

庆阳人仿佛一下子豁然开朗：祖祖辈辈一直耕作的厚厚黄土层的下面，原来涌动着的是"黑金子"。

庆阳市副市长介绍，庆阳市境内石油资源总量48亿吨，占鄂尔多斯盆地总资源量的37%，已探明石油地质储量9.8亿吨；天然气资源总量1.51万亿立方米，占盆地资源总量的10%；煤炭预测储量2360亿吨，占甘肃省的97%，探明储量140亿吨；煤层气预测储量1.4万亿立方米。

基于雄厚的能源资源实力，国家对庆阳市的功能定位是：国家级煤化、电化基地，西部重要的动力煤输出基地，煤炭资源和油气资源综合利用的示范区域。

而按照国家规划，在"十二五"期间，庆阳煤炭生产能力要在5000万吨以上，形成1200万千瓦火电装机、800万吨炼油、100万吨以上煤化工生产能力。

甘肃省也明确提出了要把庆阳建成"国家大型能源化工基地和全省新的经济增长极"的战略定位。

借助于先天的资源优势，庆阳市的发展是必然的。但同时也在资源环境方面付出了沉重的代价。

根据庆阳市环境监测站常年水质检测结果显示，从1986—2004年，由于开发初期采取的粗放模式，导致当地环境污染和生态破坏问题开始凸显，地表水污染严重，部分区域地下水水质发生变化。

更为严重的是，由于庆阳本身先天水资源就很贫乏，油田开发大量用水，造成了"人油争水"的局面。

当自来水都变得又苦又涩的时候，当地人才意识到，地底下的"黑金子"不仅没带给他们金钱上的富足，反而让他们付出了沉重的资源环境代价。

庆阳市环保局局长介绍说，"十一五"以来，石油开发企业和地方共同努力，投入资金，加快治理，一些环境问题得到了逐步改善。近年来，油田和煤炭资源在开发中严格按照国家环保法律法规来进行，从源头上来控制污染和预防生态破坏。

采油厂建设标准化了，采油技术水平提升了，自来水不苦涩了，管理规范出的成效是显而易见的。

尽管如此，这里依然让人担忧。

"我国煤矿采区所共存的地表塌陷、地下水破坏、植被衰退等共性问题将不可避免地出现，矿区生态系统失衡问题会逐步突出，矿产资源开发对生态环境的破坏也会进一步加剧。"环保局局长再次对笔者表达了他的担心。

问题还不止这些。

由于油井开采、油田注水、煤矿井水排放等作业对地表水、地下水资源扰动巨大，地表水、地下水环境受污严重、串通转化的风险较大；能源资源在转化过程中对水资源的依赖度较高，工业用水量需求的加大会进一步加剧庆阳市水资源供需矛盾；水资源的短缺还会加剧庆阳市生态用水短缺，造成生态退化。

此外，早期油田开发遗留的环境问题和伴随新的煤炭资源大规模开发带来的区域性生态环境问题，仍是摆在庆阳面前的现实问题。

"这也就是说，庆阳市的资源富集优势与当前发展现状极不对称。"环保局局长如是说。

甘肃省环境科学设计院主持完成的《庆阳市油煤气资源开发与生态文明建设战略研究》(以下简称《战略研究》)中得出的结论是，庆阳市是甘肃发展中矛盾最多的地区之一，其中能源资源开发与水资源之间的矛盾尤为突出。

面对经济发展与水资源环境极不协调的情况，庆阳市要持续健康发展，就必须突破水资源"瓶颈"。专家指出，科学开发、合理发展是最终出路，即在对该地区水资源禀赋和环境承载力进行深入研究，在理性分析、量化指标、科学评价的基础上制定发展战略是必由之路。与此同时，庆阳市亟待通过建立生态补偿机制，解决生态环境修复与保护工作需要的大量的资金投入问题。

黄土地呼唤生态补偿

——庆阳能源开发与水资源保护调查（下）

由于水资源短缺、年际及年内分配极不均匀，导致庆阳水资源供需矛盾非常突出，严重影响经济社会发展和人民生活。缺水成庆阳最大"短板"。

基于雄厚能源资源实力的大开发，加剧了庆阳市的水资源危机。

面对水资源的困局，庆阳市如何发挥后来居上的优势，通过"力"的综合和"智"的聚集，来破解水资源"瓶颈"问题？

量"水"而行

对地区水资源禀赋和环境承载力进行深入研究，在理性分析、量化指标、科学评价的基础上制定发展战略，科学开发，合理发展。

庆阳的经济社会发展才刚刚开始，在经济发展过程中处于明显的后发优势。

如何使后发优势起到"一触即发"的重大作用？

有专家建议，要汲取发达地区经济发展过程中资源环境代价过大和资源富集区域开发过程中呈现的环境承载力持续下降、环境质量逐年恶化的教训，避免重蹈覆辙。这需要后来居上"力"的综合，更需要"智"的聚集。

随着庆阳市能源开发的深入实施，开发规模与强度将逐步加大，产业发展与资源环境矛盾关系也日趋显著，其可持续发展也将面临着严峻的资源环境约束。其中水环境承载力就是发展面临的最大"瓶颈"。

在《战略研究》中，专家认为，要充分发挥经济后发优势，庆阳需要对本地区的生产发展和生产力布局进行认真梳理，并对地区水资源禀赋和环境承载力进行深入研究，在理性分析、量化指标、科学评价的基础上制定发展战略，科学开发，合理发展。

专家分析得出结论，庆阳市水环境存在三方面的问题：一是地表水资源量少、利用率低、污染严重，资源型与水质型缺水并存；二是地下水超采严重，水资源量逐年减少，局部地区地下水污染严重；三是河流含沙量大，水土流失严重。

《战略研究》课题组根据2012年各项指标数据进行计算，得出庆阳市水环境承载力为0.361，处于"弱可承受"水平，水环境状态脆弱；技术管理承载力为0.777，在一定程度内改善了水环境承载力。据此，课题组提出，需要继续保持和提高工业废水及城镇生活污水处理的技术管理水平。

有数据显示，2012年，庆阳市废水排放总量为2566.9万吨，其中工业源排放277.4万吨，占总量的10.8%；城镇生活源排放2289.5万吨，占总量的89.2%。加大城镇污水治理是冲破水资源瓶颈的关键。

综合考虑城镇生活及重点产业的污水排放量情况，庆阳市在工业污水全部达标排放，而城镇生活污水尚未全面达标排放的情况下，2015—2020年污水排放量会增加3.5~6.1倍。

专家表示，这样的排污强度，会使庆阳市两大主要河流马莲河和蒲河变成污水河，将会给河流生态系统带来深重灾难。

为此，《战略研究》设计了庆阳市污水及污染物削减调控方案。

根据设计方案，2015年庆阳市县级市区生活污水收集率要达到80%，主要乡镇污水收集率要在60%以上，收集后污水处理率要达100%；2020年县级市区生活污水收集率要达到95%，主要乡镇污水收集率要在80%以上，收集后污水处理率要达100%。同时要高标准配套建设污水处理厂，出水水质达到中水回用标准，实现水资源全面循环利用。

此外,《战略研究》设计了农业源减排和污染物削减调控方案和工业废水及污染物减排削减方案。

同时,专家建议,划定水资源保护红线,全市农业用水总量保持在"零"增长水平;在宁县、庆城县、西峰区农业用水总量实现"负"增长。逐步减少地下水超采,弥补生态用水。《战略研究》为破解庆阳市发展过程中的水资源"瓶颈"找到了出路。

一个个设计方案实施的背后是一个个高标准的项目建设,但一个个项目的上马仍需要巨额的环保资金投入。

呼唤生态补偿

未从资源开发中分得一杯羹,却承担起了生态环境恶化的成本。庆阳亟待通过建立生态补偿机制,来保护生态环境

先天水资源短缺的庆阳,要实现可持续发展,必须摆脱"先污染后治理"的发展模式。但这需要投入大量资金来建设高标准的环保基础设施。

此外,庆阳市在开发过程中,必然面临着生态环境保护治理和恢复的艰巨任务,这一方面需要严格依法监管,但更重要的是要投入大量的资金进行恢复治理。

与此同时,旨在改善群众饮水安全的"扬黄工程""苦咸水机井淡化工程"等基础工程建设,同样需要可观的资金投入。

庆阳市市长直言,如果仅仅依靠庆阳市的财政投入,无异于杯水车薪。建立生态补偿机制的迫切性显而易见。

"庆阳市能源资源的开发和输出,为国家建设和发展作出了贡献,开发企业不断壮大和发展,而留给庆阳老区的是严重的环境污染和生态破坏。"市长如是说,当地群众面朝"黑金子",却未从资源开发中分得一杯羹,相反却承担起了生态环境恶化的成本。

丰富的能源资源与脆弱的生态环境、日益壮大的资源开发企业与发展落后的地方经济,双方之间形成了巨大反差。石油、煤炭开发与

发展地方经济、改善人民群众生活水平的矛盾日益突出。

庆阳市人大常委会副主任表示，这迫切需要通过征收矿产资源生态环境补偿费、建立生态环境补偿机制来缓解矛盾、促进发展，实现石油、煤炭开发企业与地方经济社会发展"双赢"，实现资源开发企业与地方共同、公平的可持续发展。

从20世纪90年代开始，国家相关部门多次提出按照"谁开发谁保护、谁破坏谁恢复，谁利用谁补偿"进行生态补偿的原则，并提出要"运用经济手段保护环境，按照资源有偿使用的原则，要逐步开征资源的利用补偿费"。

2005年，原国家环保总局先后配发国家发改委研究制定《关于逐步建立矿山环境治理和生态恢复责任机制的指导意见》，提出了建立生态补偿机制框架的政策建议。

2007年9月，为推动建立生态补偿机制，完善环境经济政策，促进生态环境保护，原国家环保总局在自然保护区、重要生态功能区、矿产资源开发区和重点流域4个领域进行生态补偿制度。

甘肃省在2006年出台的《甘肃省石油勘探开发生态环境保护条例》中，也明提出了"建立生态环境补偿机制"的要求。

"这些都为庆阳市征收生态补偿费提供了充足的政策依据。"庆阳市人大常委副主任补充道。

笔者了解到，从具体实践情况看，国家从1994年开始，就在山西等省开展了试点，开始征收生态补偿费。陕西省早在1997年就制定了石油、煤炭资源开发生态环境保护专项法规，并制定了生态补偿费的征收标准。

这些实践将有助于庆阳开展生态补偿的尝试。庆阳市人大常委副主任说，他希望能尽快建立生态补偿机制，这样庆阳将会有更多的资金投入生态环境保护。

采访结束，笔者也怀揣着一个和庆阳人相同的期盼，希望能早日实施生态补偿，大批旨在改善群众生境的基础建设项目能快速上马，确保在"黑金子"被挖出来的同时，当地的生态环境能得到有效保护。

2013.07.29

昔忆兰州好 今唤蓝天回

熟悉兰州的人都知道，因为冬季大气污染严重，兰州有一部分家庭选择去外地过冬，被称为"候鸟族"。市民王先生即将退休，原计划退休后加入"候鸟族"，可现在王先生的想法变了。

"看媒体报道，今年要实施锅炉清零行动（所有燃煤锅炉全部改造完毕）。去年改了半数，就有了那么好的天气；今年改完了，天气一定会更好。只要冬天天气好了，哪里都不去。"

和王先生一样，若不是空气污染，土生土长的兰州人谁愿做"候鸟"？冬无严寒，夏无酷暑。姑且不论其他，就独特的地理位置和气候条件，兰州不失为一座魅力之城。然而，多年来重污染的"痼疾"缠身，使这座省会城市显得灰白、无力。

20世纪80年代，兰州市政府就开始积极实施"蓝天计划"。然而30多年间，兰州大气优良天数时升时降，总摆脱不了"天帮忙"的境地，靠"人努力"的收效甚微。生活在这座城市的人，没有省会城市市民该有的自信和荣耀。

2011年12月，甘肃省委书记对兰州大气污染防治作出重要指示：兰州大气污染防治是重要的民生工程。在这个问题上，要算大账、算长账、算民心账、算政治账。

随后，甘肃省委、省政府专门作出部署，全面打响兰州市大气污染治理攻坚战。省上要求兰州市的大气污染治理工作要最大程度地让广大市民呼吸上新鲜的空气。

甘肃省环境保护厅将兰州市大气治理工作作为重中之重，在项目申报、政策争取和资金支持上给予了大力支持。环境保护部将兰州市列入全国大气污染治理试点城市和重点区域联防联控规划"三区十群"47个重点防治城市之一。国家和省上给予大气污染治理资金

4.04亿元，生态增容减污工程建设资金1.4亿元。

空气污染治理是一项庞大的系统工程。有了领导的重视，还需要各相关部门密切配合，真正实现协调联动，才能全面落实各项举措。兰州市为此成立了空气污染治理领导小组，书记、市长亲自挂帅。2012年间，领导小组办公室召开了28次专题会议，"冬防"期间更是坚持一周一调度、一周一考核。

兰州市委书记指出，兰州市在经济社会发展中，对速度是有渴求的，但绝不以牺牲环境为代价来换取发展速度。尤其值得一提的是，兰州市委决定让组织部和纪检委介入督查大气污染治理工作，推进了治污责任的落实。

2012年冬季供暖期开始不久，兰州市环保局局长因治污不力被撤换，这一史上最严的举措真正打破了兰州的治污僵局。大家意识到，"这次是要动真格的了"。

兰州市环保局副局长闫子江临危授命，担任局长。在长达5个月的"冬防"期间，他几乎没睡过囫囵觉，"每时每刻神经都是紧绷着的"。环保局的干部职工也是轮流值班，对重点污染源实施24小时驻厂监察和监控平台在线监测。

找准污染源，对大型电厂实行限煤量、限煤质、限排放的"三限"措施；对176家工业污染源实行冬季停产措施；淘汰34家企业落后产能；设置15个卡口，对限行车辆进行劝返，对尾气超标车辆进行限期治理；实施大气污染治理网格化管理模式……一系列措施的出台和落实，换来了令人欣喜的成效——2012年成为兰州市有大气监测记录以来"冬防"期间空气优良天数最多的一年。

如今，空气好了，兰州人的户外活动频繁了。沙滩排球场、音乐广场、水车园处处可见笑容洋溢的休闲人群。清代文人笔下"我忆兰州好，熏风入夏时……晚来水车下，凉意沁诗脾"的意境悠然再现。

兰州市市长说，2012年的大气污染治理使兰州人收获了治污的自信，这是靠管出来的，下一步兰州市将通过完善大气污染治理的长效机制，逐步实现管与不管都一样，使治污变成一种自觉。

2017.2.7

兰州蓝出于精细间

"太阳和月亮一个样,白天和晚上一个样,麻雀和乌鸦一个样,鼻孔和烟囱一个样。"曾经,兰州人这样调侃尘霾笼罩的家园。

2011年底,甘肃省兰州市打响大气污染治理整体战攻坚战。经过几年的治理,如今,兰州市已稳定退出全国十大空气重污染城市序列,并在巴黎联合国气候变化大会上荣获今日变革进步奖。

作为西部欠发达城市,如何在大气污染防治上实现成功逆袭?兰州市的回答是:打破惯性思维,严格执法"硬"减排,强化督查问效,层层传导压力,用精细管理为污染治理腾空间。

打破惯性思维,严格执法"硬"减排

长期以来,面对两山夹一河、冬季无风、产业结构以重化工为主的城市环境,兰州市虽然实施了一些治理措施,但始终无大的突破。"治理大气单靠努力不行,关键还要天帮忙"这一想法一度深入人心。

甘肃省环保厅副厅长闫子江说,只有打破长期形成的惯性认识和思维,坚定治污的决心,打消治理污染影响经济发展、治理污染可能带来各种短期矛盾和压力、污染难治甚至不可治、大企业难管不好管的四大顾虑,大气污染治理才能找准路子,走对方向。于是,兰州市在财政有限的情况下,不等不靠,拿出法律武器督促企业减排,"杀出了一条血路"。

在工业污染治理方面,兰州市先后引导投入10亿元,对全市火电、化工、钢铁、水泥、砖瓦等高排放行业的210家企业全部进行深度治理,重点实施了燃煤电厂除尘脱硫脱硝改造等项目。目前,全市火电机组颗粒物排放浓度均达到国家限值要求,城区三大电厂污染物排放量同比下降60%以上。

在污染最严重的采暖期,对高排放工业企业实行停产减排,2015年至2016年"冬防"期间,对226家砖瓦、铸造等企业实行了停产减排措施。对环境污染严重的落后产能企业进行关闭淘汰。其中,2014年关闭淘汰7家企业的20条(台、套)落后生产线。

此外,推动工业企业向产业园区集中,腾出环境容量。2012年,国务院批复设立国家级兰州新区后,兰州启动实施107家企业新区搬迁改造,不仅有效扩大了城市环境容量,而且使工业企业"出城入园"成为淘汰落后产能的过程,成为扩大新产能的过程,成为企业脱胎换骨式改造升级的过程,也成为创新体制机制、发展混合所有制经济的过程,促进了产业布局和城市结构的调整优化。

在能源结构调整方面,兰州市从"治、管、控"入手减煤量、控煤质。

兰州市环保局大气污防处处长武卫东介绍,兰州市对城区燃煤供热锅炉进行"换血式"的煤改气治理,2012年至2014年,对主城区716家1286台8270蒸吨燃煤锅炉实施了热电联产并网和煤改气,使原煤散烧供热锅炉退出主城区供热历史,对城乡接合部和高坪地区的574家615台870蒸吨经营性立式燃煤茶浴炉进行了集中治理改造。共计削减二氧化碳479万吨,使煤炭在城市能源结构中的比例从80%下降到60%。

另外,改进规范城区煤炭供销体系,整合规范两家煤炭专营市场和218家二级营销网点,统一配送居民用煤,对低收入家庭给予优质燃煤补贴。同时对运煤车辆和劣质煤实行24小时卡口管控,严禁流入市区,确保居民使用符合环保要求的煤炭产品。

在监管执法方面,兰州市冬季采暖期采取"一竿子插到底"的执法模式,对全市重点用煤企业实行24小时驻厂监察。据西固热电公司燃料管理部主任芦馨楠介绍,企业自5月份起就有兰州市工信委和市质监局3名同志全天候驻场,对煤的进场使用实行限负荷、限煤量、限煤质、限浓度、限总的"五限"措施。据测算，这一监管措施促使兰州市减少工业动力用煤135万吨。

在机动车污染治理方面，针对城市道路饱和度高、尾气污染重的现状，兰州市重点在"车、油、路"3个方面下功夫。强力淘汰黄标车和老旧车辆，过去4年，兰州市淘汰黄标车和老旧车辆12.5万辆，推广使用新能源汽车5325辆。同时,实施了机动车常年尾号限行,省、市单位错时上下班，禁止黄标车、重型柴油车进入城区，城区二氧化氮和一氧化碳日均浓度下降22.73%和9.53%。

此外，兰州市坚持把生态增容减污作为一项治本之策，着力构建环绕城市的绿色生态屏障，重点实施天然林保护工程，加强"三北"防护林体系建设，对整个市域进行封山育林，推进生态湿地修复和城市生态水系开发。

实行重在落实见效的五项工作机制

在大气污染治理中，兰州市坚持管理创新、执法创新、机制创新、科技创新和绩效创新，并且以坚强的执行力确保工作抓实见效。

兰州市把大气污染防治顶层谋划的"最先一公里"和具体落实的"最后一公里"结合起来，按照"一格多用"的思路，全面推行了城市网格化管理，将市区划分为1482个网格（楼院、小区），实行市、区、街道三级领导包抓，建立了网格长、网格员、巡查员、监督员"一长三员"制度，实现城市管理网格全覆盖、巡查全天候、调度数字化和应用多元化，形成了横向到边、纵向到底、不留空白、不留死角的工作体系。

为进一步强化监管，东岗西路社区在网格员的基础上，衍生出了环保瞭望员，在电子大厦设立瞭望台，聘请两名同志为专职瞭望员，轮流监管所辖4个街区3800平方公里的片区。

为严格执法，兰州市成立了西北首家、全国第二家公安环保分局，形成了行政执法和司法的无缝对接，严厉打击环境违法行为。新环保法实施以来，兰州市共对152家违法企业进行了行政处罚，处罚金额722万元，以环境污染罪刑事逮捕1人、治安拘留7人，对20家环境违法企业进行了训诫谈话，特别是对中石油兰州石化公司环境违法行为进行公开曝光，受到社会和舆论广泛关注，并有力推动该企业13个环保治理项目加快实施节奏。

在全面完成市区供热燃煤锅炉"煤改气"和并网的基础上，推广燃气热水锅炉余热深度利用等节能环保新技术，年减少燃气锅炉大气污染物排放10%以上；开展综合执法，采取航拍取证、驻区包抓、驻厂执法、流动监测、平台监控、视频监视、工况监督等监管新举措。

在工作中突出强化督查问效。在治污中，兰州把原来市委、市政府督查室合二为一。督查员24小时不间断地督查。3年来，督查室问责了950多人，形成治污的硬约束。与此同时，兰州市每年拿出4000万元用于奖励基层干部职工，做到奖惩分明。

管出的兰州"蓝"会不会逆势倒退

兰州市环保局副局长刑力峰说，实践证明，只要把工作放在心上、抓在手上，从决策部署到推动落实各个环节都盯紧抓实，大气污染不仅可防、可控、可治，而且一定能够见到实效。

2015年，兰州市城区环境空气质量新标达标天数为252天，比上年增加5天，整体上削减二氧化硫3435吨、氮氧化物7424吨、化学需氧量2851吨、氨氮339吨，同比分别下降4.88%、9%、6.57%、4.25%。列入国家考核的PM10年均浓度120微克/立方米、同比下降4.8%，PM2.5年均浓度52微克/立方米、同比下降13.3%。

空气质量的改善保障了群众的身体健康，据省、市卫生疾控部门统计，2013年至2014年冬季采暖期，全市城乡居民呼吸系统疾病就诊病例和就医费用同比下降27.33%和47.4%；2014年至2015年冬季供暖期，两项指标同比下降18.18%和38.39%。

"好空气"带来了经济的加速发展。2015年，兰州中川机场旅客吞吐量突破800万人（次），增幅居全国省会城市第一位；全市接待游客人数达到4121.26万人（次），增长23.53%，实现旅游收入334.56亿元，增长25.54%。

2016年，兰州市城区环境空气质量达标天数为243天，较2015年减少了9天。有人认为，兰州市大气污染治理倒退了。

多位专家、干部表示，"管"为"治"腾出了环境容量，通过精细化管理，兰州市的能源结构和城市布局发生了改变，兰州大气污染治理不会逆势倒退。

武卫东也用一组数据证实了专家观点。按照环境保护部《受沙尘天气过程影响城市空气质量评价补充规定》，2016年，剔除32天外来沙尘天气影响后，兰州市年度空气质量达标率为72.8%，高出省政府下达的年度目标值3.4个百分点；全年重度以上污染天气为8天且均为外来沙尘天气影响，全年未发生人为因素导致的重度以上污染天气。

兰州市环保局相关人员说，兰州大气污染治理已经进入了平台期，治理的空间越来越小。治理工作带来污染结构的新变化，污染类型由单纯煤烟型污染向扬尘、机动车尾气和煤烟混合型污染转化，成为制约空气质量改善的新问题。

兰州市环保局负责人表示，兰州市将立足工作常态化、长效化，加快大气污染治理标准体系建设，并争取上升到国家标准层面。同时，制定低碳城市建设规划，争取建设国家低碳试点城市和碳交易试点城市。

2017.11.14

兰州智慧数据助力冬防

近年来,甘肃省兰州市从顶层设计、科学治污、落地实施抓起,把大气污染治理推向一个新阶段。通过强化督查问效,层层传导压力,"兰州蓝"正逐渐成为一个让所有兰州人引以为傲的新名词。

"兰州蓝"来之不易,巩固"兰州蓝"任重道远。今年"冬防"来临之际,兰州市充分利用智慧数据,将技术措施运用于冬季大气污染防治,助力冬防出成效。

准确研判形势
从人为可控的污染内因着手

与往年相比,兰州市大气污染防治工作目前呈现出总体改善趋于平缓、区域质量还不平衡的态势。

据兰州市环保局局长介绍,通过与气象部门会商,结合近几年的气象变化情况,相较于其他季节,兰州市每年冬季大气污染问题更加突出,形势更加严峻。有关统计数据也表明,兰州市重度污染天气和长时段污染天气主要集中在冬季采暖期的5个月。

从污染内因看,造成大气污染的内因是各类污染源,是人为可控因素。冬季采暖期各种污染物排放源相对集中,热电联产企业、采暖锅炉和居民小火炉成为新增量,机动车尾气、扬尘和工业源排放基本维持常量。尽管近年来兰州市对各类污染源实施了大幅提标治理改造和强力管控,单个排放源的排放强度显著下降,但整体排放总量在不利时段依然超过了环境的自净能力。

从污染外因看,造成大气污染的外因是气象条件,是人为不可控因素。兰州市冬季采暖期 80% 以上为静稳逆温天气,加之河谷盆地的不利地形地貌,城区极易形成相对密闭的空间结构,不利于大气污染物的稀释、扩散和清除,导致污染物持续累积,并随着污染物累积时段的延长,易出现长时间恶劣污染天气。

根据今冬大气污染防治形势的新判断,兰州市环保局负责人表示,只有从内因入手,采取更加科学有效的手段,以更大的决心、更高的标准、更硬的措施,科学分类施策,持续发力管控,从人为可控的污染内因着手,才能整体推进治污工作的常态化、标准化和科学化,才能全面压减各类污染源的排放源强,才能确保冬季空气质量基本可控。

因此,兰州市聚焦新的管控视角,利用大数据对量大面广的排污源实施精准监管,全面压减污染源排放源强度,全力守护"兰州蓝"。

综合应用科技手段
精准滴灌 技防优先

将人防和技防措施有机结合起来,突出科技手段在冬防工作中的运用。

兰州市环保局负责人表示,今年兰州市将更加注重"精准滴灌、技防优先",将科技手段的综合应用作为冬防最大的助力,通过全时段、全方位监控各类污染源排放情况,科学分析研判污染物迁移变化规律,为靶向定位、精准治污、科学管控和区域考核提供支撑和依据。

今冬兰州市将加强重点污染源在线监控。利用工业源污染物排放在线监控系统、工况监控系统和视频监控系统,全时段监督重点企业排放情况,第一时间发现企业违法违规排污行为并进行制止和查处。

与此同时,将拓展网格监测效用、开展扬尘智能监控执法、无人机全域巡航和机动车尾气红外遥感检测。充分利用遍布近郊四区所有社区和远郊县区乡镇的网格化监测设备,全面开展溯源分析,精准发现处置污染源,并作为指挥调度和考核奖惩的依据。对规模以上施工工地安装在线视频监控及 PM10 监测设施,全方位、定量化监控工地扬尘。对城区及周边各类工业企业、土方工地和削山造地、"散乱污"企业、低空面源污染、秸秆焚烧等农业源污染，开展全域无死角航拍取证。利用固定式红外遥感设备和流动检测车，对上路行驶车辆尾气排放情况进行检测，全面筛查和查处超标排放车辆。

以上五项技防措施获取的数据又将利用互联网、GIS等信息技术手段，最终集成为多种数据分析模型，以直观的方式呈现数据分析结果，让环境管理规划、应急处置决策、污染管控措施更科学、更智慧。同时，根据数据分析结果，筛选重点控制区域与重点管控对象，实施精准管理。评估各类污染排放限制方案下的环境质量改善效果，为污染综合管控和环境质量改善提供智慧化决策依据。

网格化监管智慧转身
物联网将进入冬防领域

五项技防措施中值得一提的是网格监测效用，兰州市充分运用大数据手段，将物联网运用到今冬大气污染防治领域。

兰州市环保局负责人介绍，以往兰州市主要采取人防措施，即每个区域都设一个"网格长"进行管理，按照属地管理、分级负责、条块结合、无缝对接的原则，构建责任到位、监管到位、落实到位、督导到位的常态化管理体系。以区县、街道、乡镇、社区（村）为单位，分级划定大气污染防治管理网格，构建全民参与的大气污染防治网格化管理体系。这种办法使相关人员的责任更加明确，聚集更多的人参与大气污染防治，有良好效果。但人力成本高，缺少精准的分析数据，并且对突发性污染事件很难作出快速响应和提前预判。

大气污染具有涉及区域范围较大、区域之间污染物传输量大、污染源种类多、污染因子相对复杂等特点，环境监管难度非常大。河北先河环保公司经理韩凯丽说，地方政府需要一套实时、在线监测系统进行实时监控，克服人工、视频等网格监管存在的数据支撑不足等问题，能够在线、实时提供精准监测数据，实现区域网格全覆盖。

10月10日，兰州市推出了两款由河北先河环保公司研发的网格化监测手机APP。

一款是专业版APP，安装专业版手机APP的主要是市环保局、市城管委、市建设局等主要市直治污部门，以及各县区环保局督办人员、各社区网格长、网格员、各级环保巡查人员、环境空气质量分析人员等。

另一款是"兰州蓝"公众版手机APP。这是一款涵盖全市主要乡镇、社区环境空气质量监测点位，可显示环境空气质量（PM2.5、PM10、O_3等6项主要污染物及挥发性有机物）实时数据的软件，能够让公众随时了解自己所在社区的空气质量及在本区、全市的实时排名、全天排名、全月排名情况。

据了解，运行一个月以来，公众版手机共收到反馈问题20多个，涉及道路扬尘、工地扬尘、小煤炉、燃烧等多个方面。

通过国控站以及微观站数据，11月份以来城关区的PM10和PM2.5污染最为严重。通过平台应用，发现污染总是比较严重的区域主要集中在由金昌南路、东岗西路、天水南路、火车站西路包围的区域，此区域10点之后超标严重；天水北路、雁滩路、东岗西路以东，且段家滩以西区域，此区域在夜间19：00~22：00污染情况明显重于其他地方。系统分析为兰州市环保巡查以及扬尘管控提供了依据。

"这套网格监控系统可实时掌握监控区域内主要污染物的动态变化，是以往网格化管理模式的智慧转身。"兰州市环保局负责人说。系统的智慧性还体现在可以实现监测与监管协同联动，系统一旦发现异常数据，通过手机APP、微信等方式自动推送至责任单位及主管部门，并清晰标注污染所在点位的地理位置、污染排放时间，监管部门根据预警信息可快速锁定污染源并采取处理措施，进行定向管控、治理，而且实现多部门预警、指挥、共同推动，实现相关责任及管理部门的协同联动。对于监管部门响应情况及污染点位的处理效果进行实时监控，并用实时数据判断污染是否解决、管控是否到位，确保污染事件得到及时有效处理。

此外，通过网格化监控数据的解析及应用，可分析出某段时间内区域污染的主要来源，完成对行业、企业、工地、工业园等排污贡献率排名，甄别出造成区域污染的主要因素，政府可以有针对地进行靶向治理；同时，可进行污染源头追溯，根据污染成分分析锁定污染企业，从源头上进行控制，从而提高污染治理的针对性。

2021.01.06

兰州由"浅蓝"走向"深蓝"

"优良天数突破300天大关，消除了重度及以上污染天气，细颗粒物年均浓度达到国家二级标准限值标准。环境空气质量刚性关键指标实现历史性和质的突破。"甘肃省兰州市政府2021年1月5日召开专题新闻发布会，对外发布2020年环境空气质量取得的新成效。至此，兰州市环境空气质量连续8年持续改善。

优良天数创历史新高

"2020年是2013年国家发布新标准评价环境空气质量以来优良天数最多的年份。"兰州市政府副秘书长介绍，2013年国家实行新标准评价环境空气质量，当年全市优良天数191天、优良天数比例仅为52.3%。而2020年，全市优良天数突破300天大关，达到312天，优良天数比例达到85.2%，创下了历史新高。

据悉，2020年兰州市优良天数同比增加16天，比"十二五"末的2015年增加了60天，比2013年增加121天。优良天数比例同比提升4.1个百分点，比"十二五"末的2015年提升16.2个百分点，比2013年提升32.9个百分点。6项污染物浓度全面下降，其中二氧化硫、二氧化氮、可吸入颗粒物、细颗粒物、一氧化碳和臭氧浓度同比分别下降16.7%、6.0%、3.8%、5.6%、20.0%和0.7%；综合指数4.93，同比下降6.5%；圆满完成了"十三五"目标任务。

迈入细颗粒物浓度达标城市行列

"细颗粒物年均浓度达到国家二级标准限值标准,首次实现历史性达标。"兰州市生态环境局副局长说,兰州市正式迈入细颗粒物浓度达标城市行列。

据了解,2013年,兰州市细颗粒物(PM2.5)年均浓度为67微克/立方米,超过国家二级标准限值0.91倍。2020年全市PM2.5年均浓度控制在了34微克/立方米,首次实现历史性达标,同比下降5.6%,比"十二五"末的2015年下降了34.6%,比2013年下降49.3%。

据了解,2020年9月,亚洲空气清洁中心发布的《大气中国2020:中国大气污染防治进程》报告,对全国重点城市空气质量改善指数与政策措施指数分别进行排名和评价,其中,兰州市在全国168个重点城市空气质量改善得分排名第7位、政策措施得分排名第28位;在仅有的14个综合评分超过满分100分的城市中,兰州市综合评分排名第6位。兰州市政府副秘书长说,"兰州蓝"由"浅蓝"走向"深蓝",不仅更好地优化了广大市民群众的生产生活环境,同时也极大地增强了大家对城市的归属感、自豪感和荣誉感,城市也有了更好的形象、口碑和影响。

2014.4.14

管线修修补补 城市战战兢兢

——兰州自来水苯超标事件背后的地下管网困局

4月11日3时,甘肃省兰州市城区唯一的供水企业——兰州威立雅水务集团公司(以下简称威立雅公司)出厂水及自流沟水样被检测出苯含量严重超标。

事件发生后,兰州市马上成立了"4·11"自来水苯超标事件应急处置领导小组,启动应急预案,连夜安排应急处置工作。

4月11日3时起,威立雅公司开始向水厂沉淀池投加活性炭,吸附有机物,降解苯对水体的污染。

4月11日上午11时,停运水厂北线自流沟,排空受到污染的自来水,同时加大检测力度,对受污染的北线自流沟分断面进行检测,寻找污染源。

4月11日16时30分,兰州市政府召开新闻发布会,威立雅公司董事长姚昕称,经多路水质检测后,判定自来水一厂至二厂北线自流沟水体受到污染,提醒市民在24小时内不宜饮用自来水。兰州市委副书记、市长向媒体通报了事件其他有关情况,并向市民公开道歉。

消息一出,立即引起了兰州市民的抢水潮,各超市和大小商店的瓶装、桶装水被抢购一空。4月11日下午,兰州市各街口路段出现临时售水摊点,部分市民不得不购买高价水,以解不时之需。

经过迅速处置,4月12日18时开始,城关区和七里河区解除应急措施,停止应急拉运送水和瓶装水、灌装水的免费发放。4月12日20时开始,安宁区解除应急措施。

截至4月13日7时,兰州市自来水抽样检测数据显示,安宁区取样点苯含量略有上升，由每升 1.64 微克升至每升 3 微克，低于国家标准。城关区、七里河区持续未检出苯物质。

虽然兰州人民的饮水安全问题初步得到解决，但全社会对这一事故的质疑远未结束。

超期管线何时能更新

4 月 12 日，兰州市有关部门召开电视电话会议，首次由官方对外公布造成自来水苯超标的原因——中国石油天然气公司兰州石化分公司（以下简称兰州石化）的一条管道发生原油泄漏，污染了供水企业的自流沟 4 号线。

当日，兰州市环保局局长在接受媒体采访时表示，在威立雅公司一厂北线自流沟挖掘出的泥土中发现了原油，但尚未挖到泄漏的管线。

据了解，自流沟是威立雅公司第一水厂与第二水厂之间的一条输水沟，建成投用至今近 60 年。自流沟的下方，就是兰州石化的原油管道。而这条自流沟长期以来都是兰州市自来水水质的一大隐患。

据姚昕介绍，20 世纪 80 年代自流沟下面的管道就发生过一次漏油事件，可管道并未就此弃用，而是修补后继续使用。

4 月 13 日，北京师范大学水科学研究院教授、国家环境应急专家组成员王金生称，此次污染也有可能源于兰州石化 20 世纪 80 年代发生泄漏事故后渗入地下的污染物。

无论现在泄漏的原油，还是过去泄漏的原油，中石油兰州石化的管道泄漏导致此次污染事故发生已成定论。

兰州石化是中国石油天然气股份有限公司的地区分公司，2000 年 10 月由原兰州炼油化工总厂和兰州化学工业公司合并组建。两家公司都是国家"一五"期间的重点工程，建成于 20 世纪 50 年代初期，至今半个多世纪，相应地，公司地下管网的服役期也已长达半个多世纪。

虽然多年来进行过多次工艺更新和技术改造，"但更新改造是在

20世纪50年代建立起来的老厂基础上修补，运行了几十年，总会有这样那样的磨损和老化。"西北师范大学区域经济学教授白永平说，深埋在地下的管网更是隐患重重。

事实上，兰州石化地下管网的最大隐患，不止原油管道，还有排污管线。

早在2004年，原甘肃省环保局就多次发出警告，兰州石化的污水排放总干线已超期服役，其抗风险能力已达极限，是埋在兰州市主城区下的一颗"定时炸弹"。

2004年10月18日，甘肃省政府办公厅批转了原甘肃省环保局《关于加强黄河甘肃段水污染防治工作意见的通知》。通知提出，鉴于油污干管已成为重大环境安全隐患，由兰州市政府牵头与兰州石化对油污干管进行安全状况评估，并确定油污干管退役报废的最后期限，同时，尽快制定兰州石化污水排放出路的解决方案。

2005年4月15日，兰州市环保局在《黄河兰州段水污染防治工作汇报》中指出，兰州石化的油污干管已超过设计使用年限，一旦发生破裂等险情，后果不堪设想。

曾任民盟甘肃省委研究室主任的王式刚撰文指出，20世纪50年代，由苏联援助建设的兰州化学工业公司、兰州炼油化工总厂同时上马，项目投产后，产生大量的工业废水含有苯、汞、铅、乙烯、丙烯、氢化合物、丁二烯等化学残留物。为避开对城市人口饮水的影响，油污干管用直径2米的水泥管从陈官营兰州石化污水处理厂铺设至东岗镇的雁儿湾，长50余公里，设计使用寿命50年。到2014年，这条管线在兰州市地下运行了近60年。有专家估算，如果这条管线在城关区发生爆裂，两个小时内，城关区平均积水将超过2米。

兰州石化何时能搬走

重化工、重污染企业远离主城区是当今城市化发展的一大趋势。考虑到对兰州市的大气污染和对黄河的潜在污染风险，10年前就有环保专家提出，将兰州石化等污染企业整体搬迁到远离城区的秦王川或临洮等地。

"作为高耗水企业，当年兰炼、兰化在选址时靠近黄河，既解决了用水问题，又解决了污水排放问题，但对黄河水质来说，肯定是隐患。"有关专家指出，兰州石化异地搬迁是最好的选择。

2012年，距原甘肃省环保局发出警告8年后，兰州市委、市政府下发了《关于全力打好大气污染综合治理整体战攻坚战实施意见》，提出重点企业"出城入园"措施，即按产业布局与园区发展规划，搬迁对城市空气质量影响严重的企业，推动工业企业分期分批向兰州新区、高新区、经济区和各县（区）园区发展。兰州石化的搬迁改造工作同时被提上议事日程，计划整体搬迁到位于秦王川的兰州新区。

白永平认为，大型企业的搬迁不能单算经济账，还要算环保账和社会效益账。从长远看，合理的工业布局可带来巨大的生态效益和社会效益。对于地理位置、能源结构、工业布局都很特殊的兰州市来说，其价值更难估量，其影响更加深远。

兰州市今年的政府工作报告中明确提出，在2013年启动实施"出城入园"项目93个的基础上，2014年将继续推进企业"出城入园"，中石油兰州石化的搬迁改造是重中之重。

在2014年召开的甘肃省十二届人大二次会议上，省人大代表白忠华等联名向大会提交了《关于请求在兰州新区布局建设国家级现代化石油化工产业基地的建议》，希望得到国家支持，统一在兰州新区布局建设国家级现代化石油化工产业基地，并协调中石油尽快在兰州新区布局1000万吨炼油项目，最终加大中央财政对兰州新区建设国家级现代化石油化工产业基地的资金支持力度。

据了解，目前，建设国家级现代化石油化工产业基地的前期工作正有序开展。

首先，甘肃省政府在2012年初已经和中石油进行了意向性磋商。中石油原则同意在新区新建1000万吨炼油项目，搬迁位于兰州市区的老石化产业城，并就相关事宜签订了协议。

其次，甘肃省和中石油双方已进行了多次不同层次的相互考察、协商和座谈，并建立了有效的常态化沟通机制。兰州新区已经成立了兰州新区石化基地建设协调领导小组，中石油石化公司也成立了专门负责兰州石化搬迁及新建项目的部门，由专人负责项目的前期工作。

第三，制定了兰州石化搬迁改造实施方案，开展了具体搬迁改造工作的可行性、总体思路、组织领导以及具体工作的规划进行研究，并形成初步总图设计。目前，正在对总图设计进行修改和完善，并计划实施启动可研报告的编制和各子项目的工作和布局设计。

从上述种种情况来看，兰州石化"出城入园"似乎指日可待。然而，到目前为止，工程还未敲定具体实施时间。工程究竟何时能上马？现有油污管网究竟还要超期服役多少年？成为兰州市民普遍关心的问题。

2014.4.14

自来水苯超标事件暴露兰州水源之困

曾经有人称兰州石化为"黄河岸边的不老神话",半个世纪前,兰州的石化工业建设选择了沿河而建的方式,总面积近28平方公里的兰州石化就矗立在黄河岸边。

此次水污染事故锁定区域距离兰州唯一的饮用水水源地取水口(西固区西柳沟黄河段)不远。

截至2014年4月,由于自来水一厂至二厂北线输水管道已经关闭,仅有南线输水管道正常供水,造成水压不足,兰州市高坪地区仍然实行限时供水,兰工坪一社区负责人告诉笔者,这一状况大概要持续一周。

几百万人口的省会城市没有备用水源地,遇到突发水污染事件后的应急处置受到极大限制。兰州的第二水源地何时才能敲定?成为此次污染事件后,兰州市民普遍关心的一个问题。

据兰州供水单位介绍,2011年至2014年4月,兰州先后因油罐车侧翻、柴家峡液压油渗漏和特大暴雨,发生过3次水源地污染事件。尽管均得到及时妥善的处理,未造成大面积缺水,但可以预见,单一的水源地一旦遭到难以及时应对的突发污染,整个城市供水系统必将瘫痪。

此外,虽然黄河兰州段及兰州市饮用水水源水质达标率目前稳定保持在100%,但兰州市供水水源取水口上游及周边依旧分布有工业企业30余家。准保护区内还有中核五〇四厂、兰州新西部维尼纶公司的两个工业排污口和14个生活排污口。这些都对兰州城区供水构成潜在威胁。

在2014年召开的甘肃省十二届人大二次会议上,省人大数名代表联名向大会提交了《关于请求支持兰州建设第二水源的建议》。根据国家有关要求，凡50万人口以上的城市，均需要开辟第二水源。兰州作为特大型城市，2014年尚未建设第二水源及替代水源，不仅与省会城市和西部区域中心城市的地位极不相符，且严重影响经济社会的可持续发展。

2014年全国"两会"上，来自甘肃的全国人大代表提出了《关于请求国家支持兰州建设第二水源地项目的建议》。

兰州市人大常委会副主任介绍说，近年来，兰州在开辟第二水源方面做了大量调查研究和探索工作。

2013年年初，水利部综合事业局专家组对兰州生态水系建设进行了调研考察后，认为兰州市从刘家峡水库直接向市区调水项目条件成熟，技术可行。

刘家峡水库位于黄河支流湟水河入河口上游，库区水质为优质地表水，近Ⅰ类标准，库区上游无污染。近年来，水库所在地永靖县先后争取环保项目建设资金约1000万元，用于加大库区及周边环境监管力度，健全污水收集系统，拆除和关闭排污口，使刘家峡水库的水质得到进一步提升。

此外，刘家峡水库水面高于黄河兰州段水面200米，直线距离约32公里。采用全封闭管道或隧道和管道结合等方式，可自流引水至兰州城区，不仅降低了供水成本，而且在电力出现问题的情况下，也能正常供水。

兰州市生态水系规划研究编制办公室提供的资料显示，刘家峡水库年入库径流量286亿立方米，总库容57亿立方米。经测算，即使考虑到为城市发展预留的存量，也只需5亿立方米左右便可满足兰州调水的全部需水量，甚至彻底替代现有水源地，为兰州城区供水。

2013年5月，兰州市政府与水利部综合事业局签订了框架协议，围绕供水水源、生态用水、污水处理和河洪道治理达成了合作意向，并将最终提出切合兰州实际的水生态文明城市规划。

据了解，刘家峡调水工程线路全长72公里，总投资约80亿元。

其中刘家峡到兰州32公里,投资约40亿元;兰州至兰州新区40公里,投资约40亿元。鉴于项目投资较大,有人大代表建议,将兰州市第二水源地建设项目列入"全国水资源综合规划",并向国家和省一级申请资金扶持。

2018.01.17

甘肃现场督办中铝兰州分公司大修渣环境问题

2018年1月,按照甘肃省委、省政府要求,甘肃省环保厅组织兰州市和红古区两级政府、相关部门和企业召开中铝兰州分公司大修渣环境问题现场督办会议。

在会上,宣布了环境保护部、甘肃省环保厅对中铝兰州分公司大修渣环境问题的挂牌督办要求,调度了中铝兰州分公司大修渣环境问题调查处置工作进展情况。

责任明确到人,每半月调度一次整改进展

会议明确,中铝兰州分公司大修渣环境问题已由现场调查、监测评估、方案制定、责任追究转入挂牌督办的落实阶段,对涉事场地实施修复,以及电解铝行业危废情况进行全面排查是这一阶段的主要任务。

会议确定中铝集团党组成员刘祥民承担企业主体责任的第一领导责任、中铝兰州分公司总经理孙波涛承担第一主体责任,兰州市副市长左龙承担第一监督责任,甘肃省环境保护厅副厅长闫子江承担第一督查责任,以确保挂牌督办事项彻底整改到位。

会议要求,中铝兰州分公司要切实履行好主体责任,严格按照环境保护部督办要求,科学严谨、依法依规做好中铝兰州分公司相关环境问题治理、修复、整改工作,消除环境隐患,确保环境安全。

兰州市政府要行使好监管责任,督促有关区(县)人民政府对行政区域内电解铝行业危险废物管理情况进行全面排查整治,严肃查处环境违法行为,涉嫌环境污染犯罪的,及时移交公安部门立案侦查,

对存在危险废物监管职责落实不到位的情况，严肃追究有关部门人员责任；协调相关机构对撒拉沟工业垃圾场和西固大修渣堆存场污染状况进行科学评估和修复；派专人进行驻场监督，认真落实环境保护部挂牌督办事项，及时公开整改工作进展，接受社会监督。

甘肃省环保厅行使好督查责任，加强对挂牌督办工作的调度。每半月调度一次整改进展情况，适时安排现场核查，整改完成后按程序报环境保护部解除挂牌督办。

大修渣堆存区已完成土壤和地下水取样分析

兰州市环保局汇报称，针对中铝兰州分公司大修渣环境问题，红古区公安局已立案侦查，前期调查的案件线索资料已向公安部门移交，目前案件正在开展进一步的侦查取证。

为查清大修渣堆存区及周边土壤、地下水现状和水文地质条件，兰州市环保局已委托第三方编制完成《中铝兰州分公司大修渣环境问题调查评估工作方案》（以下简称《调查方案》），并于2018年1月6日通过专家评审。

同时，组织开展了撒拉沟、山神沟环境地质调查和地形测绘等工作，目前已初步圈定大修渣堆存区的分布范围，并完成水文地质钻探、土壤和地下水取样分析工作。

为初步判断堆存区周边土壤和地下水状况，按照《调查方案》，结合撒拉沟、山神沟堆存区分布情况，甘肃省地矿局水勘院兰州分院和第三矿产勘查院于2017年12月24日进场开展土壤地下水钻探取样作业。截至1月8日，已完成山神沟、撒拉沟水文地质钻探工作。按照专家现场指导意见，累计在撒拉沟钻孔28个，山神沟21个，均未见地下水，采集样品282个，获取检测结果687个。监测结果显示，大修渣堆存区周边土壤及地下水未造成影响。

针对这家公司生产过程中排放的粉尘情况，甘肃省市联合工作组在厂区周边先后两次布设16个无组织排放复核监测点，监测数据显示，TSP（总悬浮颗粒物）、SO2（二氧化硫）、苯并芘、氟化物4个监测项目，均达到《铝工业污染物排放标准》企业边界大气污染物浓度标准限值。

目前，兰州市已委托西北市政设计院开展《中铝兰州分公司固废污染事件整治方案》编制工作，该方案正在征求相关专家意见进行修订完善，待评审通过后将立即组织实施。

2018.05.18

生态环境部派员现场核查中铝公司大修渣整改情况

2017年12月，中国铝业股份有限公司兰州分公司（以下简称中铝兰州分公司）大修渣环境问题经媒体报道后，引起社会广泛关注。2017年12月29日，原环境保护部对中铝兰州分公司大修渣环境问题实施挂牌督办。5个月的时间里，甘肃省环保厅积极督促兰州市政府及企业进行整改。

日前，生态环境部派出核查组联合甘肃省环保厅邀请当地人大代表、政协委员、群众代表，对中铝兰州分公司大修渣环境问题整改情况进行现场核查。核查组查阅了有关资料，现场察看了西固区寺儿沟、杏胡台、范坪3处原垃圾填埋场，撒拉沟和山神沟整治后现场、企业回收含大修渣的渣土暂存库、危险废物储存库、大修渣无害化处置车间、电解车间在线监控、监控数据公示电子牌等10处现场；召开座谈会，听取兰州市政府和企业关于挂牌督办问题整改情况的汇报，并邀请人大代表、政协委员、群众代表发表意见。

撒拉沟大修渣环境问题已治理，西固大修渣堆存场已封场

5月9日，笔者跟随核查组在撒拉沟实地核查时看到，这里的大修渣环境问题已治理，主要区域已修复平整并播撒草籽。核查组现场核查确认，西固大修渣堆存场已全部封场，现已作为其他用地（道路、驾校、临时工地等）。

据中铝兰州分公司总经理介绍，事件发生后，甘肃省环保厅及时组织召开中铝兰州分公司大修渣环境问题挂牌督办现场会，兰州市下发整改通知，企业按照整改要求，委托第三方编制《中国铝业股份有

限公司兰州分公司大修渣环境问题调查与评估工作方案》，1月6日通过相关专家评审，开展调查评估，进行生态环境损害鉴定等工作。

3月12日，正式对撒拉沟大修渣进行全面清运，3月25日清运完毕，共清运2.3万立方米大修渣混合物，并拉回厂内危废暂存库堆存。4月1日，通过了兰州市环保局组织的现场验收。根据专家评审结论，中铝兰州分公司大修渣堆存场未对周围土壤和地下水造成污染。

"整改前后完全两个样。"距离这家公司仅五六百米的仁和村村委会主任达世林表示，整改治理得很彻底，群众的疑虑消除了。

挂牌督办促使企业规范管理，建大修渣无害化处理项目

核查组查看了公司厂区内建设的废焦油贮存库、废矿物油贮存库、大修渣贮存库、历史垃圾贮存库等专用库房。

督办期间，兰州市环保局总工程师牛炜驻场跟踪了专用库房的建设投用。牛炜介绍说，挂牌督办促使企业规范了危废暂存库管理。

据了解，专用库房总库容约4万立方米，均按照控制标准进行设计，采取"三防"措施，设置警示标牌、地表全面硬化、厂房四周密闭、设置围堰、应急池并配置相应的应急物资。

此外，为确保历史遗留和新产生的电解大修渣得到彻底处理，公司投资2792万元实施了大修渣无害化处理项目。项目每年可无害化处理铝电解大修渣1万吨。

笔者看到，在大修渣无害化处置车间，机器正在稳定运转。据介绍，截至目前，已处理大修渣133吨。

据了解，处理后的无害化渣中，可溶氟化物平均浓度降至每升1.428毫克，可溶氰化物平均浓度降至每升0.088毫克，达到了国家I类固废一级标准要求。项目同时配套建设了废气处置设施，完善了废水处置设施。

中铝兰州分公司总经理表示，大修渣事件倒逼无害化处理项目落地，使公司在同行业中具备了更为完善的环保能力，成为企业今后发展的竞争优势。

核查组查看了企业的危险废物管理清单、出入库登记、厂内转移、自行利用、管理计划及备案登记等管理台账,各项危废管理制度都已完善。

另外,企业在危险废物和固体废物方面的日常管理也得到了加强。围绕危险废物的规范化管理,按照分级检查和闭环管理原则,制定安全检查制度及专项检查要求;制定环境隐患排查治理方案,明确环保问题排查清单;对企业内部各类废旧物资进行排查,做到按制度管理、按规定分类存放,并按要求向环保部门上报产生危险废物及处置的情况;对危险废物产生、贮存、利用、转移环节做到有检查、有计划、有落实、有考核。

兰州开展危险废物专项排查整治,依法严肃追责问责

按照挂牌督办通知要求,甘肃省环保厅及时印发了《关于对重点危险废物产生单位(企业)和危险废物经营单位(企业)开展排查整治工作的紧急通知》,兰州市人民政府下发了《关于印发兰州市危险废物专项排查整治工作实施方案的通知》和《关于印发中铝兰州分公司大修渣环境问题挂牌督办整改工作实施方案的通知》。

兰州市专门成立了由市长担任组长的危险废物专项排查整治工作领导小组,共对全市761家涉及危险废物(含医疗废物)单位开展了专项排查及整治工作,采取驻点检查、驻区监察、驻企督查、无人机航拍立体平扫等方式,对中铝兰州分公司周边红古区平安镇内的14条深沟和西固区3个渣场进行了地毯式摸排,共向46家单位下发限期整改文件,行政处罚企业两家,已全部落实整改工作。

另外,兰州市政府对中铝兰州分公司大修渣环境问题监管职责落实不到位等问题的相关责任人进行了问责。其中,告诫约谈7人、警告处分5人、诫勉谈话7人、记过处分1人。中铝集团对企业领导人员给予严肃问责,通报批评1人、行政警告处分2人。企业对相关责

任人进行了问责,撤销职务1人、行政警告处分2人、记过处分10人。

2017年12月30日,红古区环保局向兰州市公安局红古分局移交《关于中铝兰州分公司固废堆放污染环境案件线索的移交函》。经兰州市公安局红古分局调查,于2018年1月27日立案侦查,初步认定企业非法处置危险固体废物,涉嫌污染环境罪。

针对"中国铝业股份有限公司兰州分公司在红古区平安镇山神沟和撒拉沟堆放和掩埋大修渣,该大修渣内含大量危险废弃物阴极炭块,存在固体废物污染环境的潜在风险,将会导致国家利益和社会公共利益受到侵害"的问题,红古区人民检察院于2018年3月23日向区环保局送达《检察建议书》,根据我国《行政诉讼法》第二十五条第四款的规定,向区环保局提出检察建议:一是依法积极履行本辖区内监管职责,责令中铝兰州分公司尽快清除固体废物大修渣;二是继续依法履行职责,切实履行和落实监管职责,防治固体废物污染环境。

第三辑 政策与管理

ZHENG CE
YU
GUAN LI

2007.09.20

甘肃机制创新推进污染减排

据 2007 上半年各省、区、市主要污染物排放量指标公报显示，2007 年上半年甘肃省污染减排两个刚性指标——化学需氧量和二氧化硫排放量分别比去年同期下降 2.2% 和 1.27%。2006 年，甘肃省是全国 4 个完成污染减排任务的省份之一。

甘肃省"十一五"起步之初的污染减排工作开局良好、步伐稳健，主要得益于甘肃省在污染减排工作中创新制度，坚持"四动"工作机制，抓好"两个"到位。

坚持政府推动、企业行动、部门联动、监察促动的工作机制

甘肃省政府分管副省长要求，全省要在污染减排工作实践中，不断拓宽发展新路。坚持政府推动、企业行动、部门联动、监察促动的工作机制，推动污染减排任务得以较好落实，是甘肃省在实践中总结出的成功经验之一。

污染减排约束性指标是强化政府责任的指标，实现这一目标是政府对人民的庄严承诺。甘肃省要求各市（州）、县（区）政府对本行政区域污染减排工作负总责，政府主要领导担任第一责任人，把减排任务完成情况作为检验科学发展观是否落实的重要标准，作为检验经济发展是否"好"的重要标准。通过逐级分解目标、层层建立责任制和问责制、定期公布进展情况，把减排指标完成情况作为考核评价政府领导干部和企业负责人业绩的重要内容等方式，充分发挥政府在污染减排中的主导作用，形成了一级抓一级、层层抓落实的工作格局。

企业是污染减排的主体。甘肃省环保局要求各企业按照"谁污染、谁治理"的原则，制定具体减排方案，落实目标责任，强化管理措施，积极发挥在减排资金投入、项目实施、日常运行管理等方面的主体作用，自觉削减污染物排放量。

污染减排涉及环保局、发改委、经委、建设厅等部门，形成合力至关重要。甘肃省在污染减排工作中形成了多部门联动的工作格局，即环保部门牵头，具体负责污染减排的组织实施工作；发改部门负责落实国家产业政策，加快产业结构调整，配合做好污染减排项目的申报和组织实施工作；经济部门积极推行循环经济，引导企业做好清洁生产工作；建设部门指导并监督城镇生活污水处理工程建设计划的制定和实施，指导和促进城市污水处理设施建设运营的市场化。同时，甘肃省各新闻媒体从政府在行动、执法在行动、企业在行动、科技在行动等方面，及时报道减排情况和先进典型，创造良好的舆论环境。

此外，甘肃省将监察寓于治理之中，对未按规定建设和运行污染减排设施的企业和单位，实行公开通报，限期整改，对恶意排污的行为实行重罚，追究领导和直接责任人员的责任，构成犯罪的依法移送司法机关。分管副省长强调，要敢于拆掉有关责任者的"后合"，使其无胆再干，落实经济处罚措施。使其无钱再干；追究有关责任者的法律责任，使其无能再干，通过严肃查处典型案件，达到戒一大片教育全社会的目的。

抓好减排项目落实和减排总量控制两个"到位"

甘肃省在改造提升有色钢铁建材、石化和火电，个行业的同时，重点抓好52个污染减排项目的落实。

甘肃省确定二氧化硫减排项目10个，主要为重点冶炼企业的二氧化硫治理和现役燃煤电厂的烟气脱硫工程，完成后预计可削减二氧化硫12.3万吨；确定化学需氧量减排项目42个，工业废水治理项目23个和城市污水处理，项目9个，完成后预计可削减化学需氧量8.9万吨。这些项目都已被列入甘肃省与各地签订的总量目标责任书，并自2007年起,分年度、分批次纳入各地环境保护目标责任书中,加强考核。

另外,甘肃省环保局将减排指标进步分解,抓细抓实减排总量控制。甘肃省以2005年环境统计资料为基础,将重点流域和重点区域作为污染减排的重点,并充分考虑各地经济发展的需求,将国家下达甘肃省的主要污染物排放总量向4个市(州)和甘肃矿区以及全省27家单机装机容量6MW以上的火电进行了科学合理的分配。同时,各市(州)也将总量指标进行分解,下达至县(区)及有关企业。

甘肃省总量控制办主任省环保局副局长强调,对新上项目实行总量控制,对老企业的改、扩建项目,按照污染物总量控制、增产不增污、增产减污的原则,制定新老污染源统一治理规划;要求未完成污染物总量减排任务的企业,通过以新带老的方式,削减原有污染物排放;新建项目严格按照区域污染物总量控制目标,控制新增污染物排放量,并同步实施区域污染物减排项目。

2009.11.23

正确处理显绩与潜绩的关系

2009年，甘肃省委副书记、省长徐守盛对兰州市的重点项目建设情况和产业园区重点企业的发展情况进行了实地调研。他强调，兰州市要进一步解放思想，改革创新，抓住机遇，高度关注和正确处理显绩与潜绩的关系，努力促进发展方式转变，辐射带动全省又好又快发展。

做好基础工作　落实环保项目

徐守盛充分肯定了兰州市在加快城市基础设施建设、产业结构调整、城乡统筹发展以及改善民生等方面取得的成绩。同时指出，兰州市在经济社会发展中存在污水处理等重点建设项目进度不够快的突出问题，城市污水收集管网仍不完善，缺口较大，收集率低，建设资金落实不到位。

针对这些问题，徐守盛指出要继续加大重大基础设施项目的谋划和工作推进力度，努力在基础设施建设上实现新突破；要勇于开拓创新，以改革开放的思路和胆识，开辟城市基础设施建设投融资新途径；要全力抓好在建的城市路桥、供排水、垃圾处理、环境整治等项目建设，对已经开工的重大建设项目，要做好各项基础工作，确保工程顺利进行。

把垃圾和污水处理放在重要位置

就兰州市的垃圾和污水处理现状指出，2009上半年，国家审计署在对全省经济社会发展的审计中提出，甘肃省节能减排及环境保护方面的一个突出问题是，全省城市生活垃圾无害化处理率低。截至2008年底，全省16个城市生活垃圾平均无害化处理率仅为32.28%，其中兰州市生活垃圾无害化处理率为零。按照甘肃省"十一五"城市生活垃圾无害化处理设施建设规划，兰州市区生活垃圾无害化处理率要不低于70%，嘉峪关等9个市要不低于80%，天水等6个市要不低于60%，但部分城市将难以按期完成任务。

截至目前，甘肃省共有65个城市（县城）的生活垃圾处理场列入国家建设计划，设计规模7555吨/日，总投资7.5亿元。其中17座已建成投用，在建48座。2008年全省生活垃圾无害化处理量86.42万吨。16个设市城市中，兰州市尚未建成垃圾无害化处理场。而兰州城市污水全收集全处理的目标在今年年内也难以实现。

会议强调，甘肃省兰州市要把垃圾和污水处理这两个问题放在当前和明年城市建设管理的重要位置，加快推进在建工程。在环保设施建设中，要高度关注和正确处理显绩与潜绩的关系，既要加快建设当前能见效的工程，也要注重抓长远打基础的项目，实现可持续发展。

中心带动 加快产业结构调整

甘肃省委确定了"中心带动、两翼齐飞、组团发展、整体推进"的区域发展战略，其中"中心带动"就是兰州市要率先发展，建设兰州——白银都市经济圈，充分发挥中心城市的带动作用，促进全省经济社会更好更快发展，这既是对兰州发展的新期望，也是对兰州加快发展提出的新要求。

兰州市要把传统产业的改造升级同新兴产业的发展有机结合起来，把服务业作为调整结构的关键环节，同调整需求结构、发展中小企业、扩大社会就业有机结合起来，突出抓好重点领域的自主创新，全面提升科技对经济发展的支撑能力，率先加快产业结构的优化升级，努力促进发展方式的转变，提升兰州的辐射带动能力。

2009.11.23

甘肃五项新规推动合力治污

为圆满完成各项环保任务，甘肃省将在试点总结的基础上，陆续出台5项措施，从制度和机制上推进环保工作规范化，提高全省环境监管水平。

环保不再是一个部门的责任

今后，环境保护将不再只是环保一个部门的责任，而是各级政府和部门的分内事，同时也将作为甘肃省提拔和使用干部的重要标准。

即将颁布实施的《甘肃省环境保护监督管理工作责任规定》对各级政府和17个省直部门环境监督职责做出明确规定，并将其纳入领导干部年度政绩考核，作为对领导干部领导能力的评价依据及提拔和使用干部的重要标准。

《规定》还明确了各级政府负责人除对分管的工作负责外，还要对分管业务范围内的环保工作负领导责任。

甘肃省环保厅政策法规处处长在分析工作责任规定时，用"五个转变"说明了这项措施的意义所在，即由主要用行政办法保护环境转变为综合运用法律、经济、技术和必要的行政办法解决环境问题；由综合部门被动协助转变为责任明确分工合作共同保护环境；由企业消极应对转变为主体责任明确、主动做好环保工作；由环境事件发生后忙乱应对转变为责任明晰、程序清楚、预案完备的有序应对；由量大面广的环保工作容易落空转变为有得力保障措施而有效落实。

分级管理促进企业主动守法

随着经济社会发展，企业的类型和数量越来越丰富，由此形成了环境执法人员和企业数量严重不匹配的现状。在这种情况下，如何提高环境执法的针对性和监管效率？

2013年1月15日，《甘肃省地方标准〈工业企业环境保护标准化建设基本规范〉》正式发布，并于3月15日起正式实施。

甘肃省政府也即将颁布实施《关于开展工业企业环境保护标准化建设工作的实施意见》，同时，标准化工作涉及的实施方案、考核评分标准、简明手册、评估报告编写要求等文件也已完成。

甘肃省环保厅已着手启动第一批《工业企业环境保护标准化建设》试点工作，计划于2014年1月前完成，随后启动第二批试点工作，将于2015年在总结两批试点经验的基础上，在全省范围内全面实施工业企业环保标准化建设工作。

简单地说，企业标准化建设工作就是给企业"分等级""贴标签"。甘肃省环保厅科技标准处负责人介绍说，工业企业标准化建设是实施分类指导、分级监管企业的基础性工作。环保部门将依据一系列技术指标评定试点工业企业的环保信用等级，分为A（优良）、B（较好）、C（合格）3个等级，环保信用等级越高的企业，环境保护行政部门对其的监管将越少。未取得合格以上等级的工业企业会被列入环境保护标准化建设"黑名单"，作为环境保护执法严管企业。

从企业环境管理角度看，标准化建设是落实企业环保主体责任的重要抓手，有利于提高企业环保守法信用。

同时，工业企业环保标准化建设有利于环保部门实现环境监管目标化、管理标准化、控制程序化、考核定量化。

统一执法尺度实现双约束

《甘肃省排污许可证管理办法》将于近期以省政府令的形式正式

颁布。

当前，甘肃省排污管理正在逐步从以往的粗放式管理向精细化管理过渡，从定性管理向定性与定量相结合的管理过渡，从静态管理向动态管理过渡，而排污许可证制度的实施正是促进这些转变的有效手段。

甘肃省环保厅总量处负责人介绍说："排污许可证制度的实施，对企业来说，守法的内容更具体了，其环境权利义务更清晰了；对环境执法部门来说，管理内容更突出了，不用每次搜集基础信息，避免了重复劳动，同时，也能有效避免不同执法人员对企业的执法尺度不统一、自由裁量权不一致的情况发生。排污许可证作为排污者守法和执法人员执法的凭据，既约束了排污单位，也约束了环保部门。"

公布监测结果拓展监督范围

为保障公众环境知情权，甘肃省环保厅决定在每年4月、7月、10月和次年1月的上旬，将上季度的监测结果以排名方式在《甘肃日报》和甘肃省环保厅网站予以公布，内容包括空气质量达标率、地表水达标率、饮用水水源地达标率、国控重点企业达标率和国控重点企业监督监测超标状况。

甘肃省环保厅监测处负责人说："环境监测结果的信息公开，就是要用数据说话，扩大环境质量的监督范围，在更大范围内发挥环境保护正能量。"

届时，公众可以方便、直接地获知自己所在地区的环境质量在全省的排名情况，可以了解周边有无超标企业，以及是哪一项监测项目超标等信息。

环境监测信息的公开，一定程度上也是一种对环境质量政府负责和企业环境自律的倒逼机制。

强化执法、突出服务并重

在即将颁布实施的《甘肃省人民政府关于进一步加强环境执法工作的意见》(以下简称《意见》)中,"加大环境行政处罚力度"的相关规定格外引人关注,这在一定程度上提高了企事业单位的环境违法成本。

甘肃省环境监察局相关负责人指出,《意见》还有一个导向,就是更加侧重服务。甘肃的环境监察工作实际上也是一种分区域、分类别、分重点的"网格化管理模式"。即将出台的《意见》,在加大环境行政处罚力度和实现100%全覆盖的基础上,还要求为执法对象提供守法咨询和服务。帮助发现问题、分析问题、解决问题将会成为环境监察工作的一个侧重点。

"五项措施的制定和推行,难度高、工作量大,对环保工作人员是一个考验,同时也必然会对环保工作产生巨大的推动作用。"甘肃省环保厅厅长说。

2013.05.30

从 2012 年初甘肃省制订排污许可推进工作计划，到 2013 年 5 月《甘肃省排污许可证管理办法》正式施行——

甘肃全面推进污染许可管理

甘肃省污染许可管理工作推进会召开，标志着甘肃省污染许可管理工作进入全面推进阶段。

甘肃省环保厅厅长强调，开展排污许可证管理工作是甘肃省环保领域的一项重大的基础性制度改革，全面启动实施污染许可管理工作是实现环境管理方式创新和转变的有效途径。从 2014 年下半年开始，未取得排污许可证的排污单位，将一律被视为违法排污，届时，环保部门将对其采取相应措施。

试点先行
基础工作顺利推进，技术力量得到加强

面对经济发展和环境保护的双重压力，近年来，甘肃省一直立足全省环保工作的重点难点，寻找工作的切入点和突破口，探索新形势下推动甘肃省环境保护工作的实现载体和有效抓手。

甘肃省部分地区于 90 年代末开展了污染许可管理工作。据不完全统计，截至 2012 年 4 月，甘肃省兰州、金昌、嘉峪关、武威、张掖、临夏、甘南、甘肃矿区 8 个地区共发放排污许可证 2806 本。

据甘肃省环保厅负责人介绍，通过发放排污许可证，对当时各地的环保工作起到了积极作用，有力地促进了企业污染治理工作。但当

时发放的排污许可证有一定的历史局限性，仅仅是对企业排放的污染物浓度进行一些规定，没有对污染物排放量实行严格的总量控制。

随着国家将总量控制作为一项重要的管理制度，纳入环境管理范畴，控制排污者污染物排放总量，已经成为环境管理工作的一项重要任务。特别是"十一五"以来，国家开始将污染减排指标，纳入国民经济和社会发展的约束性目标以后，迫切需要对排污者的排污行为进行精细化管理，尤其是对排污行为实行严格的总量控制，进一步规范排污者的排污行为。

为了适应国家污染减排形势和环境管理需要，2012年初，甘肃省制订了排污许可工作推进计划。2012年4月，成立了甘肃省排污许可证管理办法起草小组，起草小组先后收集了陕西、浙江、贵州、江西、河北、内蒙古等13个省的排污许可证管理办法及有关法律、法规。

省环保厅分管领导带领总量处、环境监察处和兰州、金昌、平凉3市环保局相关人员，赴浙江、江西、贵州3省开展了深入实地的立法调研。

试点先行，示范引路。2012年5月，根据调研情况，结合甘肃省实际，甘肃省环保厅起草了《甘肃省排污许可证管理办法(征求意见稿)》，并安排60万元专项经费，在兰州、金昌、平凉三市率先开展了排污许可证试点工作。

自2012年5月至12月试点期间，三市环保局共试发排污许可证47家。其中，兰州市6家，金昌市32家，平凉市9家。

各地坚持从实际出发，边试点、边探索、边总结、边完善，目前，试点工作已经取得积极进展。前期基础工作顺利推进，技术力量得到加强，社会环境意识得到提高，为下一步全省全面实施排污许可证核发工作，积累了丰富的实践经验。

2013年2月21日，甘肃省政府正式颁布了全面规范排污者排污许可行为的专门性地方行政法规——《甘肃省排污许可证管理办法》(以下简称《办法》)，《办法》已于今年5月1日起正式施行。业内人士称,《办法》填补了甘肃省排污许可立法工作的空白,为包括污染减排在内的甘肃省环境管理工作奠定了坚实的法律制度基础。

总结经验
正确处理四个关系,逐步开展培训工作

推进会上,兰州、金昌、平凉3个试点市的参会人员介绍,试点发现,目前排污许可管理工作普遍存在两方面的问题,一是申报数据和污染物排放总量核定不统一,核定程序和方法过度繁杂等方面的问题,影响了排污许可证发放进度;二是在线监控覆盖率低,实测数据不全面,难以真实反映企业排污现状。

根据目前环境管理现状及条件,甘肃省在试点工作的基础上,总结经验,认真梳理,提出要正确处理四个方面的关系,以期充分发挥排污许可证管理基础性、能动性、开创性作用,推进污染许可管理工作取得实效。

要算好成本账和效益账,正确处理排污许可与经济发展的关系。省环保厅厅长指出,无论是政府还是企业,算成本投入,不能单算经济账,还应算社会、环境的付出;算投资效益,不能单算经济效益,还应算经济效益、社会效益、环境效益等综合效益。排污许可就是要合理规划,腾出环境容量,进而启动总量指标的有偿转让,实现环境保护与经济发展的双赢。

要自查自纠,正确处理排污许可与提升环境管理水平的关系。实施排污许可证工作,要求企业结合标准化建设,进一步查找自身环境保护工作存在的差距和问题,完善污染治理设施,加快污染减排,提高污染治理水平;要求环保部门提高人员素质,提升管理水平,进一步规范环境管理,全面提升环保工作整体水平。

要全面推进,正确处理排污许可与其他环境管理制度的关系。排污许可证管理与其他环境管理制度是相辅相成的关系,推进排污许可证管理需要其他环境管理制度的支撑,同时又能促进相关环境管理制

度的发展，与总量控制、环境影响评价、"三同时"，以及限期治理等制度进行有效衔接，充分发挥各项制度的作用，形成一个有机的环境管理体系，督促区域内总量减排任务的全面落实。

要接受监督，正确处理排污许可与信息公开的关系。排污许可证的颁发是涉及公共环境利益的重大行政许可事项，信息公开是发挥排污许可证监管作用和减少污染物排放的关键。要建立、健全排污许可证管理档案制度，把定期公布和公开曝光相结合，接受公众查询和社会监督，进而规范排污行为。

以四个关系的正确处理为指导，针对具体问题，甘肃省排污许可证发放的业务培训工作计划已经制订，并将逐步展开，以此确保排污许可证发放工作的质量。

另外，为了加强对排污许可证、环境统计等工作的技术支持，甘肃省编办批准成立了甘肃省环境统计与数据管理中心，这将为全省减排核算及排污许可等工作提供强有力的技术支持。

时机成熟
全面启动，今年预计发证逾九百

试点的目的不是为试而试，而是为了铺开才试。

通过近一年的试点，兰州、金昌、平凉3市环保部门一致认为，排污许可证管理有力地促进了排污许可制度工作进程，提升了环境执法监管水平，进一步规范了企业排污行为，推动了污染减排工作，是推动环保工作和提升环境管理水平的重要抓手。全省各地也纷纷呼吁全面铺开这项工作。

甘肃省环保厅厅长表示，各项准备工作已经就绪，排污许可证核发时机已经成熟。基于此，甘肃省污染许可管理工作推进会召开，正式全面推进排污许可证管理工作。

甘肃省要求各级环保部门切实加强对排污许可证工作的组织领导，健全完善本地区排污许可证管理工作专门机构。要求各相关企业按照统一部署,加强组织领导,指定专门机构和专人负责,严格按照环保部门要求,认真做好排污许可证发放各项工作。要求各市州根据《甘肃省排污许可证管理办法》,参照《甘肃省排污许可证管理办法实施细则》,结合本地实际,认真制定本辖区管理范围内排污许可证管理办法实施细则。

据了解,2013年,甘肃省计划发放排污许可证907个以上,其中省级发放50个以上,市州环保局发放857个。2013年核发排污许可证的企业重点是火电企业、水泥企业和城镇污水处理厂等。这项工作要求已列入2013年甘肃省政府环保目标责任书考核内容。

在推进会上,2013年甘肃省核发排污许可证的61家企业代表全部出席了会议。

"通过一年的试点,我公司的环保管理水平得到了全面提升,我们更有信心和把握确保完成减排任务了",金川公司安环部副主任表示。

甘肃省要求各级环保部门明确相关部门工作职责,建立排污许可证管理工作的联动机制,要求各相关业务部门密切配合,形成合力。

负责污染减排工作的主管部门,要牵头做好排污许可证的发放工作。负责环评审批的主管部门,要在建设项目所属单位向环保部门提出试生产申请的同时,告知其必须申领《临时排污许可证》,方可批准试生产,未领取《临时排污许可证》的不得投入试生产;建设项目竣工验收时,负责告知建设项目所属单位自项目环保竣工验收之日起30日内申请办理《排污许可证》。

各级环境监察部门要根据分级管理和属地监管原则,对持《排污许可证》的排污者定期进行现场检查,并将检查结果载入排污许可证副本,对有违法行为的排污者,将违法记录和处理结果载入排污许可证副本。

各级环境监测部门要根据管理权限,对持有《排污许可证》的排污者,每年至少进行两次监督性监测,季节性生产的排污者可以减少为一次,并将监测时间、内容等情况载入排污许可证副本。

与此同时，各级环保部门要进一步加大环境执法力度，在做好排污许可证发放工作的同时，切实加强对持证排污者的监督检查。对违反排污许可证规定的排污者，将严格按照国家法律、法规和甘肃省排污许可证管理办法等有关规定，严格进行处罚，坚决维护排污许可证的权威性。所有持证单位排放的污染物，必须严格控制在排污许可证规定的污染物排放浓度和总量控制指标之内，对超标、超总量的企业将督促限期整改，限期实施污染减排措施。

2013.09.12.1

权责明方能监管严

保护环境到底是谁的责任？地方政府？环保部门？企业？公众？当前不少环境问题都是由于环境保护权责不明、地方政府监管不力等因素引起。甘肃省率先用地方法规的形式，明确社会各部门和单位的环境责任，克服了环境责任制度建设缺乏系统性的不足，值得借鉴。

甘肃省政府颁布的《甘肃省环境保护监督管理责任规定》（以下简称《规定》）将于2013年10月1日起正式施行。

《规定》对政府、部门、企事业单位在环境保护监督管理方面的职责和责任作出明确规定。还单列章节，明确了各级政府、相关部门和企事业单位在环境应急中的职责和程序。

《规定》是继2月21日《甘肃省排污许可证管理办法》颁布后，甘肃省以省政府令的形式在同一年内颁布的第二部地方性环保法规。

环保任务完成情况纳入干部考核

《规定》明确，县级以上人民政府对本行政区域的环境质量负责。环保行政主管部门对本行政区域环保工作实施统一监督管理，规定县级以上人民政府及有关部门、企事业单位的主要负责人对环保工作负全面领导责任；分管环保工作的负责人对环保工作负直接领导责任。县级以上人民政府应当制定本行政区域环保目标，并向本级人民政府有关部门和下级人民政府下达年度环保目标任务，将目标任务完成情况纳入领导班子和领导干部考核指标体系。

同时，《规定》明确，乡镇人民政府、街道办事处应当督促生产经营单位落实上级人民政府及有关部门作出的环境保护决定；协助上级政府和政府有关部门排查环境事故隐患，制止环境违法行为。

各级人民政府及有关部门应当建立重点污染源监控制度，建立重点污染源数据库，对存在重大环境污染隐患的生产经营单位进行监督检查，并根据重点污染源数据库信息，定期组织专家对重点污染源的状况进行综合分析、评估，督促生产经营单位采取有效的防范监控措施。

界定细化监管职责

《规定》较为明确地界定和细化了环保部门对环保工作"统一监管"的职责以及其他部门"职责范围内监管"的职责。其中，环保部门实行"统一监管"，承担着建立健全环境保护有关制度规定、对环境保护目标责任制进行监督考核、制定本行政区域污染物排放总量控制计划等12项职责。

发改、工信、住房和城乡建设、公安、财政、国土资源等其他17个部门则按照职责范围，各司其职。如发改和工信等部门对"未提供环境保护部门环境影响评价审批文件的建设项目，不予办理审批、核准"；国土资源部门对"未提供开采矿产资源环境影响评审文件的项目，不予核准采矿权"。监察部门负责对本级政府有关部门、下级人民政府及其工作人员履行环境保护职责的监督等。

"对于那些高污染高耗能企业而言，将不再只是环保部门一双眼睛来盯，而是多个部门联合监管，重拳出击。"甘肃省环保厅政策法规处负责人介绍说，"通过明确职责，将有助于改变长期以来环境保护监督管理体制不顺、职责不明的现状；有助于协调和整合各部门力量，改变过去环保部门孤军奋战，出了环境问题其他部门躲、环保部门承担责任的被动局面；有助于形成环保工作各部门齐抓共管、分工负责的良好态势，进一步促进全省环保工作的顺利开展。"

明确企业是环境责任主体

本着"谁开发、谁保护,谁利用、谁补偿,谁污染、谁治理"的原则,《规定》明确,企事业单位作为环境保护工作的责任主体,对其污染和破坏环境的行为负责。规定企事业单位应当健全环境保护管理制度,设置环境保护管理机构,配备环境保护管理人员,公开企业环境信息。企事业单位应制定环境保护规划,实施清洁生产,加大环保投入,提高生产工艺和环保设施水平,减少污染物产生并使其达标排放。在建设、生产和经营活动中,严格执行环境保护的有关规定;需要经过行政许可的事项,应当依法办理行政许可手续。

企事业单位应负责环境保护监测设备、设施正常运行,配合环保等部门对环境现场的监察。

企事业单位环保责任的明确,将有利于督促企事业单位大力发展循环经济,缓解资源供给不足的矛盾,减少污染物的排放。大力推动产业结构优化升级,形成一个有利于资源节约和环境保护的产业体系。配套实施企业环境标准化管理和排污许可证制度,甘肃省将逐步建立起企业保护环境的激励机制和减少污染物排放的约束机制。

强化应急管理中各项责任

《规定》明确,县级以上人民政府及有关部门应当对收集和接报的突发环境事件信息及时进行分析和判断,并按照有关规定及时向上一级政府和有关部门报告,必要时也可以越级报告。企事业单位应当依法做好制定突发环境事件应急预案、加强应急能力制度建设、落实隐患排查治理等环境应急管理工作;县级以上人民政府及有关部门应当按照各自职责开展突发环境事件的预防工作。

《规定》提出,各级人民政府及有关部门应当加强环境事件应急救援队伍建设,根据环境事件等级及时启动相应的应急预案,组织开展突发环境事件应急调查处置工作,协调解决事件应急、善后处理中遇到的重大问题，及时向上级人民政府及负有环境保护监督管理职责的部门报告突发环境事件应急救援进展情况。对不按照规定报告或者在报告中弄虚作假，或者不依法采取必要应急措施或者拖延、推诿采取应急措施，致使事件扩大或者延误事件处理的，对直接责任人员按照有关规定进行查处。

2014.4.16

数据不准不真就得有人负责

甘肃省环保厅日前依据新的有关技术规范，对《甘肃省环境质量自动监测管理办法》（以下简称《办法》）进行了修订。新修订的《办法》更加强调自动监测数据的准确性、真实性和公信力，进一步细化了各部门职责，增加了考核与责任追究内容，以"真实数据说话"保证环境质量自动监测系统在统一的管理制度和技术规定框架内长期稳定运行。

此外，根据新标准和技术规范，对《甘肃省地表水自动监测系统运行考核细则》和《甘肃省环境空气质量自动监测系统运行考核细则》进一步完善了质量保证和质量控制、数据管理、运行考核等内容。

笔者同时获悉，为进一步加强全省环境质量监测和污染源监测数据审核工作，强化数据质量管理，确保甘肃环境质量监测和污染源监测数据的代表性、完整性、准确性、精密性和可比性，依据有关技术规范，制定了《甘肃省环境质量和污染源监测数据审核管理办法》。

亮点一
明确各级部门职责确保数据真实
不得以任何理由修改原始数据

《办法》进一步明确了无效数据判别、数据时效性、异常数据上报和处理等方面内容。明确各级监测站负责环境质量自动监测实时数据采集、检查、审核和上报传输，甘肃省环境监测中心站负责全省环境质量自动监测系统的数据汇总、数据质量审核、编制报告等。

各级监测站应将环境质量自动监测系统，接入甘肃省环境监测中心站的环境质量自动监测系统数据传输及处理平台,并统一联网方式。各级监测站要配备专用计算机,由专职人员负责管理和维护自动监测系统的监控软件与原始数据。不得以任何理由修改自动监测系统任何控制参数,不得以任何理由弄虚作假、修改原始数据。

规定环境质量自动监测系统应24小时连续运行,无正当理由不得修约数据。每天因校准、仪器故障等原因导致数据无效或缺失数据时间不应超过4小时,因更换备机导致缺失数据时间不应超过12小时。

同时明确了无效数据的9种判别情形、数据的时效性,要求各级监测站根据国家有关标准、规定执行,必须在每个工作日12：00前完成前一日的日报数据的三级审核和上报传输。

亮点二
实施"日监视、周巡检、月比对"管理制度
上报数据严格执行三级审核制

《办法》明确,各级监测站应将环境质量自动监测系统管理纳入全站质量管理体系。应设立环境质量自动监测系统运行管理部门,建立运行管理规章制度,明确至少两名专职人员。

环境质量自动监测系统配备的技术人员必须参加国家环境监测总站、省环境监测站组织的技术培训。自动监测系统技术人员按照《甘肃省环境监测人员持证上岗考核实施细则》参加考核,持证上岗。至少每周对环境质量自动监测系统进行一次现场巡检,并建立巡检档案。

《办法》规定,各级监测站应严格执行环境质量自动监测系统质量保证与质量控制制度,定期进行环境质量自动监测系统质控检查并建立质控检查档案,对环境质量自动监测系统实施"日监视、周巡检、月比对"的日常运行管理制度,对上报数据的质量负责,所有上报数据应严格执行三级审核制度。

甘肃省环境监测中心站对省内各环境质量自动监测系统实施现场质量管理检查与现场质控考核,并将结果进行通报。

亮点三
擅自更改监测点位监测数据无效
违反《办法》将严格追责

《办法》明确，甘肃省环保厅负责对各环境质量自动监测系统的运行管理进行考核，省环境监测中心站负责对各级监测站有关管理规定的执行情况、自动监测系统的运行情况、数据上报情况、质量管理情况等进行评分考核，每年对考核情况进行通报。

环境质量监测点位一经设立，未经设立部门批准，任何单位或个人不得擅自变更、调整或撤销。否则，监测数据无效，并由点位设立部门责令限期整改。

此外，甘肃省环保厅将不定期组织开展环境质量自动监测质量例行检查，各级监测站应在接到检查通知30分钟内到达环境质量自动监测站点，否则视为拒绝检查，年度环境质量自动监测考核以零分计。

《办法》增加了考核与责任追究内容，明确违反《办法》如何追责，特别是剔除正常监测数据、编造数据或更改原始监测数据、授意或故意出具虚假监测数据、授意或故意修改环境质量自动监测系统参数、授意或故意遮挡环境质量自动监测系统采样系统、授意或故意损坏环境质量自动监测系统部件、随意撤销或变更环境质量自动监测点位等9项行为的责任追究。

有9项行为之一，年度环境质量自动监测考核以零分计，对有关责任人员，由任免机关或监察机关按照管理权限给予行政处分；情节严重，构成犯罪的，依法追究刑事责任。

同时规定，不按《办法》要求维修或更新环境质量自动监测系统，致使环境质量自动监测系统非正常运行的，给予通报批评。

不按《办法》要求配置环境质量自动监测项目或擅自取消监测项目的，给予通报批评。

2015.05.08

一考双评给企业"贴标签"

对甘肃省 2014 年完成环保"一考双评"评级的 64 家试点大型企业的调查显示，46 家企业认为环境管理水平得到了提升，占比达 77.97%。"一考双评"成效得到了工业企业的认可。

"一考双评"，即用一套考核评分体系，分别评价工业企业环境保护标准化建设和环境信用评价两项等级。

2014 年，甘肃全省共有 503 家试点企业完成了"一考双评"工作，其中大型企业 64 家，中小型企业 439 家。

标准化等级评定为 A 级的 17 家，B 级 370 家，C 级 112 家，不达标企业 4 家；环境信用评价评定为"诚信"的 2 家，"良好"的 398 家，"警示"的 99 家，"不良"的 4 家。

早在 2012 年，甘肃省就从提高环境执法针对性和监管效率入手，探索实现环境监管目标化、管理标准化、控制程序化、考核定量化路径，大力推进工业企业环保标准化建设。

概括地说，企业标准化建设工作就是给企业"分等级""贴标签"。据甘肃省环保厅有关负责人介绍，建设过程分为培训、实施、评级、复核、总结 5 个阶段。

工业企业的标准化等级分为 A（优良）、B（较好）、C（合格）3 个等级，评级结果与企业补助资金、评优、信贷等相结合。等级高的企业，环保部门将依法减少监管频次。未取得合格以上等级的工业企业会被列入环境保护标准化建设"黑名单"。

2013 年，甘肃省完成了首批 109 家试点企业评级建设，逐步找准了标准化建设的关键、途径、手段和方法。

2013 年底，国家 4 部委出台了《企业环境信用评价办法（试行）》。

基于两项考核指标高度的相关性，甘肃省将工业企业环保标准化建设和环境信用评价结合起来。

2014年初，甘肃省环保厅会同甘肃省发改委、中国人民银行兰州中心支行、中国银监会甘肃监管局联合印发了《甘肃省工业企业环境保护标准化建设暨环境信用评价工作方案》（以下简称《方案》）。

《方案》将环保主体责任、污染治理设施运行管理、环保管理制度执行、环境应急管理、厂区环境与社会监督5个方面内容纳入指标体系。

甘肃省委、省政府将此项工作纳入了省政府工作报告及政府环保目标责任书、经济体制与生态文明体制改革和质量发展工作的重要指标，每年进行严格考核。

"一考双评"开展过程中，环保部门与企业建立了联络员制度，工作信息月报告、季调度制度，分组负责、分类指导制度。部分市（州）、县（区）环保局还制定了信息管理、督办检查、建立台账、倒逼时间、领导包干、办结销号等工作制度。

甘肃省环保厅厅长表示，"一考双评"工作就是要在加强生态文明建设和环境保护进入新常态、新《环保法》实施的大背景下，不断提高企业环境履责的意识和水平，切实提高环境管理的能力和实效，引导企业遵循代价小、效益好、排放低、可持续的方向发展。

从工业企业环保标准化建设起步，到实施"一考双评"试点，甘肃省在促进企业环境履责和管理方面踩下了两个坚实的足印。

甘肃省召开2015年全省工业企业环保"一考双评"动员部署及培训视频会议，标志着"一考双评"试点工作取得圆满成效，甘肃省将按照既定方案进入全面推进阶段。

今年的工作方案要求，全面深入推进"一考双评"工作，切实落实企业环境保护主体责任，提高环境监管水平，牢牢把握环境保护工作的主动权，努力实现环保工作由被动应对向主动出击转变，向规范化、精细化转变，切实减少各类污染物的排放，确保区域环境安全。

甘肃省环保厅要求，注重对已评定等级企业的动态管理，统筹研究解决"如何管、如何用"的问题。

根据部署，甘肃省将从法律手段、经济政策、社会责任、企业荣誉、监管措施等方面制定有效的激励约束政策，把评级结果作为全面衡量企业环境管理水平的"尺子"，把评级结果与各类专项执法检查频次及行政处罚、环保专项资金申请、工业园区入园条件、企业社会荣誉评定等挂钩。

2015.11.23

甘肃扭转 PM10 不降反升局面

为彻底扭转全省大气污染防治面临的不利局面，实现全省空气质量可吸入颗粒物（PM10）年均浓度值同比有所下降，甘肃省召开2015年全省大气污染"冬防"推进工作会议。

会议通报了2015年全省大气污染防治工作进展及1月至10月环境空气质量状况、存在的问题及年底前重点工作任务，并着重对全省大气污染"冬防"工作进行了动员部署。

约谈相关负责人，明确治污责任主体

据悉，在环境保护部通报的2015年一季度和上半年环境空气质量状况中，甘肃省环境质量改善PM10年均值削减指标同比不降反升。为此，甘肃省委、省政府主要领导先后作出批示，要求点名道姓通报问题并将情况报甘肃省委组织部作为考核评价干部的依据，狠抓工作措施落实，尽快扭转不利局面。

与此同时，甘肃省政府先后召开了两次推进会、一次调度会，分别对相关市（州）政府主要负责人、分管负责人进行了4次约谈，引起了各市（州）党委、政府及各相关部门的高度重视，形成了全省上下齐心协力、攻坚克难的治污氛围，市州、区县强化部门联动机制，采取精准治污措施，明晰治污责任主体。

通过不懈努力，甘肃省PM10浓度均值从6月开始升幅明显收缩，总体呈逐月下降趋势。由一季度、上半年分别上升26.4%和4.2%，到前3个季度与去年同比持平。

截至10月底，全省PM10同比下降1%。特别是武威、定西、临

夏3市（州）成效最为明显，武威市已由上半年的上升变为同比下降10.8%，定西市已同比持平，临夏回族自治州由一季度的201微克/立方米下降至102微克/立方米，全省PM10浓度均值同比呈下降趋势，目前已暂退出全国不降反升行列。

做好"冬防"成为扭转全省PM10不降反升的关键

从甘肃省情来看，冬季供暖期是大气污染防治任务最艰巨的时段，要确保完成年度目标任务，甘肃省仍然承担着巨大压力。从全省大气污染"冬防"推进工作会议通报的情况来看，目前在甘肃省PM10浓度均值总体下降的情况下，同比仍有6个市（州）呈上升趋势。

为贯彻落实全省大气污染防治调度会精神，9月下旬至10月下旬，甘肃省环保厅厅长、分管副厅长分别带队组成两个督查组，对各市（州）大气污染防治措施落实情况又进行了一轮督察检查。

通过督察发现，虽然各市（州）在大气污染防治方面做了大量工作，但仍存在个别部门责任主体不明、措施落实不彻底、燃煤锅炉淘汰整治滞后、城市二次扬尘防治不到位、重点工业企业排放浓度和总量"双达标"控制不严、污染煤质管控不到位、餐饮油烟整治不彻底和垃圾秸秆禁烧未有效落实等问题。甘肃省环保厅逐一向相关市（州）政府书面反馈了整改落实意见。

全省大气污染"冬防"推进工作会特别强调，当前，做好大气污染"冬防"工作是彻底扭转全省PM10不降反升不利局面的关键，各市（州）要进一步提高认识、坚定信心、强化举措，打好大气污染"冬防"攻坚战。持续改善环境空气质量，既是近期全省环境保护工作的重点，也是贯彻落实省委、省政府主要领导批示要求的重要举措。各市（州）要认真汲取因认识不到位、责任分工不明、措施落实不力等问题造成今年一季度PM10浓度均值大幅上升，给全省经济社会发展带来极为不利影响的深刻教训。

甘肃省提出，做好今冬明春大气污染防治工作，要紧盯省政府提出的一个目标，即实现PM10浓度值同比有较大幅度下降；按照"五个到位"要求，确保做到动员部署到位、措施落实到位、预警调度到位、督察考核到位、问效追责到位。同时，要及早谋划，从城区集中供热淘汰燃煤小锅炉、原煤散烧煤质管控、提高清洁能源使用比率以及城乡接合部、城中村改造等方面入手，统筹安排好2016年大气污染防治各项重点工作任务。

2017.11.6

为认真贯彻落实中央生态文明体制改革重要部署，加快推进国家地表水环境质量监测事权上收工作，环境保护部在充分考虑地表水监测现状和特点的基础上，以国家考核、国家监测为原则，以确保地表水监测数据质量为核心，以实现地表水自动监测为目标，分采测分离、自动站建设两个阶段，对全国2050个地表水考核断面开展监测事权上收工作。

目前，国家地表水采测分离工作已全面启动，自动站建设计划于2018年7月底前基本完成。

甘肃有序推进地表水监测事权上收

甘肃省地处黄河、长江水系中上游，地表水环境质量对下游省市有举足轻重的影响。为此，甘肃省严格按照环境保护部相关要求，有力有序推进国家地表水环境质量监测事权上收工作，改变现行属地监测模式，从机制上与利益相关方脱钩。

为保障采测分离工作的顺利实施，甘肃省组织全省9个承担分析测试任务的市州监测站，从人、机、料、法、环、测6个方面对实验室分析能力及工作规范性进行了全面自查，对检查中存在的问题，及时进行了整改。

目前，甘肃省已经开展采测分离工作，共接到816瓶水样，截至10月20日，816瓶水样全部分析完成。

落实采测分离
改变现行属地监测模式

"水深是 15.5 米，要取 3 层水样，下层水样我们通常要取到 15 米处。"在双塔水库水质监测点，酒泉市环境监测站和京诚监测公司两家单位的两组工作人员正在采集水样。这是笔者跟随环境保护部国家地表水环境质量监测事权上收工作第八督导组，在甘肃省酒泉市一监测断面采测分离工作时见到的情形。

"苜蓿峰边逢立春，胡芦河上泪沾巾。"边塞诗人岑参诗中提到的苜蓿烽残垣就在双塔库区西边 4 公里处。采访当日双塔水库里浪大风急，库区外西北风烈烈。但现场采样人员丝毫不受天气的影响，紧张有序地工作着。

"这里的水碱性好大。"初次来这里采集水样的京诚检测公司技术人员尚征，在同事王锐的配合下比对 pH 值，确认固定剂添加量是否达到标准。

王锐告诉笔者，他们都经过了整整一周的岗前培训，拿到上岗证，才被公司派出承担此次采样任务。

两组监测人员要将各组采集的 3 份样品灌装到 43 个水样瓶中，然后按要求添加各类固定剂。整个过程耗时 3 个多小时。与以往采样有点不同的是，尚征他们使用的样品瓶上粘贴着显示采集时间和分析项目的标签以及一组二维码。这是国家考核断面样品采集保存与交接管理系统的一部分。

王锐向笔者展示了国家考核断面样品采集保存与交接管理系统，"统一一个系统，采样、运输的账号及里面的内容是不一样的。"王锐边说边输入独立用户名和密码进入系统，开始按照系统要求执行现场操作。第一步是在断面桩扫码签到，石桩前后和顶部都有不锈钢二维码标识牌。侧面刻着设桩时间为 2017 年 9 月。

据甘肃省环保厅环境监测处处长赵正红介绍，甘肃省严格按照环境保护部统一要求，下发了断面桩制作的技术要求，指导各市州按照统一样式、统一材质制作了断面桩。针对地市制作二维码标识存在困难，甘肃省厅统一制作了二维码标识牌，并于9月12日前发送到各市州。9月18日，全省35个断面全部完成断面桩的设置工作。

接下来，王锐分别拍摄了断面桩、断面上游、下游和采样点4幅现场照片上传入系统。

王锐说："在给运输人员交样的时候，我们必须将这些现场信息和采集样品的水温、pH值、溶解氧、电导率，外加水库的透明度5项指标一并上传到网上管理系统。"

采集样品检测
根据系统随机，将样品运至相应监测站

这批采集样品要被送到哪里进行检测？

王锐表示："我们会将样品运送到最近的集合点，交给运输人员，运输人员又会根据系统随机分配把样品运输至各地环境监测站。从采集完成到交接给地方环境监测站，期间的时间不能超过18个小时。"

牛毓是甘肃省环境监测中心站的一名业务骨干，她与另外5名同事，先后于10月9日至16日被分派到全省代表性国控监测断面，跟踪、协调、指导地表水采测分离工作。

10月15日晚八九点，牛毓得知第二日早晨嘉峪关市环境监测站要接一批样品，她连夜从酒泉市赶到了嘉峪关市。

10月16日早晨，一批90个样品送达，嘉峪关市环境监测站接样人员严格按照监测任务作业指导书条款，通过拆封、扫码、核对数量、检查样品、查看温度等接收样品，随后，这批水样被送入实验室，实验室人员开始对水样进行分析化验。实验室人员告诉笔者，他们要在20个小时以内完成所有样品的分析化验。

酒泉市环境监测站则于16号、17号分别接到两批108个水样。酒泉市环境监测站业务室主任袁丽艳告诉笔者，接收到的所有的样品瓶子上都有一组二维码，扫描二维码后分析任务就会显示出来。分析化验完成后，分析数据再对应每个样品的编号汇总至国家环境监测总站的数据库中进行解码，解码之后才能知道分析化验的是哪里的水样。

至此，经第三方采集水样、样品随机配送、各地环境监测站分析测试、国家环境监测总站数据解码的采测分离全过程才算全部完成。

自动站建设
充分考虑流域水文条件，解决历史遗留问题

就在采访当日下午5点，结束了双塔水库采样工作后，酒泉市环保局的监测车把工作人员丁润梅送到了瓜州县汽车站后，赶回酒泉市把样品送到实验室。丁润梅则要赶往敦煌市，第二天一早再乘车到敦煌党河水库进行采样。对于酒泉市环境监测站的工作人员来说这是每月一次的例行监测，已经习以为常。

采测分离是监测事权上收工作的第一步，接下来还有一项重要工作就是要在国控地表水监测断面建设水质自动监测站。

自动监测站建好后，党河水库的监测，是不是就不用这么麻烦了？"理论上是这样，但是甘肃省35个国控监测断面中，有28个未建自动监测站。其中，有7个监测断面不具备建站条件，包括党河水库。"赵正红介绍说，甘肃省环保厅联合市州环保局，分3个组对全省35个地表水国考监测断面进行了现场调研查勘，指导市州开展新建自动监测站选址。

在水质自动站选址工作中，甘肃省严格遵循与手工监测断面位置一致的原则，确因客观原因无法与手工监测断面保持一致的，在断面上下游就近选址，但必须遵循新设断面与原手工监测断面之间没有支流汇入或明显污染源汇入的技术要求。

据了解，目前已组织市州开展断面水质的监测比对，编制技术论证报告。但是，甘肃省除黄河干流、白龙江、黑河等河流外，其余河流均存在河道较宽、水量较小、冬季冰冻、季节性断流等特点，相当一部分监测断面不具备建站条件。

党河水库监测断面地处党河峡谷地段，东面为鸣沙山西麓地势较高，西面为峭壁悬崖，冬季结冰期约 5 个月。每年 8 月 20 日至 9 月 20 日期间为枯水期，水库进行排沙，不蓄水；在洪水期，水质浑浊，含沙量大，年进入水库沙量约为 125 万吨；党河水库坝体为土石坝，对防洪、蓄水的安全要求极为严格，按照水利部门有关要求，在坝体上不允许开展防洪之外的基础设施建设。

此外，平凉长庆桥断面和平镇桥断面、天水北道桥断面、酒泉双塔水库、酒泉城郊农场断面、酒泉西河坝桥等也因类似问题不具备建站条件。

甘肃省环保厅有关负责人认为，监测事权上收是一项综合改革措施，充分考虑流域水文条件和历史遗留因素，合理规划水质自动监测站建设，稳步推进监测事权上收，这是监测事权上收后监测数据能否真实反映水环境质量，进而推动各级党委、政府加快水污染防治工作的关键。

2018.10.10

甘肃坚定走好绿色发展之路

亘古的黄河文明在这片土地上流淌不息，祁连山孕育了河西走廊与丝绸之路。甘肃的文明发展始终离不开"水"与"山"的滋养。

习近平总书记视察甘肃时作出着力转变经济发展方式推进经济结构战略性调整，加强生态环境保护提高生态文明水平等"八个着力"重要指示要求，为甘肃发展指明了努力方向、确定了实践路径。

全面落实党的十九大和习近平总书记重要指示精神，甘肃省委书记多次强调，要牢固树立生态价值观念，坚决扛起生态文明建设责任。要紧扣省情实际，推进生态文明建设纵深发展。

为此，甘肃省先后制定了《关于构建生态产业体系推动绿色发展崛起的决定》《甘肃省推进绿色生态产业发展规划》《甘肃省污染防治攻坚方案》《关于全面加强生态环境保护 坚决打好污染防治攻坚战的实施意见》《甘肃省打赢蓝天保卫战三年行动作战方案》等一系列政策措施，坚定走好绿色发展崛起之路。

立足省情实际，坚定走好生产发展、生活富裕、生态良好的绿色发展之路

协同推进经济发展和生态建设，坚定走生产发展、生活富裕、生态良好的文明发展道路，是党中央交给甘肃的政治任务。

然而，甘肃省绿色生态产业发展总体水平仍然较低，人民日益增长的优美生态环境需要与更多优质生态产品的供给不足之间的矛盾突出，发展与保护的矛盾依然十分突出。主要表现在原材料工业占比高，生态产业链条短、产品层次低，新能源就地消纳能力弱外送不足，节

能环保、清洁生产、数据信息等新兴产业处于起步阶段,部分地区生态恶化的趋势尚未得到有效遏制,支持绿色生态产业发展的科技创新、财税政策、绿色金融、资金支持、人才支撑等方面保障能力明显不足,发展生态产业、实现绿色崛起任重道远。

立足省情实际,如何发展生态产业、实现绿色崛起?

对此,甘肃省委书记在全省生态环境保护大会上强调,要深刻把握习近平生态文明思想的绿色发展观,加快形成节约资源和保护环境的空间格局、产业结构、生产方式、生活方式。

同样,甘肃省长在首届甘肃祁连山高峰论坛开幕式上明确表示,甘肃正在汲取祁连山生态环境破坏问题的深刻教训,比以往任何时候、比其他省份,更加珍视绿色发展、高质量发展,坚决不要带水的、带菌的、带灰的、带血的GDP。

"甘肃省今后将不在祁连山这样的母亲山、黄河这样的母亲河上动心思、打主意,而是要探索走出一条从根本上解决生态环境问题、推动绿色发展的新路。"甘肃省政府办公厅主任所说的"发展新路"正是甘肃省委、省政府提出的构建十大生态产业体系,坚定走好生产发展、生活富裕、生态良好的绿色发展崛起之路。

甘肃省委、省政府将坚持把推动高质量发展作为破解甘肃面临问题的一把"钥匙",紧盯脱贫和生态两项基础性底线性任务,深度挖掘多样和区位两个比较优势,加快建设经济发展、山川秀美、民族团结、社会和谐的幸福美好新甘肃。

一个《决定》一张《规划》,绘就绿色发展图纸

今年以来,甘肃省委作出了《关于构建生态产业体系推动绿色发展崛起的决定》,省政府出台了《甘肃省推进绿色生态产业发展规划》,制定印发了十大生态产业专项行动计划,明确提出要培育发展清洁生产、节能环保、清洁能源、先进制造、文化旅游、通道物流、循环农业、中医中药、数据信息、军民融合十大生态产业。

据介绍，甘肃省将围绕构建生态产业体系，以资源环境承载力为前提，立足产业基础和资源禀赋，突出区域特色、优化空间布局，推动生产空间集约高效、生活空间宜居适度、生态空间山清水秀，建设中部绿色生态产业示范区、河西走廊和陇东南绿色生态产业经济带。

在中部地区，培育壮大节能环保、数据信息、通道物流等重点产业，引领全省绿色发展。在河西走廊地区，大力发展清洁能源、文化旅游、通道物流、戈壁生态农业和以核能循环利用为主的军民融合等特色优势产业，促进绿色转型升级。在陇东南地区，发展壮大先进制造、文化旅游及保健养生等特色优势产业，建设陇东南开放型绿色生态产业区域合作经济带，推动绿色富民强县。

预期经过5—8年的发展，绿色生态产业发展规模进一步壮大，资源能源利用更加高效绿色，生态安全屏障建设取得重大进展。到2020年，国家生态安全屏障综合试验区建设取得实质性进展，重点区域治理成效显著，整体生态环境明显改善，地级及以上城市空气质量优良天数比例达到82%以上，境内黄河、长江、内陆河三大流域考核断面水质优良比例总体达到92.1%以上。到2025年，生态环境质量明显改善，筑牢国家生态安全屏障。

《决定》和《规划》把高质量发展作为新时代坚持发展第一要务的总方向和主基调，将构建生态产业体系作为甘肃省发展的主攻方向，努力将绿色发展理念融入经济社会发展各领域、全过程，力促发展模式向绿色低碳、清洁安全转变，从源头上、根本上确保经济社会可持续发展。

解决突出环境问题，为绿色发展保驾护航

甘肃省委书记强调，要坚守"生态环境质量只能变好，不能变坏"的底线，下大力气解决突出环境问题，持续加强生态文明建设。

"解决突出环境问题的根本之策是什么？绿色发展。这既是新发展理念的重要组成部分，又是构建高质量现代化经济体系的必然要

求。"甘肃省环保厅厅长说,"省委、省政府《决定》《规划》的出台经过了多方论证、数次审议,慎之又慎。一张《规划》一盘棋,如何让这盘棋下得实、下得活,让山川秀美蓝图尽快成为现实,需要我们相关部门各司其职、各尽其责。"

《甘肃省污染防治攻坚方案》已经出台。《方案》对照生态环境部提出的污染防治攻坚战"7+4"总体考虑,细化提出了甘肃省污染防治攻坚方案,汇总列出了31个专项工作方案清单,明确了省级责任领导和牵头单位。

《关于全面加强生态环境保护 坚决打好污染防治攻坚战的实施意见》已经省政府第26次常务会议审议通过。甘肃省环保厅政策法规处副处长告诉笔者,结合甘肃实际,《实施意见》从落实党政主体责任,推进农业农村环境治理,健全生态环境保护经济政策体系和强化生态环境保护机构能力建设等方面明确责任、细化要求,全力保障《甘肃省污染防治攻坚方案》的落地开花,满足生态环境保护工作的需要。

《打赢蓝天保卫战三年行动作战方案》即将颁布实施。据省环保局相关人员介绍,根据"抓重点、分层次、整体推进"的总体思路,《作战方案》对14个市州及兰州新区实施大气污染治理精准化防控措施,差别化制定有针对性的污染防治策略。

与此同时,《水污染防治行动计划》和《土壤污染防治行动计划》也正在按计划推进。甘肃全省上下一盘棋,正在为还百姓蓝天白云、繁星闪烁、清水绿岸、鱼翔浅底,为百姓留住鸟语花香、田园风光不懈努力。

2019.04.10

甘肃生态环保迈入发力夯实新阶段

国家统计局前不久公布 31 省份 2018 年 GDP 数据，甘肃 GDP 增速从 2017 年的 3.6% 上升到 2018 年的 6.3%，提高了 2.7 个百分点。

在经济指标强劲追赶的同时，甘肃省生态环境质量稳步提升。2018 年全省空气综合质量指数为 4.29，同比下降 2.1%。剔除沙尘影响后，全省空气质量平均优良天数比率为 91.2%，超额完成年度目标 9.2 个百分点；细颗粒物浓度均值较 2015 年下降 19%，超额完成年度目标 12 个百分点。全省 38 个国家考核断面中，达到或优于Ⅲ类的断面 36 个，地表水水质优良比例为 94.7%，全域无劣Ⅴ类水体。

甘肃省生态环境厅厅长雷思维说："省级层面上的绿色发展崛起战略同加强生态环境保护的高度契合，使甘肃省生态环保迈入发力夯实新阶段。"

把与人民群众息息相关的生态环保放在心上抓在手里

甘肃省省长唐仁健在审订年度政府工作报告时，特别加了一句"定战略、出政策、上项目都务必坚守生态环保红线底线"。去年以来，甘肃省委、省政府坚定不移走绿色发展崛起之路，将生态文明建设和生态环境保护工作作为基础性、底线性任务高位推进。

一年来，甘肃省委、省政府主要领导主持召开省委常委会会议、省政府常务会议、生态建设和环境保护协调推进领导小组会议等 32 次，先后 16 次深入祁连山生态环境问题现场、各类自然保护地和重点生态环保项目建设一线实地指导调研，主要领导和分管领导作出批示 471 次。

市民朱先生感叹："省里对生态环境保护这是真重视，把与人民群众息息相关的事放在心上、抓在手里。"

在高位推动下，相关措施也相继出台。《甘肃省污染防治攻坚方案》确定31个专项行动方案，省生态环境厅单独或联合相关部门制定出台14个配套方案，以蓝天、碧水、净土三大攻坚战役为主线，持续改革创新。各市州、各有关部门及时出台相关工作方案和指导性文件，采取有力措施推动重点攻坚任务落实。

2018年，甘肃淘汰整治燃煤锅炉3160台13081蒸吨，清洁取暖完成改造近40万户，施工场地落实"六个百分百"抑尘措施合格率95.2%，淘汰各类老旧车4.3万辆；2018年之前批准的35个省级及以上工业集聚区中有34个建成了污水集中处理设施；推进34个土壤污染治理与修复试点项目实施；白银东大沟重金属治理等重点项目顺利实施。

此外，还对中铝兰州分公司大修渣倾倒问题、武威污水处理厂和永昌供热公司超标排放等问题挂牌督办。同时，实现省级环保督察全覆盖，有力推动重点任务的落实，生态环境违法行为得到进一步遏制。

人到现场、眼见为实、手触为真，扑下身子实实在在做事

生态环境保护工作的专业性强，对一些技术性和深层次问题点不到"穴位"，就发现不了问题，提不出有效对策，具体工作就会落不到实处。

2018年9月初，甘肃省生态环境厅组织人员赴市州专题调研，对一家企业的解毒生产线存有疑虑。调研结束后，省生态环境厅厅长雷思维一方面查阅相关资料，一方面召集专家咨询。在自己学懂弄清之后，再次实地监查，发现这一项目在工程建设、工序运行、项目管理方面都存在漏洞，监测人员采集解毒后土样带回检测。

根据监查事实和检测结果，甘肃省生态环境厅向当地政府下发整改通知函。因为"点穴"精准，涉事企业整改态度积极，地方政府监督过程中有的放矢。

"这件事情让我们深受教育。"甘肃省环境监察局司翔峰说,"领导专业精进的精神、认真尽责的态度、一查到底的作风,成为大家自觉看齐的标准。"

如今,人到现场、眼见为实、手触为真,扑下身子实实在在做事,成为甘肃省环境执法监察遵循的基本工作原则。

2018年,甘肃省生态环境厅会同省委督查室、省政府督查室联合开展明察暗访,对全省整改情况进行了14轮现场督导检查,对自然保护地生态环境问题进行了3轮专项督查。同时,逐项对照整改方案中要求落实的措施,督促各项任务有效落实。

截至目前,中央环保督察提出的62项整改任务中,已完成51项,2020年的10项整改问题正在按年度时序稳步推进;祁连山生态环境问题346个,已经整改334个,完成率96.5%;"绿盾"专项行动自查发现的1845个问题已完成整改1736个,完成率94.1%。

在"严""实""细"上下功夫,坚定不移当好绿水青山"守护神"

2018年,甘肃省组织修订《工业企业环境保护标准化建设基本规范》,在458家工业企业开展环保标准化建设暨环境信用评价。

目前,通过修订、出台法律法规及规范性文件,甘肃省生态环境领域的法规、制度、标准和机制逐步健全。通过建立污染源基本信息数据库,完成第二次全国污染源普查阶段性任务和农用地土壤污染状况详查等,全省污染防治攻坚的底数更加清楚。

全年妥善处置平凉市泾川县"4·9"柴油泄漏事件等5起突发环境事件;省、市、县均制定突发环境事件应急专项预案,完成备案企业2575家,备案率达99%。

另外,兰州市强化信息化技防手段,武威市开展城区大气颗粒物源解析研究,提升大气污染防治工作水平。生态环境部门加强与气象、交通运输、应急管理、水利等部门联动,甘南与四川阿坝、庆阳与陕西咸阳、平凉与宁夏固原建立起了跨省应急联动机制。兰州市在境内流域上下游组建了环境应急物资库，庆阳市加强与长庆油田公司应急救援协作、预防和应对跨省界突发环境事件，为全省应急能力提升进行了有效探索。

唐仁健在十三届全国人大二次会议甘肃代表团开放日上强调，要提升甘肃经济发展的含绿量、含新量和含金量。下大力气利用五年的时间，在源头上调结构，使甘肃省生态产业占到产业的半壁江山。

生态环境部门在这一产业转型中，还有硬骨头要啃。雷思维表示，今后将在"严""实""细"上下功夫，坚定不移打好污染防治攻坚战，坚定不移当好绿水青山"守护神"。

2019.05.31

甘肃出实招助推民营企业绿色发展

"十三五"是甘肃经济转型升级迈向高质量发展的关键阶段。经济高质量发展离不开生态环境部门的保驾护航,离不开民营企业的积极参与。对民营企业,如何做到既依法依规监管,又帮助其解决问题?

甘肃省生态环境厅打破思维定式,打破条条框框,打破陈规陋习,在完善制度体系、拆除隐性门槛、降低经营成本、提供贴心服务、扶持培育民营环保企业方面下功夫,助推民营企业绿色发展。

完善制度体系 转变监管模式

为促进民营企业绿色发展,甘肃省特别注重加快制度体系建设。甘肃省生态环境厅报请省政府办公厅出台了《进一步深化环评"放管服"改革和强化事中事后监管的意见》,制定实施《关于促进非公有制经济(民间投资)发展实施的意见》等十余个涉及民营企业发展的优惠便利支持政策,初步构建起以加快行政审批制度改革、优化生态环境公共服务、依法监管创造公平竞争环境为重点的全省生态环境领域支持民营企业发展的政策制度体系。

目前,甘肃省生态环境厅正在下大力气转变生态环境监管模式,全面推行"双随机,一公开"监管方式,充分利用大数据、移动APP等信息化技术手段,推动建立政府部门间、跨区域间协查联查和信息共享机制;同时提请省工商联积极配合生态环境部门督促帮助民营企业落实环境问题整改要求。

甘肃省生态环境厅明确提出,在生态环境保护政策制定、执法监管和项目实施过程中将支持服务民营企业绿色发展纳入其中,统筹考虑、积极支持，对企业既依法依规监管，又重视合理诉求，加强帮扶指导，对需要达标整改的给予合理过渡期，注重分类处置违法问题。

拆除隐性门槛 降低企业成本

在"放管服"改革中，甘肃省生态环境部门切实提升民营企业投资便利化程度。

以兰州天正中广投资控股集团有限公司的一个项目为例，办理环评备案手续不到一小时就完成了，相比以前极大缩短了办理时间。公司经理王雪峰惊讶地说："没想到！"按照王雪峰以前的经验，这样的项目不仅要写环评报告书，还要走报批程序，想要拿到环评审批手续怎么也得一个月时间。

据了解，甘肃取消了无法定依据的行政许可、审批前置条件、证明环节，最大限度"减证便民"；落实"一站式"办理要求，加快实现"最多跑一次"的改革目标；落实环评登记表备案制度，登记表备案占全省建设项目总数的84%；审批项目时限缩短30%~50%，逐步实现"一窗受理、一网通办""不见面"审批。进一步简政放权，将84%的建设项目下放到市（州）及以下生态环境部门审批。出台《关于进一步做好为企业服务工作促进经济高质量发展的实施意见》《关于防止在环境监管执法和生态环保督察（查）领域"一刀切"的函》，加快投资项目落地，解决部分企业停产问题。

"减少社会资本市场准入限制，破除民营企业参与重大污染治理项目的准入屏障。"甘肃省生态环境厅有关负责人表示，下一步将在项目环境影响评价管理过程中，对各类企业主体公平对待、统一要求，营造公平的市场发展环境，积极引导有条件的民营企业引入第三方治理模式。

甘肃雪晶生化公司办理了一项土霉素钙预混剂项目的环评手续。办理人张玉胜说："在很短时间就拿到了环评手续，省时、省事的同时还节省了几万元的开支。"降低企业环保制度成本，切实提升企业的获得感，这是生态环境领域改革的一个重要目标。

据了解，甘肃省全面公布权力清单和责任清单，政务服务8项网上可办率达到了100%。推动全省生态环保系统政务服务标准化建设，降低企业制度性交易成本。2018年甘肃省全面停收技术评估费，评审费用全部由财政承担，单个项目环评审批费用降低75%左右，企业成本大幅下降。

此外，甘肃省生态环境厅对行政事业性收费进行全面清理规范，降低企业税费负担，依法取消了环境监测服务收费和城市放射性废物送贮费。

协助企业解决问题 扶持环保产业发展

甘肃省委书记强调，要学会协助企业解决问题并借助发展提升各地经济发展速度。

"协助企业解决问题要拿出如切如磋如琢如磨的精神。"甘肃省生态环境厅厅长雷思维说，"生态环境部门一方面要精通相关政策法规，对业务工作了如指掌，另一方面要对企业的需求，面临的困难感同身受。这样才能有效服务企业，实现既要经济效益又要生态环保效益的目的。"

2018年年底，甘肃面向全省民营企业开展了有关生态环境难点痛点堵点问题调查和生态环境服务满意度调查，对企业提出的问题和意见实行清单式管理和整顿，对于其中的共性问题提出整体要求和措施，具体问题分解落实到具体单位和相关市州，逐条解决。

甘肃省生态环境厅还注重大力扶持环保产业发展，联合省发改委制定《甘肃省生态产业发展节能环保产业基金设立方案》，将8个项目纳入节能环保项目储备库。鼓励组建由企业牵头、产学研共同参与的绿色技术创新产业联盟，推进行业关键共性技术研发、上下游产业链资源整合和协同发展。鼓励民营企业加强生态环境技术创新，筛选和发布一批优秀示范工程，推动先进技术成果应用示范。

甘肃省生态环境厅还与甘肃省工商业联合会召开支持服务民营企业绿色发展座谈会，签署了"关于共同推进民营企业发展，坚决打好污染防治攻坚战"的合作协议。

下一步，甘肃省将在合理规划布局上下功夫，加强污染物治理基础设施建设，为民营企业经营发展提供良好的配套条件。此外，甘肃省还注重在提升技术服务水平上下功夫，充实全省生态环境保护专家库，组织若干环境问题"诊疗队"，深入民营企业对突出环境问题组织开展把脉问诊。依托产业园区、科研机构和行业协会、商会，甘肃省还搭建生态环境治理技术服务平台，为民营企业提供污染治理咨询服务。

2019.06.11

甘肃生态环境厅支招为地方解困局

甘肃省生态环境质量和污染防治攻坚战重点工作任务形势分析结果显示：2019年一季度，甘肃省生态环境质量总体向好，但部分城市PM2.5浓度出现反弹，部分流域水环境质量呈下降趋势。

为此，受甘肃省委常委、副省长周学文委托，甘肃省生态环境厅厅长雷思维对武威、天水、平凉、庆阳、张掖、酒泉6市政府分管负责同志进行了约谈，要求各级党委、政府切实落实生态环境保护主体责任，强化"党政同责、一岗双责"，定期研究生态环境问题，加强生态环境质量形势分析研判，主动担当作为，认真履职尽责，采取有力措施，协调推进污染防治攻坚各项工作有效落实。

同时，作为生态环境主管部门，甘肃省生态环境厅为被约谈市政府支出四招，以尽快扭转被动局面。

查测溯治，科学分析环境质量恶化原因

针对部分流域水环境质量呈下降趋势问题，约谈会议建议相关市州要按照"查、测、溯、治"的工作思路，开展不达标水体修复攻坚行动。强化流域系统治理，充分运用第二次全国污染源普查成果，全面摸清渭河、马莲河、葫芦河、石羊河等重点流域干流及主要支流流域范围内涉水污染源底数；加密设置入河排污口和河流监测断面（点位），加大监测频次，认真分析河流水质变化趋势，评估水环境承载力，诊断识别流域水环境问题；根据河流特征污染因子，追溯造成水质恶化的污染原因，从工业企业、城镇生活、农业农村等重点领域有针对性地研究确定控源减污措施，抓紧组织实施重点治理项目，有效改善

渭河、马莲河、葫芦河、石羊河等流域水环境质量，确保地表水考核断面稳定达标。

针对部分城市细颗粒物浓度反弹问题，建议相关市州要紧盯散煤管控及煤炭配送体系建设、燃煤锅炉淘汰和达标排放、工业企业达标排放、"散乱污"企业整治、扬尘管控、道路机械化清扫、机动车监管等重点工作、关键领域、薄弱环节，科学分析、认真研究，切实把问题症结找准，对症下药、精准施策。同时，要兼顾好年度重点工作任务，特别是打好柴油货车污染治理攻坚战任务非常繁重，要统筹谋划、协调推进，尽快补齐工作短板，进一步把工作往前赶、往实里抓，坚决打赢蓝天保卫战。

制定整治方案，强力有序组织整改

约谈会提出，各市州必须抓住降水逐渐增多的有利时机，紧盯年度目标任务，调高工作标尺，倒排工作任务，把目标再细化再分解，把任务再靠实再落细，科学研究制定整治方案和减排计划，抓紧启动实施年度各项重点治理项目和减排工程，采取必要的应急措施，周全考虑各种不利气象因素，在天不帮忙的情况下，也要通过各种控源减污和各项高标准监管措施的落实，保证年度环境质量目标实现。

要重点向环境监管要效益，严格落实大气污染防治"六张清单"挂账销号和"网格化"监管要求，实行空气质量三级预警机制；结合排污许可管理，倒逼工业企业达标排放，持续加大"散乱污"企业排查整治力度；组织开展重点流域、饮用水水源地生态环境隐患排查整治，对各类排污口的废水种类、流量和主要来源进行梳理排查，建立完善工作台账，实行"一口一策"，逐一整改。对重点企业的雨排口、工业废水排放口实行全过程监测监控，及时应对异常情况，确保流域水环境质量稳定达标。

同时，积极推进污水处理设施建设和升级提标改造，加快补齐生态环境基础设施短板，尽快还清一季度欠账，为供暖期和枯水期赢得余量。

加强协调调度，实行预警督办

约谈会议指出，要充分发挥市级大气、水污染防治领导小组作用，强化部门协调，形成"横向到边、纵向到底"的联动工作机制。

空气环境质量方面，必要时，可对相关数据按小时进行分析，把数据高的时段作为重点，真正找出数据背后的原因；进一步加大技防能力建设投入，不断完善微测网络建设，必要时购买第三方服务，利用微测网、走航车、航拍等技防手段，准确锁定污染源，及时整治，通过逐小时降低数据，确保日下降，最终实现整体数据下降。

水环境质量方面，要进一步加密监测频次，对苗头性、倾向性问题及早发现、提前介入、果断采取有效预防措施，对行动迟滞、应对不力的市州，省生态环境厅要及时进行预警通报和跟踪督办。

强化评估考核，严肃执纪问责

甘肃省提出，各市州要严格对照《省政府2019年度生态环境保护目标责任书》重点目标任务和有关要求，结合实际进行细化分解，与县区签订目标责任书，定期进行工作调度、评估考核和预警通报。

据介绍，近期甘肃省生态环境厅正在与省委组织部对接，拟将《省政府生态环境保护目标责任书》作为落实生态环境保护责任的刚性要求，强化评估考核，并将考核结果作为省管领导班子和领导干部工作实绩考评的重要指标。同时，要加大问效追责力度，对工作推进不力、连续被预警，环境质量目标改善任务未按期完成，影响全省环境质量约束性目标任务完成的市州，向省纪委监委、省委组织部提出建议，对相关市州、部门和责任人进行问效追责。

武威、天水、平凉、庆阳、张掖、酒泉市政府分管领导分别作表态发言，纷纷表示要正视问题、客观分析、坚决整改，会后立即向当地党委、政府主要领导汇报约谈会议精神,并针对存在的问题,研究制定整改方案,认真抓好落实,确保二季度生态环境质量得到明显改善,为全面完成年度各项约束性指标奠定坚实基础、赢得宝贵时间。

2016.04.01

张掖环评改革确保管得好接得住

不断提升建设项目环境管理水平,规范环评审批流程,成立甘肃省第一家市级环境工程评估中心,环评审批管理和技术力量得到充实……甘肃省张掖市自 2015 年 4 月被甘肃省环保厅列为环评审批改革试点市以来,把深化环评审批制度改革作为全面深化改革的"先手棋",取得了阶段性成效。

改变一刀切
分 5 个区域 3 个类别差别管理

"以前,修建一条一两公里的市政道路,也得召开专家评审会。"张掖市高台县环保局副局长赵兴华说,"这种一刀切式的环评审批程序不科学。"

针对环评审批流程中普遍存在的无论项目性质、环境影响程度等一律一套审批流程和模式的做法,张掖市在此次改革中明确,实行区域差别化建设项目环保准入管理和建设项目环评分类管理。

张掖市环保局副局长冯建军介绍,鉴于国家生态安全屏障综合实验区的重要地位,张掖市在环评审批制度改革中充分考虑了城市的主体功能区划,将全市划分为特殊环境敏感区、重点生态功能区、农产品主产区、城市人居功能区、工业准入优先区 5 个区域,对 5 个区域建设项目实行区域差别化建设项目环保准入管理。

另外,将建设项目分为豁免、备案、审批三大类,制定了《张掖市建设项目环境影响评价审批改革试点管理名录(试行)》。明确对涉及水利、农林、公路、城市交通和社会事业与服务业的 99 类民生项目豁免环评手续；对11个行业的55类项目实施备案管理，使市、县（区）环保部门审批的近1/3的项目环评文件由审批制改为备案制；对50类需要审批的项目取消了专家评审环节。

冯建军介绍，方案实施至今，全市共对34个项目办理了豁免手续，对24个项目环评文件进行了备案，对50个B类项目取消了专家评审环节，由审批部门直接进行审批。

简化程序
办理时限和费用均减半

在锦世化工创业孵化园里，一条去年开建的特种耐火材料生产线已经全线投产。锦世化工总经理张元忠告诉笔者，环评审批制度改革以来，创业孵化园上马的4个项目，前后不到两个月就拿到了环评手续。企业的发展环境越来越好了。

张掖市环保局副局长叶其炎介绍，此次环评审批制度改革按照能放则放的原则，大幅下放管理权限，将原来由省、市审批的近90%的项目审批权限下放到了县（区）环保部门。

甘肃瑞和祥生物制药公司副总经理张玉胜切切实实感受到了环评审批由过去的环节多、耗时长转变到现在的程序简、速度快、效率高。

几年前，张玉胜任职甘肃雪晶生化公司，负责办理柠檬酸项目的环评手续，从环评报告书编制完成到最后拿到环评手续，耗费了近4个月的时间，期间张玉胜个人为办手续"常驻"省城不说，邀请专家看现场、开会至少五六个来回，由此产生的差旅费等也让企业头痛不已。而去年张玉胜负责办理一项土霉素钙预混剂项目的环评手续，仅一个月就拿到了环评手续，省时、省事的同时还节省了几万元的相关开支。

改革后，张掖市环评审批时限均优化在法定时限的50%以内，环评审批时限大大缩短。对豁免类项目，在1个工作日内受理办结。对备案类项目，公示5个工作日后在公示期满1个工作日内办结。对审批类项目，A类项目公示10个工作日，报告书、报告表、登记表分别在20、10、5个工作日内完成审批；B类项目公示5个工作日后在3个工作日内完成审批。

与此同时，项目环评费用也降低了。编制报告表的项目大部分改成了备案制管理和B类审批，节省了原来审批产生的专家评审费、会议室费用、建设单位的差旅费等费用。叶其炎告诉笔者，总体而言，同过去相比，单个项目在环评审批方面的费用平均降低了3万元，降幅达到了50%。经张掖市环境工程评估中心测算，环境审批制度改革以来，中心共办理了40个项目的环评手续，共计为企业减负62万元。

此外，在改革后，张掖市环评审批前置条件从8个减少至规划选址、用地预审两个，其他6个实行并联办理，解决了曾让企业叫苦不迭的前置条件多甚至互为前置的现象。

审批权限下放后，项目环评审批权限更加趋于合理，解决了投资领域权限下放不同步的问题，优化了发展环境，提升了环境监管效能。

强化监管
宽进严管刚性要求不降

环评审批前置条件减少了，审批环节和流程优化了，但是刚性要求一点没有降低。

本次改革的指导思路是宽进严管，环评审批的重心将从事前审批转向事中、事后的监管。

如何做好事中、事后的监管？

据了解，张掖市通过征集、遴选、审查等方式，吸纳省级和河西五市具备较高专业水平和丰富实践经验的69名专家进入张掖市环评专家库，服务环境影响评价工作。

张掖市环境工程评估中心增加了6个财政全额拨款事业单位编制，由市环境工程评估中心安排人员，一对一做好县（区）的环评技术服务工作，确保下放事项能够管得好、接得住，服务全市项目建设。改革试点开展以来，无论何种项目都可以在4个工作日内安排技术评估，技术保障工作更为完善。

另外，按照建设项目环境违法行为专项检查要求，进一步分类梳理"未批先建"项目，全面掌握和分析未完成办理原因，采取办理一批、补办一批、说明一批、关闭关停一批的办法，加大对历史遗留的未批先建项目的整治力度。

截至目前，全市清理的324个未批先建项目已全部完成了整改，其中，办理环评手续141个，完成环评文件编制和已受理正在办理的29个，依法予以关闭关停122个，因停建等原因由县（区）政府出函说明销号32个，整改完成率为100%。

一年的试点改革，解决了一些多年累积的制约环境管理工作发展的问题，不仅是对管理体制、运行机制、服务保障的改进和完善，也是对各级环保部门责任、权利、义务的规范和调整。

2016.07.13

甘肃落实最严格水资源管理制度

因水资源缺乏，生态环境脆弱，甘肃省委、省政府高度重视水资源安全保障和水生态文明建设，认真贯彻落实最严格水资源管理制度，以全省用水总量、用水效率、水功能区水质达标率"三条红线"指标为导向和约束，积极开展水权制度、水生态文明建设、水价改革试点工作，为全省经济社会发展、脱贫攻坚和生态环境保护提供可持续的水资源保障。

"十二五"期间，全省水资源开发利用强度明显降低，用水总量呈现负增长，农业用水总量逐年减少，生态环境用水持续增加，用水结构不断优化。

完善最严格水资源管理制度体系

甘肃省不断完善最严格水资源管理制度体系。在全国率先出台了《甘肃省实行最严格的水资源管理制度办法》，建立覆盖省、市、县三级的2015年、2020年、2030年水资源管理控制指标体系，对全省范围内实行最严格水资源管理制度提出明确部署和具体要求，部分地区将用水总量指标进一步分解到乡镇和主要用水户，并自上而下开展了目标责任考核。

同时，严格控制区域用水总量。甘肃省政府批复实施《甘肃省水资源综合规划》，完成黄河干流、疏勒河、黑河、石羊河等省内主要河流水量分配，初步完成大通河、渭河、泾河、嘉陵江、汉江和讨赖河等河流水量分配。全面推进规划水资源论证，加强黄河干流甘肃段、黑河、石羊河、讨赖河和疏勒河等流域水资源统一调度，水资源水环境承载能力对产业规模、内容和布局的指导作用进一步体现。

提高用水效率，加强水资源保护

甘肃省不断提高用水效率。"十二五"期间，累计投入54.9亿元，相继实施小农水高效节水重点县34个、规模化节水示范项目5个和牧区节水示范项目27处。"十二五"全省新增节水灌溉面积900万亩。全省水资源利用效率明显提高，人均用水量由"十一五"末的478立方米降低到"十二五"末的454立方米，农田灌溉亩均用水量由561立方米降低到493立方米。

持续加强水资源保护。甘肃省政府批复《甘肃省地表水功能区划（2012—2030年）》，核定水功能区水域纳污能力，提出水功能区限制排污总量方案。实施石羊河流域重点治理、黑河流域近期治理以及敦煌水资源合理利用与生态保护项目，总投资近120亿元，关闭机井5000余眼，压减灌溉面积100万亩，配套节水面积470万亩，节水能力达到10亿立方米，河西内陆河流域水资源承载能力有所提高。

同时，甘肃省加强了地下水资源保护，甘肃省政府公布了全省地下水超采区、禁采区和限采区范围。全省生态环境用水由"十一五"末的1.07亿立方米提高到"十二五"末的3.14亿立方米，Ⅰ类至Ⅲ类水质的河长比例由54.5%提高到69.5%，水环境承载能力不断增强。

2018.06.07

张掖环评改革获省委书记点赞

甘肃省委书记、省人大常委会主任4月中旬在张掖市调研时说,在环评"放管服"改革方面,张掖把环评变成了网上行为,最多跑一次,应该在全省推广。

张掖市环评"放管服"改革试点的成功经验,为全省改革提供了可复制、可推广的示范性样本。甘肃省环保厅环评处调研员张如海介绍,2017年4月,在总结试点工作阶段性成果的基础上,经甘肃省政府同意,甘肃省环保厅在全省范围内全面推开环评"放管服"改革工作,目前已有12个市(州)出台了改革方案,8个市(州)成立了环境工程评估中心。2017年,全省共有18189个项目由审批改为备案,占全部建设项目总数的89%。

环评瘦身,优化经济发展更加有力

2015年5月以来,张掖市开展了环评"放管服"改革试点。甘肃省环保厅巡视员张政民主抓环评"放管服"试点工作,他如此概括张掖市的试点成效:"放权、严管、优服"释放了企业的发展热情和自律潜力,释放了环保部门在环境监管和制度创新方面的空间和活力,释放了群众参与环境治理的热情,改善了营商环境,改革成效显著。

张掖市环评改革简政放权力度可以用4个"大幅"来概括。

一是审批权限大幅下放,近90%的项目环评审批权限下放到县(区),其余项目集中在市级审批,市县两级权限分明、权责对等。

二是评估类项目大幅削减,已为2147个项目办理了环评手续,562个项目当日办结;其余1585个项目中进行专家技术评审的只有

209个,占比13.2%。

三是审批时间大幅缩短,备案类的报告表项目办理时间较以往缩短了近10个工作日。审批类项目中,不进行技术评估的B类项目最快可在8个工作日内完成审批,较以往缩短了近20个工作日;进行技术评估的A类项目最快可在1个月内完成审批,较以往缩短2—3个月的时间。2017年起全面实行登记表网上备案,业主10分钟就可以完成网上在线备案。

四是企业成本大幅下降,自2016年3月起,全面停收技术评估费,单个项目环评审批费用比过去平均降低50%;2018年开始,评审费用全部由财政承担,又替建设单位节省了专家评审、会议筹办等相关费用,单个项目环评审批费用再次降低了30%。

环评瘦身的直接效果是为企业减负,企业的市场活力得到激发。统计数据显示,张掖市规模以上企业2017年已达到237户,企业总数位居全省第三位。今年一季度,全市规模以上企业工业增加值同比增长7.8%,增速排名全省第六位。

硬件支撑,利企便民落到实处

环评瘦了身,但若缺乏高效硬件能力支撑,利企便民的改革目的就会打折扣。张掖市环保局局长说,为此,张掖市环保局自主开发运行了环评审批服务平台,目的就是打通"梗阻"使项目办理更加便捷。

试点期间,张掖市引入"互联网+政务"的服务模式,探索构建"一网办、一站式"的审批服务流程,建成以"一个平台"(张掖市环评审批服务平台)、"三大体系"(审批、服务、监管)和"六个窗口"(六县区审批窗口)为主要内容,覆盖全市的网上审批、网上服务、网上监管系统。建立了业主网上申报、环评分类办结、超时自动预警的工作机制,"一窗办、一网办、简化办、马上办"的改革目标基本实现。

通过这一平台,业主可随时随地登录互联网,在线申报办理环评手续。环境影响登记表项目10分钟完成网上备案,其他项目在规定时限内线上线下同步办结。据调查，97.5%的被调查单位认为张掖市环评审批"放管服"改革总体上解决了以往项目审批周期长、成本高等突出问题，办理环评少跑腿甚至零跑腿，提高了效率，方便了企业。

这一平台还成了工作人员作风转变的有效载体。在张掖市环评审批服务平台公开办理事项中，将审批内容、办理条件、办理程序、办结时限等内容全部在网上公开，并纳入电子监管和实时监察，让权力在阳光下运行，随时接受企业和群众监督。平台还设置了环保措施公示、"三同时"监管、双随机监管和监管预警四大模块，实现对所有项目环评的全过程网络化监督管理。

差别管理，从"重评轻管"向"评管并重"转变

张掖市环评改革还有一大亮点，就是创新建立了差别化管理的环评管理模式。

马成介绍，改革中将全市划分为特殊环境敏感区、重点生态功能区、农产品主产区、城市人居功能区、工业准入优先区5个区域，强化项目选址的空间管控和环境要求，对建设项目实施分区环境准入。

根据建设项目对环境的影响程度实施差别化管理，社会事业、服务业等对环境没有明显影响的民生项目不再编制环评报告；城镇基础设施、房地产等对环境影响轻微的项目环评文件探索实行形式审查；化工、采选等环境影响较重、环境风险较大的项目组织专家严格审查（审批A类），其余项目取消专家技术评审环节（审批B类），提高针对性，缩短审批时间。

明确划分市、县（区）两级环评审批权限，将审批A类项目全部集中到市上审批，其他项目下放到县（区），形成县（区）以监管为主、环评为辅，市级以环评为主、监管并重的管理格局。

现在，张掖市落实了县（区）对所有项目100%全监管、市级对审批类项目100%全监管的要求。监察人员在环评批复后当周对接企业环保设施设计和环境信息公开情况，当月跟踪检查和督办环保设施

"同时施工"情况，当季督查环保设施和措施落实情况，当年验收已建成并落实"三同时"的建设项目，实现了从"重评轻管"向"评管并重"转变。

张政民说，下一步，将重点针对环评改革中存在的问题，加大工作力度，完善工作措施。此外，将推广张掖市审批服务平台、生态环境监测网络平台的先进模式，加强技术支撑能力建设，督促指导相关市（州）加快建立环境工程评估中心，为环评审批提供有力的技术支撑。

2018.12.11

把困难留给政府 把方便让给企业

宝方炭材料科技有限公司10万吨超高功率石墨电极项目搭上了兰州环评"放管服"改革的"动车",享受到了环评改革的红利。

甘肃省兰州市为彻底解决环评审批程序繁杂、耗时过长、成本过高、监管难、企业重手续轻环境管理等突出问题,立足全市经济发展大局,本着切实为企业为群众提供更透明、更便捷、更高效服务的原则,将环境影响评价"放管服"改革推向纵深。

11项环评审批改革让"群众少跑腿"成常态

"理顺环保部门、建设单位和环评机构三者的关系,环评审批改革就要真放实减,求得优化行政审批流程的最优解。"兰州市环保局局长芮文刚说。

为此,兰州市在环评改革中,突出一个"放"字,实行了审批告知承诺制、环保部门不再组织专家技术审查、改造类项目不再报批环评手续、《建设项目环境影响评价分类管理名录》外项目不再纳入环评管理、取消审批前置、优化总量管理、统一审批标准、实行"不见面备案"、落实环评文件"瘦身"、实现"评、批"分离和允许建设项目开展施工前期准备工作等11项环评审批改革。

其中,改革提出的审批告知承诺制、不见面备案及环保部门不再组织专家技术审查几项措施,可以说真正进入改革的深水区。

经过改革,兰州市环评审批时间进一步压缩,实行告知承诺制的报告表类项目当日受理、当日办结,其他报告书类建设项目审批时限由法定60个工作日缩短为15个工作日;报告表类建设项目审批时限由法定 30 个工作日缩短为 10 个工作日；公示期满后，市、区县环保部门当日出具环评批复。

通过这些措施，"数据多跑路，群众少跑腿"成为常态。据了解，自"放管服"改革以来，兰州市已完成 2580 个建设项目的环评审批，其中 2259 个项目实行网上登记备案，87% 的项目做到了"零跑路"，13% 的项目实现了"最多跑一次"，市级审批的建设项目环评文件减少了 46%。

改革后，兰州市在组织专家技术审查环节给予建设单位绝对的自主权和选择权。由建设单位自行选择有相应资质的环评机构，在《兰州市环境保护局建设项目环境影响评价专家库》中自主选择相应专家，自行组织专家对环评文件进行技术审查。

兰州交通大学环境与市政交通学院教授陈学民谈到作为审查专家的一点感受："以前心理上总觉得还有环保行政部门把最后一道关，而现在我们就是最后的把关人。"

环评改革进一步推动全市重大项目落地生根

"少则得、多则惑，把该放的权真正放开放到位，把该管的事切实管住管好，才能收放自如、游刃有余。"谈到简政放权、转变职能，芮文刚如是说。

兰州市在"放"的基础上，强化"管"，彻底实现了"评管并重"的转变，市、区（县）级环保部门分层级落实环境监管执法责任，逐步形成了以市级环保部门监督执法、区（县）级环保部门现场执法检查的项目监管体系。市环境监察局环境项目科联合环保公安执法大队，实现项目监管全覆盖。

事中监管更加严格。建立了污染源自动监控系统、重点污染源综合监控系统及智能预警系统、污染源视频监控系统、网格化精准监测平台和大气污染物航拍系统，依托"五位一体"监控系统，不定期开展监测，对全市生态环境质量及变化趋势、污染源排放情况及潜在环境风险进行常态化监控,及时发现和处置"未批先建"建设项目。同时,注重事后监管与服务保障,对建设项目实行"当周对接、当月跟踪、当季督查、当年验收",实现全过程环评监管。

"把困难留给政府,把方便让给企业。"芮文刚介绍,2018年兰州市环保局共为318个新建项目建设单位和292个省、市重大项目的顺利落地提供了前期环保服务。环评"放管服"改革至今,收到了60余个环保咨询、环保信息公开等答复件,办理率100%、完成率100%、群众满意率100%,真正做到了零投诉。

环评改革进一步推动了全市重大项目的落地生根。截至目前,兰州市已对73个省、市重大项目开辟了"绿色通道",完成了中车兰州机车有限公司整体搬迁工艺水平提升建设项目、兰州动物园异地搬迁项目、国电兰州热电联产"上大压小"异地建设项目等重大项目的环评审批服务工作。

兰州环评改革纵深推进,正在筑巢引凤,为兰州市经济发展注入源源不断的活力。

2019.06.26

六方面发力补齐农村环保短板

"到2020年,全省90%以上的村庄生活垃圾得到有效治理,规模养殖场粪污处理设施装备配套率在95%以上,畜禽粪污综合利用率在75%以上,秸秆综合利用率在85%以上,农膜回收率在80%以上。"这是笔者在甘肃省生态环境厅召开的例行新闻发布会上了解到的情况。

甘肃省生态环境厅、省农业农村厅会同省直有关部门联合印发《甘肃省农业农村污染治理实施方案》(以下简称《方案》),明确要从六方面发力,深入推进农村人居环境整治,加快补齐甘肃省农业农村生态环境保护短板,增强农民群众获得感和幸福感。

建立农业产业准入负面清单,聚焦重点细化明确目标任务

"打好农业农村污染治理攻坚战,必须聚焦重点目标任务,坚持优先解决广大人民群众最关心、最直接、最现实的突出环境问题。"甘肃省生态环境厅土壤生态环境处处长陈静荣介绍,《方案》沿用了《农业农村污染治理攻坚战行动计划》"一保两治三减四提升"的目标要求,并在此基础上与甘肃省开展的全域无垃圾、农业面源污染治理等目标指标进行了充分衔接,根据环境质量、自然条件、经济水平和农民期盼,科学确定整治目标任务。

加强农村饮用水水源保护,是列入《方案》的首要内容。《方案》要求,到2020年底前完成供水人口在1万人或日供水1000吨以上的饮用水水源地调查评估和保护区划定工作,有效保障饮水安全。

在加快推进农村生活垃圾污水治理方面,梯次推进农村生活污水治理，到 2020 年，确保完成 2500 个建制村的环境整治任务，农村生活污水治理率明显提高。

《方案》在有效防控种植业污染上提出细化指标。要持续推进化肥、农药减量增效，到 2020 年，全省主要农作物化肥农药使用量实现负增长等。同时创建 45 个废旧农膜回收利用示范县，建立 900 个地膜残留省控监测点，全面提升回收利用水平。

《方案》要求严守生态保护红线，建立农业产业准入负面清单，构建农业农村生态环境监测体系。此外，落实乡镇生态环境保护职责等农业农村环境监管能力建设也提上了议事日程。

兼顾各地差异，采用适用治理技术和模式

甘肃省还充分兼顾各地农村经济发展和自然差异。陈静荣介绍，甘肃省明确要求，开展农业农村污染治理要坚持因地制宜、分类施策，科学确定整治目标，合理安排治理任务和建设时序。同时，要求坚持从实际出发，先易后难，区分轻重缓急，采用适用的治理技术和模式，不搞"一刀切"和齐步走，不搞形式主义。

为指导各地科学确定目标任务，《方案》明确了分区域的目标要求：到 2020 年，城市近郊及县城周边地区农村生活垃圾处置体系 100% 全覆盖，乡镇及周边地区 90% 以上的村庄生活垃圾得到清运处理，偏远村庄及深度贫困村 80% 的村庄生活垃圾得到清运处理。

一分部署，九分落实。为确保完成农业农村污染治理的目标任务，《方案》明确了加强组织领导、完善经济政策、强化技术和人才支撑、培育市场主体、加大投入力度和强化监督工作七项保障措施，确保《方案》落地执行。

2019.09.17

以解决噪声扰民等突出环境问题为切入口，多部门协同开展环境监管"小微权力"清单化管理

张掖一纸清单化解信访难题

"巷道镇景苑大酒店排烟道噪声很大，严重影响到我们的日常生活。"前不久，甘肃省张掖市生态环境局高台分局"12331"投诉电话接到任女士的投诉。

当日中午，巷道镇执法人员联合社区工作人员到任女士家中实地察看，确认投诉情况属实。随后，执法人员及时联系景苑酒店负责人豆老板，要求酒店拿出方案立即整改。

豆老板先后两次与任女士讨论整改方案，最终确定酒店在抽风机管上安装消声器，并且将油烟净化器和油烟机移至卫生间墙体和楼道墙体中间。整改完成后，高台分局执法人员立即进行现场复查，整改成效显著，任女士对整改结果非常满意。

这样一起经常发生在群众身边的"小事情"，能够如此快速高效受理办结，得益于张掖市推出的一项新制度——环境监管"小微权力"清单化管理。

一纸清单，群众投诉有人接、有人管

张掖市聚焦生态环境领域突出问题，以群众最关心最直接最现实的环境问题为突破口，全面落实环境监管"小微权力"清单化管理。以解决噪声扰民、油烟污染、畜禽养殖臭气等突出环境问题为切

入口，张掖市环境保护委员会协调市生态环境局、公安、畜牧兽医、市场监管等6个部门，在发挥各自职能职责的基础上，协同推进开展环境监管"小微权力"清单化管理工作。

清单明确了各职能部门的监管职责，规范了各职能部门办理环境监管信访投诉问题的受理、调查、答复等处理程序和工作要求，确保群众反映的环境问题有人接、有人管，并在规定时限内处置到位。

"集中梳理近年来的环境信访问题，在分析研判和调研走访的基础上，厘清政府部门监管职责，明确排污单位污染防治及环境保护的主体责任。"张掖市环境保护委员会负责人介绍，在此基础上，张掖市制定了《实施环境监管"小微权力"清单化管理工作方案》和环境监管"小微权力"清单，并对照"清单"，分门别类制作了环境监管"小微权力"明白卡，明确了群众环境权益维权投诉渠道、政府部门监管职责、排污单位应该履行的环境保护义务；做到环境保护权利与义务、责任与监督"双向"告知，有效解决了环境信访群众投诉无门、部门之间推诿扯皮、调处效率不高的问题。

张掖市通过报纸、电视、网站、微信、E信通等各类媒介，发布环境监管"小微权力"维权渠道通告，发放"明白卡"6万多份，广泛发动群众，引导群众依法维权。

自6月17日开展这项工作以来，全市共受理环境监管"小微权力"信访393件，目前已办结370件，正在办理23件。

关口前移，工作变被动为主动

第二轮第一批中央生态环境保护督察期间，张掖在全省环境信访投诉总量中的占比由第一轮的6.29%下降至4%。投诉问题中涉及餐饮业油烟污染和畜禽养殖的占全市交办信访投诉问题12.38%，与第一轮的24.19%相比，下降近12个百分点；与2018年省级环保督察交办张掖市信访问题中餐饮油烟噪声畜禽养殖污染占比34.31%相比，下降22个百分点。同时，第二轮第一批中央生态环境保护督察交办张掖市信访件中没有涉及文化娱乐行业噪声问题。

信访问题、餐饮油烟及畜禽养殖信访量"双下降",正是因为环境监管"小微权力"清单化管理制度的实施,使餐饮油烟和畜禽养殖污染等群众身边事,通过信访办理,回复率、化解率和满意率不断提高,人民群众获得感、幸福感不断增强。

"三家养殖场养殖臭味扰民有几年了,可是我们不知道向哪里投诉,也不知道该怎么投诉。"山丹县位奇镇马寨村村民们说,从电视上看到环境监管"小微权力"维权渠道通告,村民们抱着试一试的态度拨通了投诉电话。"没想到这事儿政府还真管。"

目前,养殖户已在远离居民区的地方重新选址,进行搬迁重建,新建养殖场已通水通电,土地已平整,地基已建成,外墙施工正在进行中,预计10月完工。

张掖市生态环境局局长马成说,环境监管"小微权力"清单化管理制度将各县区各职能部门的工作关口前移了,贴近一线群众,密切了干群关系,变工作被动为工作主动。通过主动畅通环境监管维权渠道、主动告知人民群众生态环境权益、主动引导人民群众维护切身环境权益、主动解决人民群众关心的环境问题,一些长期困扰人民群众生活的环境问题得到解决,人民群众的合法环境权益得到了有力维护。

作风转变,群众满意、部门支持、越级信访减少

在工作推进过程中,各部门对环境信访办理的支持率也显著提升。长期交织的环境监管责任逐渐清晰,县区及职能部门紧扣"明白卡"中的监管职责,主动出击,实现了环境信访问题解决从县区部门被动接受到主动支持配合的转变,行业监管部门依法履职工作水平也不断提升。

以环境监管"小切口"推动作风转变"大变局",张掖市纪检监察机关负责人说,对各职能部门履行环境问题处置职责中存在的不担当不作为、不落实落不实等问题线索,纪检部门将严肃追责问责,发

挥问责一个、警醒一片、教育一片的震慑效果。

实施数月，环境监管"小微权力"清单化管理制度取得了百姓满意、部门支持、越级信访量减少的良好社会效果。

随着工作的推进，全市各类信访投诉量不断加大，投诉内容日渐繁杂。张掖市环境保护委员会工作人员介绍，从目前环境信访事项来看，47.3%的信访投诉问题尚未纳入环境监管"小微权力"清单管理。

张掖市正在积极探索扩大工作内容，增加成员单位，深化全市生态环境"全链条"监管模式改革，实现对全市生态环境精细化、无缝隙、全覆盖的"全链条"监管。

2019.12.12

甘肃在优质服务中实现有效监管

　　截至 2019 年 10 月底，甘肃省 111 个县级地表水型饮用水水源地环境问题全部完成整治，人民群众饮水安全得到有效保障。这是 12 月 5 日，记者从甘肃省生态环境厅例行新闻发布会上了解到的情况。

　　今年以来，甘肃省着重从整合执法职责、规范机构设置、明确执法层级、加强队伍建设 4 个方面，对生态环境保护领域综合行政执法工作进行了改革。目前，全省生态环境保护综合行政执法既保持了高压态势，又充分体现出服务推动经济高质量发展的改革方向，发展态势良好。

保持环境执法高压态势

　　甘肃省生态环境厅生态环境综合行政执法局局长李佐康介绍，2019 年，甘肃省开展了饮用水水源地环境保护，企业排污口、雨排口专项检查，消耗臭氧层物质执法专项行动和垃圾焚烧发电行业专项执法检查共 4 个专项行动，并结合企业排污口、雨排口专项检查排查结果对黄河流域甘肃段情况进行摸排，建立了问题台账，促使环境问题得到有力整治，风险防控和应急能力明显提高。

　　8 月 5 日，被生态环境部挂牌督办的武威市供排水集团公司污水处理厂解除挂牌督办。至此，中铝兰州分公司、兰州兰石集团有限公司、永昌县供热公司、武威市供排水集团公司污水处理厂 4 家生态环境部挂牌督办企业全部解除挂牌督办。

　　甘肃省生态环境厅采取下发督办通知、开展现场督查、组织环保约谈等方式推动重点问题整改。相关地区人民政府及生态环境部门普遍高度重视，整改到位、处罚到位、追责到位，确保问题整改取得了实效。

9月1日，甘肃省生态环境厅依法对北河湾循环经济产业园区内的金源矿业公司、吉泰化工、冠润科技、天亿化工、鑫海源化工5家企业实施省级挂牌督办，督办时限为6个月。

据了解，近年来，甘肃省生态环境厅先后3批次对43个环境问题实施了挂牌督办。截至目前，已解除挂牌督办30家。

此外，紧盯上级转办问题整改。2019年以来，甘肃省生态环境厅先后对生态环境部转办的甘肃锦世化工有限责任公司、甘肃民丰化工有限责任公司环境污染问题，甘肃省委、省政府转办的群众投诉兰州九州丰泉发电厂污染问题，以及甘南州自然资源资产审计问题等10个问题进行了调查核查，大力推进了问题整改。

服务推动经济高质量发展

"进一步深化生态环境监管，其目的是服务推动经济高质量发展。"李佐康表示，服务和监管并不是一对矛盾体，而是相辅相成的，就是要通过监管来引导企业自觉守法，通过服务来提高企业的守法水平。

为此，甘肃省从持续深化生态环境领域"放管服"改革、不断推进生态环境执法队伍建设、精准把握执法尺度3个方面着力，不断改进优化监管执法方式。

印发了《关于做好2019年生态环境领域"双随机，一公开"监管工作的通知》，并制定了《甘肃省生态环境领域"双随机，一公开"监管工作实施办法》，推进甘肃省生态环境领域简政放权、放管结合、优化服务工作，提升精细化监督管理水平；创新事中事后监管方式，切实解决检查随意性和执法扰民、执法不公、执法不严等问题；制定抽查事项清单，合理确定随机抽查比例和频次，保证抽查的覆盖面和工作力度，同时加强抽查结果应用，做到重点突出、效能提高。

为不断推进生态环境执法队伍建设，增强打击生态环境违法行为的能力，全省各市（州）结合实际情况，通过实地培训、实战练兵、组织环保法律法规知识竞赛和邀请专家授课等方式，开展了形式多样的执法大练兵活动。10月下旬，甘肃省生态环境厅在张掖市组织举办了2019年省级生态环境保护执法大练兵比武竞赛活动。

甘肃正在积极推行生态环境领域行政执法"三项制度"，即行政执法公示制度、执法全过程记录制度和重大执法决定法制审核制度。已制定印发全省生态环境系统《重大执法决定法制审核办法》《执法信息公示实施办法》和《行政执法全过程记录实施办法》，修订了执法流程图和自由裁量标准，这将进一步规范全省生态环境保护行政执法工作，约束执法人员的行政执法行为。

"既要严格执法又要热情服务，对于企业存在的环境问题既能一针见血点到位，又能从高质量发展角度对企业整改和发展提出有效建议。"甘肃省生态环境厅厅长对生态环境执法监管工作提出了明确要求。

甘肃省生态环境厅坚决杜绝执法"一刀切"，为企业提供政策、技术等方面的咨询服务，围绕企业环境治理需求提供精准化帮办服务，助推企业合法生产、达标排放。通过做到监管执法与服务两手抓，在做好监管的基础上，不断提高服务意识和水平，在优质服务中实现有效监管，更好地促进发展、服务社会。

2019.12.31

甘肃构建省级环境应急物资储备和救援队伍体系

12月25日，中国石油兰州石化公司消防指挥中心大院里一派红火景象，身着红、黄、迷彩3色制服的应急救援队伍排列整齐、精神抖擞，十余辆鲜红的消防车一字排开、停放有序。

新揭牌的甘肃省生态环境厅兰州应急物资库、甘肃省生态环境厅兰州应急救援队两块金色牌匾泛着暖光，为兰州石化公司消防指挥中心再添几许暖意。

当前，历史遗留环境欠账与新的环境问题相互交织，环境突发事件呈现易发频发态势，环境应急任务十分艰巨。甘肃省着眼严峻的环境安全形势，以问题为导向，强化底线思维，全面提升全省各级政府突发环境事件应对能力，有针对性地做好环境应急物资和救援、处置准备。

甘肃按照"省级指导、地方协调、企业组建、突出重点、有偿使用"的原则，采取省级环保专项资金补贴和协议挂牌方式，依托大型企业现有救援力量、技术装备和物资储备仓库组建"省级区域环境应急抢险救援队伍"和"省级区域环境应急物资储备库"，形成省级环境应急物资储备和救援队伍体系。

从两封感谢信说起

2019年1月10日，中国石油天然气股份有限公司兰州石化分公司和长庆油田分公司分别收到来自甘肃省生态环境厅的感谢信。对这两家公司在2018年突发环境事件应急中，协助政府部门开展应急处置工作，表达了衷心的感谢和诚挚的敬意。

据了解，2018年4月9日，平凉市泾川县发生交通事故，导致24吨柴油泄漏至汭河后流入泾河；2018年9月20日，宁夏回族自治区吴忠市盐池县发生储油罐原油泄漏事故，导致污染物流入十字河后进入环县东川河。两起事故均严重威胁泾河下游流域水环境安全。

事故处置过程中，长庆油田分公司陇东指挥部和第二、七、十一、十二采油厂累计投入抢险人员1140余人次，调用车辆410余台次，全力采取断源清污、拦截吸附等应急处置措施。

泾川"4·9"泄油事件中，兰州石化分公司也在第一时间，紧急派遣专家，调送应急物资，参与到环境应急处置工作中。

信中说，在突发环境事件应急中，两家公司充分发扬了"一方有难、八方支援"的互助精神，用实际行动践行企业社会责任，为科学妥善处置突发环境事故作出了重大贡献。

其实，在两起应急事件中，两家公司投入的不仅仅是人力和车辆，还有活性炭、吸油毡、溶解剂、编织袋、绳索、拦油浮子等大量物资。

如何补齐环境应急物资储备和应急救援队伍建设短板，同时，让企业在参与环境应急处置过程中，不再无偿地出人、出力还出钱？

甘肃省给出的方案是：政企合作，借用优势资源，组建环境应急救援队伍和建设环境应急物资储备库，规范应急物资收存、出库使用管理规定，建立符合市场规律的区域环境应急物资储备和应急救援队伍体系。

政企合作，建立省级环境应急救援体系

甘肃省生态环境厅环境应急管理部门按照《甘肃省区域环境应急救援队伍和物资库建设实施方案》有关要求，经与中国石油长庆油田公司、兰州石化公司、玉门油田公司沟通衔接，于2019年6月向这3家企业致函"关于组建省级区域环境应急救援队伍及物资库的函"，开始了省级区域环境应急抢险救援队伍和省级区域环境应急物资储备库筹建工作。

"在企业选择上，充分兼顾了实施环境应急响应的范围，选定的3家公司分别位于甘肃省东、中、西部。"甘肃省生态环境厅环境应急处负责人介绍，选定公司都具有较为完善的应急救援体系，应急救援处置能力经过实战操练。

3家公司积极响应甘肃省生态环境厅工作部署，按照省级环境应急能力体系建设要求，如期完成了应急物资仓库准备及应急物资接收入库工作，同时把以消防支队为基础组建的环境应急救援队纳入了甘肃省环境应急救援体系，开展培训。

3家公司应急物资库先后通过验收，并正式挂牌成为首批加入甘肃省级区域环境应急物资储备及救援队伍体系的企业。

除了省级环保专项资金补贴和协议挂牌，有偿使用是甘肃省省级区域环境应急物资储备库建设的显著特点。按照"谁污染、谁承担，谁使用、谁补偿"的应急救援队伍和物资使用原则，事故责任单位在突发环境事件应急处置过程中，无能力调集应急处置行动所需环境应急救援队伍和物资时，可由事发地市（州）生态环境局调用省级环境应急救援队伍和物资，事后按规定分别支付应急救援费用，补齐使用物资。

"这是在做打基础、谋长远、保安全的事。"兰州石化公司相关领导对这一做法极为赞同。

3家挂牌企业负责人纷纷表示，将以加入省级区域环境应急救援体系为契机，进一步持续加强企业环境应急能力体系建设，不断提高环境应急救援处置能力，主动承担省市生态环境部门交办的应急救援任务，为保障甘肃省环境安全作出新贡献。

2020.07.06

放射源从此"走不丢"

在工农业、科研、医学等领域，放射源能够为我们提供极具实用价值的辐射，其应用必不可少。然而，辐射具有看不见、闻不到、摸不着的特点，一直以来都是安全监管面临的挑战。

近年来，甘肃省生态环境厅重点发力，用物联网技术构建高风险放射源使用和贮存科学化、专业化管理体系，实现高风险放射源"全监管、零失控"，真正将高风险放射源管理成了让群众放心的放射源。

一套用心打造的智能监管系统

"从大屏幕上我们看到一台搭载着编号为 BQ093006 放射源的探伤机正在庆城县野外作业。"甘肃省核与辐射中心副主任王海山通过"甘肃省高风险移动放射源在线监管系统"向笔者详细介绍甘肃省高风险放射源智能监管体系。

操作员谷浴轻点鼠标，这枚放射源的准确经纬度坐标、辐射剂量、电池电量等同步信息一一显示在屏幕上。谷浴随机抽调了这枚放射源3月1日以来的活动轨迹，各类详细信息一目了然呈现在监控屏幕上。

这一精细监管目标的达成正得益于现代技术手段在放射源安全监管领域的充分运用。资料图片中，甘肃实华工程检测有限公司一枚放射源上，安装有一个"黑盒子"。王海山介绍，这个长度约10厘米的"黑盒子"是"一源一枚"量身定制的高配智能电子标签，具有 GPS 定位和辐射剂量检测两项功能。有了这枚电子标签，不管是监管部门还是企业管理人员，都能全天候、全时段、持续在线对放射源进行监控。

据了解，甘肃省将"高风险放射源管理"纳入《甘肃省"十三五"

核与辐射安全规划》《甘肃省落实〈核安全与放射性污染防治"十三五"规划及2025年远景目标〉实施方案》，列为省政府环保目标责任书重点任务予以贯彻落实。

甘肃省生态环境厅把"高风险移动放射源在线监管系统"建设，作为全省生态环境监测网络整体建设重要内容，在此基础上，成立专项工作领导小组，严密把控项目立项、调研、组织、实施等各环节工作进程，按计划、分步骤缜密推进项目建设进展，确保系统如期投运并发挥监管效益。

"对我们企业而言，这套系统的建设使得我们自身的监管上了一个大台阶。"中国石油集团测井有限公司长庆分公司技术员赵勇认为，这是辐射监管方式上一次质的提升，能帮助企业有效防止以往管理中可能存在监管不精细的问题。也有企业负责人表示，新的监管模式能有效打击违法使用放射源行为，有利于行业的良性竞争和有序发展。

"五位一体"监控高风险放射源

放射源丢失、被盗以及丢失后如何快速找回，是放射源使用和监管单位最为关注的问题。

甘肃省生态环境厅核与辐射处处长葛宏英介绍："此前，放射源的管控一直以'人防'为主，无法及时预告预警，丢失后找回时间长、难度大，需要耗费大量人力物力。"

截至2019年底，甘肃省"高风险移动放射源在线监管系统"全面建成投运，并完成与生态环境部高风险移动源在线监管系统的数据对接。

期间累计完成省级财政180万元专项投资，对2019年10月底前省内所有在用的移动和固定高风险放射源全部安装具有定位和辐射剂量监测功能的高配智能监管电子设备，购置配备省级大屏显示系统和监管终端设备，从而实现了高风险移动放射源实时状态的在线监管。

这套系统通过应用物联网、现代传感、自组网通信等技术手段，在对放射源基本属性信息及放射源使用企业基本情况信息的统一管理基础上，实现了放射源管控由"人防"为主到"技防"为主的转变，实现了放射源在线辐射剂量实时监测、实时定位跟踪、远程视频监控、智能巡检和关键环节报警"五位一体"的全面监控，并为辐射环境执法、防止放射源意外事故发生提供数据保障，真正做到"防丢失，防偷窃，防泄漏"。

以搭载 BQ093006 放射源的探伤机为例，有了这枚电子标签，放射源和移动探伤机一旦发生断电、移动、震动等"风吹草动"，系统会立即报警，万一出现丢失情况，内置装置将发挥作用，便于管理人员迅速锁定移动轨迹，监管部门和企业能在第一时间了解情况，采取应对措施，把放射源对环境的危害降至最低。

笔者看到，屏幕上"轨迹""剂量率""电池电量"3 个重点模块均显示绿色。谷浴说，"绿色表示正常，一旦处于非正常状态，模块就会变成红色报警状态"。

甘肃省生态环境厅核与辐射处工作人员介绍，目前，甘肃省共有高风险放射源 53 枚，涉及 4 市及兰州新区 6 家单位，已全部纳入在线监管。此外，预留 20 台在线监控设备，为转入甘肃省进行异地作业项目且未安装在线监控设备的装置使用，确保甘肃省辖区内所有在用高风险放射源都纳入监控。

葛宏英说："现在对于甘肃省在用高风险放射源，我们能确保精准定位。高风险放射源走不丢，监管单位才安心，群众也才能放心。"

"不漏掉一家企业，不放过一处隐患。"

监管系统里的高风险放射源"走不丢"，那"新来"的怎么办？会不会有漏掉的？

"不漏掉一家企业，不放过一处隐患"，甘肃省生态环境厅党组对高风险放射源监管有明确要求。

从风险源头入手，甘肃省严格执行审查程序，落实专业技术审评、信息公开和公众参与相关制度规范，切实把好高风险放射源企业建设项目环评准入关口。严格辐射安全许可证核发技术评估制度，以环评批复落实、管理制度建立、安全措施执行等为重点，不断加强高风险放射源辐射安全许可审批质量管控。综合运用行政手段，将终端建设要求作为放射源转入审批、异地使用备案的前置条件予以实施，确保新增高风险移动源实时、全方位纳入监管范畴。

为尽快实现高风险移动放射源在线监管目标，系统建设初期，甘肃把在用高风险放射源在线监管系统的建设及投用费用，统一纳入预算，由甘肃省生态环境厅统筹资金予以解决。由于财政资金保障有力，确保了系统在最短时间内启动和有效运行。

此外，充分考虑到企业主体责任落实，保障后续监管到位，对于企业后续购入的放射源，省生态环境厅提出明确要求，必须安装在线监控后方可投入使用。

2019年"响水事件"发生后，甘肃省集中1个月时间开展了核与辐射安全隐患排查专项行动，对使用高风险放射源单位进行深入细致的安全隐患排查，"一对一"反馈存在问题，"一对一"督促查找问题原因，"一对一"指导建立问题清单，按照执行到位、解决到位、不留尾巴的原则，落实问题整改跟踪问效和验收销账制度，并举一反三，建立平时管控和重点防护相结合的管理模式。

同时，始终把高风险放射源作为日常监管和监督检查的重点，联合省市县三级监管力量，对涉及高风险放射源企业开展全覆盖式安全隐患排查和问题督促整改，有效保障了区域辐射环境安全。

2020.09.04

甘肃生态环境损害赔偿制度体系基本建立

为打破"企业污染、群众受害、政府买单"困局,实现2020年建立生态环境损害赔偿制度体系的目标,甘肃省持续抓好生态环境损害赔偿制度改革各项任务落实,在制度建设、机制完善等方面取得新进展。

5部门联合印发6项配套制度

在《甘肃省生态环境损害赔偿制度改革实施方案》印发后,甘肃省生态环境厅、省自然资源厅、省水利厅、省农业农村厅、省林业和草原局联合印发实施《甘肃省生态环境损害调查实施办法(试行)》《甘肃省生态环境损害鉴定评估管理办法(试行)》《甘肃省生态环境损害赔偿磋商办法(试行)》《甘肃省生态环境损害修复管理办法(试行)》《甘肃省生态环境损害修复效果评估管理办法(试行)》《甘肃省生态环境损害赔偿公众参与和信息公开办法(试行)》6项配套制度。

明确基本性、根本性、细节性问题

"生态环境损害调查、鉴定评估等基本环节的工作流程得到规范,赔偿权利人和赔偿义务人的责任得以明确,配套制度的可操作性更强,从根本上实现赔偿到位、修复有效。"据甘肃省生态环境损害赔偿制度改革工作领导小组办公室人员介绍,这些都是相关配套制度立足解决的基本性、根本性、细节性问题。

其中,调查实施办法细化了生态环境损害事件的类型,规定调查的内容、时限、流程等,明确调查、鉴定评估的费用由赔偿义务人承担。这个实施办法还规定了适用生态环境损害赔偿简易程序的情形,即经专家论证认为生态环境损害责任认定无争议、生态环境损害事实简单、损害较小、生态环境损害可以修复且预估修复费用较小的事件,可由赔偿权利人指定的部门根据现有法律文件规定或专家意见直接要求赔偿义务人进行生态环境修复或恢复工作,大大缩短了工作流程,有利于受损的生态环境尽快得到修复。

鉴定评估管理办法则主要用于规范生态环境损害鉴定评估机构的行为,明确生态环境损害鉴定评估的主要领域和主要内容,为科学公正地开展鉴定服务提供保障。

修复效果评估管理办法明确修复效果评估的主体,对修复效果评估程序进行了规定。明确修复效果评估完成后,赔偿权利人及其指定的部门可以组织召开验收专家会,确保修复效果。

生态环境损害赔偿公众参与和信息公开办法规定了公众参与和信息公开的程序和内容,包括信息公开主体、公众参与形式、信息公开的内容和途径、不予公开信息类型、信息公开申请、法律责任等内容。

细化磋商等重要环节

磋商是生态环境损害赔偿的重要环节,《甘肃省生态环境损害赔偿磋商办法(试行)》在6项配套制度中具有十分重要的地位,它规定了磋商的主体、程序,明确"先磋商后诉讼"原则。规定磋商不成后,赔偿权利人及其指定的部门应当及时向有管辖权的人民法院提起生态环境损害赔偿诉讼。

这个试行办法还明确生态环境损害赔偿诉讼和环境公益诉讼的衔接关系,提出对污染环境、破坏生态,损害社会公共利益的行为,符合环保法中规定条件的社会组织可以向人民法院提起环境公益诉讼。在生态环境损害赔偿诉讼案件审理过程中,同一损害生态环境行为又被提起民事公益诉讼,应当按照《最高人民法院关于审理生态环境损害赔偿案件的若干规定（试行）》有关规定执行。

甘肃省生态环境损害赔偿制度改革工作领导小组办公室人员说，6项配套制度的出台，标志着甘肃省生态环境损害赔偿制度体系基本建立，使生态环境损害赔偿在操作环节有了抓手，能够有效指导生态环境损害案件索赔实践，促进形成行政部门、司法机关密切配合，非政府组织、人民群众共同参与的生态环境损害赔偿良好格局。

2020.10.26

甘肃突发环境事件数量稳步下降

2014年22起，2015年12起，2016年9起，2017、2018年均为5起，2019年4起……近5年来，甘肃省突发环境事件数量呈稳步下降趋势。这是笔者在甘肃省生态环境厅日前召开的例行新闻发布会上了解到的情况。

近年来，甘肃省正在将环境应急管理的主要要求渗透到环境保护各项工作中，从加强环境风险防控、夯实应急基础能力、推进联防联控等方面努力架构全防全控的应急管理体系。

环境风险防控措施落地生效

"全省突发环境事件数量稳步下降，得益于一系列环境风险防控措施的落地生效。"据甘肃省生态环境厅应急管理处负责人介绍，近年来，甘肃省不断加强应急预案管理，坚持"两手抓"：一手抓政府预案管理，省、市、县三级政府均制定印发了突发环境事件应急专项预案，初步形成了横向到边、纵向到底的环境应急预案体系；一手抓企业预案管理，完成备案企业3619家，备案率达99%。同时，不断推进"卡片化"管理模式，逐步实现企业应急预案的实用化、流程化、图表化。

隐患险于事故，防范胜过救灾。甘肃省全面推行以企业为主体的环境隐患自查、自报、自验、自改的闭环管理体制，有效强化环境风险防控源头化管理。监管部门时刻紧绷"安全弦"，督促指导企业做好环境安全隐患排查治理，组织市州织密隐患防控网，开展地毯式、拉网式大排查，及时消除环境安全隐患。同时，强化监测预警，在重大节假日、汛期以及敏感时期印发通知，制定节日值班安排表，进行预防性调度，提前向各地发出预警性提示，紧盯尾矿库、危险化学品等重大风险隐患，提前采取措施，有效防范和减少次生突发环境事件。

此外，加强风险评估。在区域风险评估方面，兰州、嘉峪关、武威、甘南已完成行政区域突发环境事件风险评估报告并报请政府批准实施，其他市州计划于2020年年底前完成。在流域风险评估方面，对黄河干流、泾河、渭河、内陆河、嘉陵江等重点流域（水系）环境风险开展系统评估，摸清流域环境风险基础信息，提出科学、合理的流域（水系）环境风险管控措施。

环境应急基础能力不断夯实

从2019年起，甘肃省生态环境厅着手在全省14个市州和兰州新区组建环境应急物资储备库和应急救援队伍，构建省级环境应急物资储备和救援处置体系。

目前，覆盖全省的15个省级区域环境应急物资储备库及15支区域环境应急抢险救援队伍已完成省级验收5家，年底将全部建成。市级环境应急物资储备库和应急救援队伍建设也在稳步推进。

这位负责人介绍，应急物资储备和救援处置体系建设按照"省级指导、地方协调、企业组建"的原则，采取省级环保专项资金补贴和协议挂牌方式，依托省内大中型企业现有救援力量、技术装备和物资储备仓库，组建形成省级环境应急物资储备和救援队伍体系。

"物资储备充足、专业人员到位，是应对突发环境事件的必备条件。"甘肃省生态环境厅副厅长闫子江表示，下一步甘肃省将加快应急指挥大数据平台建设，加强生态环境应急专家库建设，发挥科技支撑作用，强化应急物资信息集成共享。

如今，环境应急演练在甘肃已经常态化。甘肃省生态环境厅要求各市州、各省级以上工业园区根据辖区内风险源特点，设置典型场景，开展评估性应急演练。2020年下半年，仅甘肃省生态环境厅参与指导的就举行了4次。通过演练达到了学习交流、磨合机制、检验突发环境事件应急预案的科学性和可操作性的目的，锻炼了一支政治强、本领高、作风硬、敢担当、特别能吃苦、特别能战斗、特别能奉献的生态环境应急铁军。

联防联控合力初步形成

2020年汛期，甘肃省雨情急、汛情猛、险情多、灾情重，多地出现百年一遇降水和暴洪，滑坡、泥石流多发频发，自然灾害次生突发环境事件风险明显增大。

针对甘肃省汛期尾矿库安全风险大的实际情况，甘肃省生态环境厅会同省应急管理厅对全省尾矿库风险隐患排查治理工作开展了联合督导检查；与交通、气象等省直有关部门建立汛期会商调度机制。实践中，部门联防联控，有效构筑起了政府各部门统一指挥、反应灵敏、协调有序、运转高效的工作局面。

另外，甘肃省生态环境厅还会同省水利厅联合向各市州政府、兰州新区管委会印发了《关于建立跨市（州）流域上下游突发水污染事件联防联控机制的实施意见》；组织起草了《甘肃省危险货品道路运输突发环境事件应急管理办法》，进一步厘清了各部门预防和应对道路交通事故现场救援及次生突发环境事件应急处置工作职责。

> 2020.11.23

实行安检、环检、综检"三检合一",打通"天地车人"一体化监控网络系统,超排车无处藏身。

甘肃机动车污染防治取得突破性进展

"大气污染物排放中,道路交通污染占比已超过30%。"甘肃省生态环境厅刘迎伟说,"机动车污染防治已成为甘肃省大气污染防治的重要战场。"

近年来,甘肃省大气环境质量持续改善,地级城市空气质量达标率达到92.9%,老百姓的蓝天幸福感明显增强。但是,随着机动车保有量的不断增加,机动车尾气污染日益凸显,逐渐成为甘肃省城市发展中最主要的污染源。

为此,甘肃省生态环境厅不断强化机动车污染防治监管工作,抓落实、提效能,坚持统筹"车、油、路"管理,大力实施清洁柴油车、清洁柴油机、清洁运输、清洁油品和车用尿素行动,全链条治理柴油车(机)超标排放,明显降低机动车污染物排放总量,机动车污染防治工作取得突破性进展。

"三检合一"闭环管理

甘肃省建立了生态环境、交通运输、公安交管、市场监管四部门联合协调工作机制,印发了《关于进一步推进全省道路货运车辆"三检合一"改革工作的通知》《关于落实建立实施汽车排放检验与维护制度的通知》,实行安检、环检、综检"三检合一"闭环管理模式,提高"放管服"质量,优化车辆检验检测程序,降低车主年检、年审一次性时间成本,实现汽车"一次上线、一次检测、一次收费、结果互认",受检车辆同时取得安检、综检、环检三份检测报告的电子化监管管理目标。

"以前车辆检测至少要跑安检站、综检站两个检测站,起码得用大半天。现在只需在'三检合一'检测机构就可以一站式完成,一两个小时就审完了。还能节省下 200 多元钱。省事、省心又省钱!"司机马师傅对"三检合一"带来的实惠有切身体会。

检验超标排放车辆怎么办?甘肃省加强维护(维修)站建设管理,省级生态环境、交通运输部门的监管平台实现了信息交互,联动监管,对超标排放汽车在甘肃全省范围内进行锁定闭环管理。在甘肃省汽车维修电子健康档案系统中,汽车尾气排放维护修理信息一目了然,维修后的汽车经当地交通运输部门网上审核签发《机动车维修竣工出厂合格证》后,汽车的复检端口即被打开,车辆便可进入"三检合一"检测机构重新检测。

打通"天地车人"一体化监控网络系统

10 月 20 日起,兰州市七里河区兰临高速南出口,1 套固定式机动车尾气遥感监测系统正式启用,对经固定式机动车尾气遥感监测系统监测排放不合格、冒黑烟等明显可视污染物的机动车上道路行驶的违法行为进行抓拍处罚。

截至目前,甘肃省在 14 个市州建成机动车尾气遥感监测系统 26 台(套)并实现联网和数据传输。甘肃省生态环境厅定期对市州监管人员开展专业培训,指导市州管理工作,筹集专项资金,配备人员和路检抽检仪器设备,强化市级监督检查的执法能力建设。

七里河区环境监测站周筱说,这套"天"检遥感系统是对"人"检的补充。周筱所说的"人"检是指县区监测站承担的机动车尾气移动人工路检、抽检工作。甘肃省生态环境厅指导 14 个市州全面完成了禁止使用超标排放非道路移动机械区域划定工作。科学开展全省非道路移动机械摸底排查与编码登记工作，共摸排登记 25934 辆，完成环保登记号码核发 23820 辆。

以机动车检验机构定期检测、机动车排放维修治理为抓手，甘肃省生态环境厅指导机动车排放检验机构完成国家、省、市三级联网，机动车"地"检系统建成，基本实现了排放检验数据实时、稳定传输。

另外，目前甘肃省以重型柴油货车 OBD 在线监控、非道路移动机械排放检测为主的"车"检系统也已建成。

目前，依托甘肃省生态环境厅生态环境监测大数据平台，甘肃省打通了"天地车人"一体化监控网络系统，初步实现了服务方式便民化、监管手段科技化、尾气排放减量化的目标。

实施检测数据自动化闭环管理

甘肃省机动车环保检测行业协会会长张玉泉通过"机动车污染防治监管网络系统信息平台"在线介绍了机动车检测数据的在线生成和闭环管理。

目前，甘肃全省实现机动车环检和安检同步，解决了环保检测数据无法实时传送至公安安检系统的问题。废除采用人工拍摄环保检测合格报告单二次上传至安检系统的方式，实施安全检测、环保检测数据自动化闭环管理，将检测过程数据逐秒上传至环保监管平台，经过监管平台审核判定后，环检合格数据同时单向推送至公安交管部门，核发安检标志，完成机动车定期检验检测流程，彻底解决检测流程不顺畅、车主等待时间长、机动车环保检验数据造假等问题，提高环保检测结果数据的真实性、有效性和准确性。

刘迎伟表示，甘肃省通过创新开发生态环境、公安与交通（检测、维修）区块链相互印证数据的闭环电子化网络管理系统模式，建立生态环境、公安与交通部门联手监管、联手防控机制，严控在用机动车排气超标上路行驶行为，实施超标车辆强制维修制度，使超标排放机动车无处藏身。

2020.11.30

甘肃实现市级辐射事故应急演练全覆盖

"安装大晶体放射源巡测仪的无人机在厂区边界外四周盘旋,通过物联网技术将实时GPS、剂量率等数据传回指挥中心。身着白色防护服的技术人员携带放射源搜寻背包和长杆监测仪紧张有序地进入划定区域进行监测搜寻……"这是笔者在甘肃省兰州新区某公司看到的演习场景,演习代号"陇原行动"。

甘肃省是我国核工业体系比较完备的省份之一,是国家重要的核产业基地,在"一带一路"核产业链上有着极重要的战略地位。近年来,甘肃省未雨绸缪,不断强化辐射应急响应处置能力,随时做好应对核与辐射安全防范工作,确保各相关单位能够针对突发核与辐射事故迅速而有效地实施应急响应行动,保障全省核与辐射安全。

闻令而动,提升应急响应、组织协调及协同作战能力

"陇原行动"演习模拟甘肃省发生6.0级地震后,某公司位于距震中50公里范围内,地震导致场内第三方公司正在探伤作业的一枚Ⅱ类放射源失控。事故发生后,这一公司立即启动本单位辐射事故应急预案。甘肃省生态环境厅接到报告后,根据"事故"情况,初判启动二级响应,并上报甘肃省政府。甘肃省辐射事故应急指挥部立即下达启动二级响应,省生态环境厅组织省级辐射应急监测力量及公安、卫生健康等部门赶赴现场,联合开展应急响应和处置。

"各位,请1组、4组负责采样工作,2组负责……行动方案已下发各组,请大家按照方案执行。"演习现场,应急监测组组长有条不紊

下达调度指令。接到指令后，各小组根据调度平台下发的监测方案路径图开展相关工作。应急监测2组驾驶应急监测车沿厂区边界外四周道路开展辐射剂量率巡测工作，应急监测5组操控无人机在厂区边界外四周车辆无法抵达的位置开展辐射剂量率巡测工作，2组、5组监测完毕后，应急监测1组、3组、4组、6组继续开展监测工作。

辐射事故与核事故叠加，事故背景复杂，是本次演习的一个重要特点。由于场内发生核事故，外部应急人员不能立即进入。为此，演习首先开展了核设施外围辐射环境应急监测工作，通过导控设置，2小时后核事故处置完毕，省应急组织进入场区协助核设施完成辐射事故处置工作。

"演习对外围辐射环境应急监测任务要求高。"这是参与本次演习的监测人员的共同感受。在外围辐射环境应急监测中，重点要做好对气溶胶α放射性活度连续采样分析和空气中铀、氟含量的分析，以及核设施排放水、周边水体的采样监测工作。因此，在应急监测组启动时，根据核设施特点和应急监测项目，有针对性地准备相应的监测和取样设备，在现场操作中注意人员分工合理安排，确保监测项目无遗漏。

事故报告流程较为复杂、指挥协调难度较大是此次演习的另一个特点。

"在辐射事故方面，主体责任应在第三方检测公司，由于第三方检测公司人员和能力不足，请求省级辐射机构进入场区协助处置。"甘肃省生态环境厅工作人员介绍，此次应急指挥中，涉及生态环境、公安、卫生等多个部门联合行动及应急监测、现场警戒、医疗检查救治及现场处置等工作内容，包括指令下达、决策提出、方案制定、行动报告、过程记录、放射源处置、应急终止、事故后恢复等。同时，由于应急响应在核设施内、外同步开展，省应急组织与核设施单位的协同配合也十分重要。

正是由于演习的复杂性和协调难度，此次演习达到了预期目的，检验了《甘肃省辐射事故应急预案》的有效性、实战性和装备适应性，发挥辐射应急监测调度平台和快速应急监测系统各项功能，磨合应急指挥体系，锻炼应急队伍，有效应对和处置影响辐射环境安全的突发事件，全面提升甘肃省政府、环境、公安、卫健、宣传、网络舆情、气象等有关部门对突发核与辐射事故的应急响应、组织协调及协同作战能力。

将市级辐射事故应急演练作为重点工作强力推进

然而，这样的省级综合性演练，只是甘肃省完成的"规定动作"。甘肃省生态环境厅坚决贯彻《关于加强核与辐射事故应急演习工作的指导意见》相关要求，严格落实五年一次省级辐射事故应急演练频次要求。同时，保持省级应急队伍每年1次演练频次。2016年以来，甘肃省核安全中心联合生态环境部西北核与辐射安全监督站、清源公司等开展模拟放射源丢失被盗、放射性废物运输事故、放射性废物库安保工作等数次专项应急演练，进一步提升了省级辐射事故应急工作水平。

此外，甘肃省同步科学开展"自选动作"。将"市级辐射事故应急演练"作为重点工作予以强力推进，并取得初步成效。2016年，甘肃省生态环境厅将推动"市级辐射事故应急演练"纳入省级"十三五"规划重要内容，明确了"每年3个市州、5年实现全覆盖"的既定工作目标。

2016年以来，甘肃省生态环境厅已组织指导12个市州圆满完成演练任务，2020年部署最后3个市州开展演练，从而实现市级辐射事故应急演练全覆盖。

演练筹备中，市州将预算开支提前纳入年度财政保障，充分结合辖区监管工作实际，有效依托第三方技术资源，在科学拟制演练方案及脚本、组织专家先期评审的基础上，报送至甘肃省生态环境厅审核批准并提前组织开展预演，进一步提升演练的针对性和时效性。

演练实施中，甘肃省生态环境厅组织周边市州监管部门现场观摩，相互借鉴、充分交流，并邀请相关领域专家进行全过程现场指导、审查和把关。

演练市州突出"实地、实情、实战"设计，紧扣演练要素、加强演练协同、强化演练保障，科学组织开展多情景设置、多部门联合、多方位保障的实战演练,特别是庆阳、天水、武威等市集中媒体力量进行演练现场实时转播;陇南市将辖区内两家企业"企业尾矿库尾水泄漏"常规事故应急和"极端条件下放射源丢失"辐射事故应急融为一体,并运用应急指挥平台开展两地同步演练、同步指挥、同步调度、同步处置,对推进应急指挥信息化、数字化应用具有积极的示范作用。

每次演练结束后,特邀专家对应急预案及实施程序的有效性、应急人员与应急组织的协同性、应急设施设备的可靠性、舆情应对的及时性与合理性等方面开展综合评估并出具评估意见。当地政府及有关部门、观摩市州相关人员认真梳理总结应急演练成果,相互交流演练中的不足与差距。演练市州则在规定时限内提交总结报告、汇总反映问题、制订改进计划并报省厅备案,为针对性修订完善本级预案、进一步完善演练组织与协同机制提供了保障。

2020.10.27

普查结果显示甘肃生态环境十年发生巨变

从甘肃省政府新闻办举行的《甘肃省第二次全国污染源普查公报》新闻发布会上了解到，甘肃省第二次全国污染源普查工作已顺利通过国务院污普办验收，《普查公报》向社会公开发布。

根据《全国污染源普查条例》的规定和国务院关于开展第二次全国污染源普查的通知、甘肃省人民政府关于开展第二次全省污染源普查的通知要求，2017年3月至2020年6月，甘肃省生态环境厅、省统计局、省农业农村厅等16个单位和部门联合开展了甘肃省第二次全国污染源普查工作，对省内有污染排放的3万多个单位和个体经营户进行了全面调查，获取了全省工业源、农业源、生活源、集中式污染治理设施和移动源相关基本信息和污染物排放信息。整个普查工作严格按照甘肃省政府办公厅普查实施方案，建立了覆盖全过程、全要素的质量控制体系，确保了普查结果真实准确全面，达到了既定工作目标。

甘肃省污染源普查领导小组办公室主任介绍，第一次污染源普查的标准时点是2007年12月31日，这次是2017年12月31日，整整相差了十年。对比两次普查结果数据，可看得出来十年间的两个重要变化。

一是工业源主要污染物排放量大幅下降。与第一次污染源普查数据同口径相比，2017年全省二氧化硫、化学需氧量、氮氧化物等主要污染物排放量比2007年分别下降了80.27%、74.2%和31.64%，体现了甘肃省近年来污染防治所取得的显著成效。

二是污染治理能力大幅提升。甘肃省工业行业主要污染物的治理能力相比于第一次污染源普查时，氨氮、二氧化硫、氮氧化物的去除率均有明显提升，特别是氮氧化物去除率提升了53.42%。全省集中式污染治理设施数量相比第一次污染源普查时增长了5.57倍,集中式污水处理厂、生活垃圾集中处置场、危险废物集中处置厂的数量和治理能力均大幅提升。其中,污水年实际处理总量、生活污水年处理量、工业废水年处理量、城镇污水年处理量较第一次污染源普查时分别增长了302.3%、324.4%、212.2%、278.0%;垃圾实际年处理量较第一次污染源普查时增长了67.5%,且处理方式更加多样化,不仅有填埋,还有焚烧、堆肥等;特别是工业危险废物年处置量和医疗废物年处置量较第一次污染源普查时分别增加了16.54倍和29.9倍,不仅规模上大幅增加,同时处置方式更加多样化。

省污染源普查领导小组办公室主任说,过去十年,特别是党的十八大以来,是我们国家经济快速增长的十年,也是国家大力推进生态文明建设、生态环境质量快速改善的十年。从数据可以直观看出,十年间甘肃省国内生产总值(GDP)在增加了184%的同时,主要污染物排放指标实现了大幅下降。全省在优化促进经济发展的同时,生态环境质量得到了全面提升。